叱咤之城系列
谍战小说
第四季

刘子义 著

叱咤之城

之 终极变身

金城出版社
GOLD WALL PRESS
·北京·

图书在版编目（CIP）数据

叱咤之城之终极变身 / 刘子义著. —北京：金城出版社有限公司，2024.4
ISBN 978-7-5155-2325-5

Ⅰ.①叱… Ⅱ.①刘… Ⅲ.①长篇小说－中国－当代 Ⅳ.①I247.5

中国国家版本馆CIP数据核字（2024）第045594号

叱咤之城之终极变身

作　　者	刘子义
责任编辑	张礼文　郝俊伟
责任校对	李凯丽
责任印制	李仕杰
开　　本	710毫米×1000毫米　1/16
印　　张	18.75
字　　数	277千字
版　　次	2024年4月第1版
印　　次	2024年4月第1次印刷
印　　刷	天津旭丰源印刷有限公司
书　　号	ISBN 978-7-5155-2325-5
定　　价	59.90元

出版发行	金城出版社有限公司　北京市朝阳区利泽东二路3号　　100102
发 行 部	(010) 84254364
编 辑 部	(010) 64210080
总 编 室	(010) 64228516
网　　址	http://www.jccb.com.cn
电子邮箱	jinchengchuban@163.com
法律顾问	北京植德律师事务所　　（电话）18911105819

我不能选择那最好的,是那最好的选择我。

——泰戈尔《飞鸟集》

序

  子义要出新书，是件喜事，嘱托我写序，犹豫了半天，才应承下来。我是影视制片人，多年来与编剧、导演、演员打交道多，与作家交往则少。所以作序这样的事，我有些怯场。但子义不仅是小说家，同时还是一位优秀的影视编剧。他左手小说、右手影视的创作经历，令我充满期待与好奇！

  与子义相识相交于五年前的深秋，当时他正把一部悬疑谍战类型的40集的电视剧本《雾中人》（后更名为《叱咤之城》），托朋友送给我，看看是否有机会一起合作。不料，我一拿到手，竟然完全放不下来，剧中人物之鲜活，情节之紧张，故事之曲折，二战时期波澜壮阔历史背景下，主人公跌宕起伏之人生传奇，凄美动人的爱情经历，为革命信仰无私无畏的奉献精神……深深地吸引着我。连续一周，我手捧剧本，几近废寝忘食，夜不能寐。时而掩卷深思，时而击掌赞叹。有时为平息自己激动而喜悦的情绪，不得不停下来，点支烟，泡壶茶，让自己平静下来。我自从与石钟山、汪海林、闫刚、麦家、钱林森、海飞合作系列谍战剧《地下地上》《风语》《生死钟声》《向延安》《麻雀》后，已多年未能碰到如此激发起我产生创作冲动与激情的电视剧本了。

  读完剧本后，我即约子义到上海相聚交流，可谓一见如故，相见恨晚。自此兄弟相称，交往频频，为探讨创作，常常是不分时序，互相交流沟通，成为莫逆之交。

  子义为人处世，谦和，语迟，厚道，简单；写书作文，才思敏捷，创意无限且自求品格。对历史背景的考据，严谨扎实，对谍报领域的专业探索用心专注，对人物形象的塑造与故事情节的结构，力求完美，精益求精，使其笔下的历史格局恢宏大气，人物人设生动鲜活，故事架构奇伟精彩。

近来，子义心无旁骛，潜心创作，推出民国谍战悬疑世界系列化作品，除了6卷本的《叱咤之城》外，还有反映革命时期我党女地下工作者，化身女作家、女演员、女老板的传奇悬疑作品《枪与玫瑰》系列，以及上海、香港、重庆、南京、天津、哈尔滨、长春、沈阳等以城市为主题的悬疑传奇系列作品。我十分期待着子义新作问世，他将为我们打开一个新鲜传奇、精彩纷呈的创作领域，让我们拭目以待，跟随他的奇思妙想，去他的悬疑世界，领略创意带给我们的惊喜赞叹和无穷魅力。

子义，你杰出的创意才华与坚持不懈的努力，一定会让你实现自己的梦想。你到达任何创作的高度，都是可能可期的。奔跑吧，子义，在你最好的年华！

郁康淳

2021年1月9日于文盛堂

郁康淳
中国影视金牌制作人
上海电影艺术学院　教授
上海电影艺术学院亚洲创意产业研究院　执行院长
上海电影艺术学院电影制片厂　厂长

目　录

001 | 引　子

003 | 第一章　终章危机

018 | 第二章　支　点

030 | 第三章　破　局

048 | 第四章　谍影鬼魅

072 | 第五章　出局入局

083 | 第六章　傅见山

096 | 第七章　重　启

112 | 第八章　真与假

124 | 第九章　测探与逆杀

141 | 第十章　谍海孽缘

154 | 第十一章　天局与搅局

168 | 第十二章　一出好戏

183 | 第十三章　黑锅与替身

196 | 第十四章　家贼难防

209 | 第十五章　审查风云

219 | 第十六章　拐　点

234 | 第十七章　暗藏杀机

247 | 第十八章　圈套示警

259 | 第十九章　伪装者

272 | 第二十章　休止符

~ 引 子 ~

时间：1939年，暮春。
地点：重庆，国民政府大楼。

"红雨"，不仅是一个代号。

红色的雨，是血雨，从国民政府门前的台阶上流淌下来，如同涌动的泉水，在四个侍卫武官的狂躁怒吼中，绕过无数个脚踝，涌到满地的死尸旁。

台阶上，五十八岁的国民政府国防最高委员会秘书长王宠畴，脸上满是血雨点子。他冷冷地看着台阶下手持安装消声器手枪的"凌云洲"。

"傅见山！"王宠畴激愤地喝问，"你……你……是日本间谍？！"

这个神似凌云洲的年轻人叫傅见山。他十五岁秘密加入中统，现在已经是名震情报界的"中统三大元"之一。

除了王宠畴，也只有"中统三大元"的另外"两大元"——中统创始人陈果夫、中统情报处处长陈册知道他的身份。

只可惜，就连"二陈"也不知道傅见山是日本人。

"对不起，义父！"傅见山用力握住手枪。

戴遇依提着手枪，气喘吁吁地沿着台阶向前跑，"扑通"一声摔倒在台阶上。他顾不上膝盖疼痛，"噌"地一下爬起来，扶着王宠畴的肩膀喘着粗气，抹了一把溅满血雨点子的脸。

四十五岁的陈册拎起一具身着军统员工制服的尸体扔到地上，仰头向王宠畴汇报："报告长官，军统情报处处长、老三乔家元，日本特务已被击毙。请指示！"

戴遇依扭头对王宠畴说："是老七——'红雨'——击毙的！"

王宠畴死死地盯着傅见山的脸，嘴唇微微蠕动："红雨，红色的雨！"

"咔嚓"一声，电闪雷鸣，暴雨如注。

戴遇侬仰起头，望着乌云密布的天空，嘴角挤出一丝笑意。这场雨来得太及时了，很快就会把地面上的鲜血冲净。用人不辨，是他情报生涯的污点，更是整个国民党情报系统的耻辱。

一个潜伏在军统和中统高层的日本情报小组——"鬼鸟小组"，执行日本内阁麾下的龟机关和土肥原麾下的竹机关联合制订的"绝杀计划"，派日本特务冲进国民政府办公所在地刺杀国民政府主席，差一点儿杀掉国民政府主席最高幕僚长，真是天大的讽刺和笑话。

乔家元是赫赫有名的军统"八大金刚"老三，任军统总部情报处处长，是戴遇侬的左膀右臂。然而，令戴遇侬万万没想到的是，他的这个心腹竟然是日本特务，令他既震惊又汗颜。

值得庆幸的是，戴遇侬查出乔家元背后还隐藏着一个"鬼鸟小组"灵魂人物——王宠畴的义子、"中统三大元"之一傅见山。

傅见山举枪对准王宠畴，只要他扣动扳机，便可击毙这位国民政府主席最高幕僚长。也许是遍地的血雨吓住他，也许是养育之恩感化他，他最终还是没有扣动扳机。

傅见山将手枪扔到地上，孤傲地望着王宠畴。

王宠畴的眼球终于动了一下。

埋伏在远处的安子铭也松了口气，把手指从扳机孔内拿出来。

雨还在下，雨注比刚才更直更密。

王宠畴转身离去，戴遇侬和陈册突然一起举枪击毙身边的四个侍卫武官。

傅见山缓缓地闭上眼睛。他知道这场刺杀行动必将淹没于青史，后人不可能在史书上看到一个字。

汪精卫已经正式叛国投敌，令国民政府颜面尽失，再也不能承受国民政府主席还能遇刺的舆论压力。

第一章　终章危机

~ 252 ~

时间：1943年4月26日，星期一。
地点：上海，日占区，愚园路，中山公园。

时间的指针，扎在1943年春末夏初。

夜幕中，一块漆着"愚园路"三个字的指示牌下，凌云洲像木桩子似的站在黑魆魆的夜幕里，观察对面中山公园里的情况。

他在家休养一周内，天天被江澄子当作祖宗侍候着，好吃的好喝的一个劲儿地往他肚子里塞，内服的外敷的疗伤药多管齐下。他除了被凌岳州搞的内伤外，那些被乞丐和华振林打的皮外伤已经好了七八成，但一些淤青、伤疤依旧赫然在目。

凌云洲身上的伤虽然没完全好，气色却有好转，体力也恢复差不多了。此刻，他如鹰隼般扫视四周。周围一片沉寂，没有一丝声响。刚刚经历的生死劫，让他变得更加小心翼翼，担心沉寂的夜幕中隐藏着黑心人。

一刻钟后，他才走进中山公园。

上海市这座大型公共园林，坐落在愚园路西端，原名兆丰公园，1941年为了纪念孙先生改名为极司菲尔花园。苏州河呈几字形穿过该公园北部，极司菲尔路横穿其中。

夜幕下的苏州河边，花草郁郁葱葱，草丛中蛙声不断。

站在河边的普乐天看到凌云洲，紧绷的嘴角挤出一丝笑意。

这一周，普乐天过得浑浑噩噩，不知道如何面对罗亭和宋格。此刻，他无暇顾及谁是手心谁是手背，因为他已经变身为军统老七——"红雨"。

"来了。"普乐天声音平缓，还是那副处事不惊的浪荡公子模样。

"准备好了吗？"凌云洲知道普乐天玩世不恭的样子是装出来的，也跟着装糊涂。"极雾计划"实施在即，太多工作亟须准备，他们只能心无旁骛。

普乐天说："准备一年多了，就等着启动呢。"

"从今以后，你就是军统老七'红雨'了，还能适应吧？"

"一年前我就是'红雨'了，早就习惯了。"普乐天咧嘴笑道。

"一年前？"凌云洲不解地盯着普乐天。

"一年前，原叔就开始部署这个计划了。"普乐天顿了一下，脑海中浮现出他与原宝轩初次见面时的情景。

那个情景里，罗亭给他夹菜的暖心动作、掩嘴偷笑的举止，至今都令他难忘。

那次见面后，原宝轩派罗亭和普乐天一同前往重庆，起用"红雨"——中共400特工组潜伏特工"401"。

打入国民政府高层的中共"401"，就是军统传奇特工——"红雨"。

军统"红雨"、中共"401"，还不是他的全部身份。他还是满铁神秘特工"东京"。

他的传奇身份还不止于此。他虽然顶着"军统老七"的名号，戴遇侬却从未见过他，甚至连军统总部都没有他的完整档案。

他的传奇故事始于1935年。

1935年，国民政府军事委员会委员长侍从室成立，侍二组组长颜秋航在南昌行营负责情报工作，后来晋升为军事高参。"红雨"就是他精心运作后打入满铁的。

1937年，颜秋航离开国民党情报系统，便将"红雨"推荐给戴遇侬。那时，"军统八大金刚"初创，人数不够，戴遇侬就把"红雨"排在第七位。

第一章 终章危机

1939年春,在那场震惊国民政府高层的刺杀国民政府主席案案发之后,击毙乔家元的"红雨"突然神秘失踪,至今杳无音信。

1941年年底,沉寂两年的"姜太公"安子铭在浮出水面之前,安排侍六组调查南京唐氏少掌门。中共"400特工组"组长"红蝉"判断安子铭要起用"红雨",就为安子铭准备一道大菜——激活"红雨"。

中共"401"深潜、"红蝉"激活"红雨"计划,就是让普乐天冒充"红雨",因为"红雨"的卷宗内只有一条信息——南京唐氏少掌门、唐琳之子。

作为上海江家大少爷的普乐天,冒充唐氏少掌门并不难。

唐琳未婚生子,终身未嫁,为了不让儿子成为黑白两道关注对象,他的身份一直没有对外官宣。

换句话说,几乎没有人见过唐氏少掌门,就连和平建国军第三集团军总司令唐正声都没见过自己这个侄子。

与原宝轩分手后,普乐天就开始着手准备替代南京唐氏少掌门。根据"红蝉"提供的南京唐氏少掌门的资料,他健身塑形、改变习惯动作、研究肢体语言,把自己硬生生变为另外一个人——军统"红雨"、满铁"东京"。

"村上云昔露面了吗?"凌云洲低声问,"他是龟机关招募官,极其难缠的玩意儿。"

"露面了。"

"他问'龟密码'了吗?"

普乐天摇摇头:"没有。"

"你学会了吗?"

"'红雨'留给'红蝉'同志的资料,我研究了一年,可惜'龟密码'太复杂。我耗尽心力,只掌握了一些皮毛。"

"'红雨'略懂即可,傅见山必须会呀。"

"让我学会它?整死我得了!"普乐天掏出一本小册子递给凌云洲,"反正我已经尽力了,剩下的交给上帝吧。"

"难为你了。"凌云洲接过小册子,紧紧地攥在手里,"你去年总是去南京,就是为了坐实唐氏少掌门的身份吧?"

"原叔安排的，我只能服从他的指挥。"

"明天的新闻会震惊上海滩的，你不能有任何疏漏。"

"没办法，'红雨'就是吸引眼球的人物，我只能赶鸭子上架。"

"格格怎么想的？"

"我还没有告诉她。"

"你只有一晚上准备时间，抓紧吧。"凌云洲停顿一下，"该说的总是要说的。"

"你还是管好自己吧。多吃多喝多休息，抓紧时间调理好身子，接下来还有几场硬仗呢。我走了，你保重。"普乐天转身走向旁边的树林。没走几步，他突然停下，转身回到凌云洲面前低声说，"村上云昔非常自负，你可以利用这一点。"

"自负？"凌云洲微微一笑，"有缺点就好。"

~ 253 ~

时间：1943年4月26日，星期一。

地点：上海，日占区，愚园路，枫商会，商业街区。

太平洋战场上，日军在中途岛战役失去战略主动权，又在瓜岛战役惨败，被迫停止进攻。

日本大本营决定集中兵力攻打中国第六战区，企图打通宜昌至武汉的长江航线及入川通道，以缓解太平洋战场上日军的压力。

作为日本海军情报处上海站站长，掌控西太平洋沿线情报阵地的村上云昔，五六十岁年纪，常戴一副眼镜。向来遇事沉稳的他，最近一段时间却忙得焦头烂额。

八天前，一条骇人听闻的情报传来，日军联合舰队司令官山本五十六巡视南太平洋时被美国空军猎杀。

那是一场完美猎杀,精准得让人难以置信。这也说明,肯定有人暗中为美国空军提供山本五十六的出行情报。

村上云昔意识到,如果他找不到这条情报的泄露点,他的政治生命必将终结。

这只是摆在他案头上的紧要任务,他还要处理更加棘手的问题。

作为龟机关招募官,他的身份和地位仅次于犬养中堂、宫本正仁,他不得不考虑龟机关的前途。龟机关是东条英机的眼中刺,已经到了非除不可的地步。但是,他也知道,宫本正仁不可能给东条英机除掉龟机关的机会。

他不知道宫本正仁如何限制东条英机,也就不知道如何向宫本正仁献计献策。

这令他头痛不已,好在他手里还有几张牌。

其中一张牌就是代号"东京"的满铁资深特工。他一直关注着"东京",感觉这张牌能挽救他的政治生命。

四个小时前,他在枫商会秘密会见了"东京"——普乐天。

枫商会是一栋临街四层商厦,位于愚园路1032弄,紧邻江苏路路口,坐落在宏业花园和岐山村前方。它名义上是一家日本商会,实则是海军情报处上海站的情报中心。

枫商会如同火焰一样的枫叶状徽标异常醒目。它的大门左边有一个小门,门口墙上嵌着一块漆着"1号"字样的铁牌。门内是大院,大院里有一栋两层红色小楼。

红色小楼二层的一个巨大客厅内,普乐天和村上云昔面对面坐着,都不动声色地望着茶几上的照片。

那是罗亭身处牢房的照片。摄影师故意隐瞒了很多信息,仅从照片的背景,无法看出在哪个监狱拍摄的。

片刻后,村上云昔淡淡一笑:"她还活着,我可以帮你给她带句话。"

普乐天摇摇头:"一张照片,说明不了什么。"

"普先生不是为它而来嘛。"

"目前就没有我不敢去的地方。"普乐天抓起茶刀，模仿"东京"的傲慢表情，指着村上云昔，"我最讨厌被人要挟。"

村上云昔笑了笑："我从不无故要挟别人。"

"我也不喜欢开玩笑。"普乐天冷冷地说。

"沙石无痕，普先生高明！"村上云昔从茶几上拿起烟斗，缓慢地装烟，"五年前，你还是帝国特工，在上海待久了，已经忘记自己是从哪里来的吧？"

普乐天瞥了村上云昔一眼："你又是从哪里来的呢？"

村上云昔指着茶刀说："'东京'，放下那玩意儿，我们细聊。"

普乐天将茶刀扔到茶几上："你到底是谁？"

"一朝成谍，终身是谍。帝国特工没有退役一说，你也不例外。"村上云昔尬笑，"知道'东京'退役的人，只有一个。"他指指自己的鼻子。

"满铁——八咫乌——"普乐天一字一顿地说。

村上云昔不等普乐天说完，就补充道："我就是你的现任联络人。"

"'船长'？"

"村上云昔，现任日本海军情报处上海站站长。"村上云昔坐直身子，严肃地说，"你以前的联络人'舵手'已经玉碎，我这个'船长'替你掌舵，只可惜还没有联系到你，你便宣称退役了。退役？帝国特工怎么可能退役？整个东亚地区，都是帝国的地盘，你能躲到哪里去？"他摇摇头，"后来，我到满铁总部调阅你的档案。没想到你的档案竟然一片空白，一个字、一张照片都没有。"

"我已经不属于满铁，还要档案干什么？"普乐天阴着脸，"如你所说，帝国特工无法退役，我想退役就得把自己弄没了，对吧？"

"你偷走了档案？"

"想了解我的人太多了，我只能出此下策。"

"江仲阁义子、唐琳亲生儿子，这两位人中龙凤的后代，做事果然与众不同。"村上云昔吐出一口烟，"罗亭的确还活着。"

"直接说条件吧，江家、唐氏的生意随你挑。"

"我对生意不感兴趣。"村上云昔摇摇头,轻蔑一笑,"长话短说,以罗亭一命换你出山,划算吧?"

"你就这么相信心如死灰的人?"

"上海江家和南京唐氏本是一家,如此秘闻岂不震惊沪宁两地?你若愿以少掌门身份复出,我就相信你。听我的劝,不管当初你遭遇了什么样的错待,你依旧是大和民族的骄傲。"村上云昔从公文包里掏出一个信封,缓缓地放在茶几上。

"何时交易?"普乐天拿起照片和信封。

"明天。"村上云昔脸上勉强地挤出一丝笑容。

黑黢黢的午夜,小红楼只有一个房间亮着灯。

盘腿而坐的村上云昔,手扶茶几站起来,一边弯腰捶背,一边走到窗前向外望,然后叹息一声。

这时,他看见黑川梅子沿着甬道向小红楼走来,立即转身回到茶几前坐下。

穿行在枫商会的院子里,黑川梅子眼前一直闪现着中村宇都充满悲伤的脸,不由得潸然泪下。

黑川梅子走到村上云昔房门口,轻轻叩门。

"进来。"村上云昔望着推门进来的黑川梅子,指指他的对面,"坐下。"

待黑川梅子坐下,村上云昔将茶杯慢慢地推到黑川梅子面前:"清除所有龟机关潜伏特工,是东条英机的决定。从现在起,你不再是'雏鸡'了。"

"全部清除?"黑川梅子无比惊愕,一股凄凉情绪席卷心头。现在她才意识到,草民命如蝼蚁,被踩死连知情的权利都没有。

村上云昔点点头:"不过你是例外,因为你是我的人。"

"我从鸡变成鸟了。"黑川梅子双手捧起茶杯,悄悄地深吸一口气。

"飞上枝头变凤凰,难道你还不高兴?"

"拓直还好吗?"黑川梅子转移话题。

村上云昔也转移话题："凌云洲是共逆吗？"

"八成是。"

"'幕府计划'终章一旦执行，再无回旋余地。"

"终章，终了，我答应您的事算是完成了。"

"既是终章，'幕府计划'便不存在了，懂吗？"村上云昔冲门口挥挥手，"我乏了。"

黑川梅子辞别村上云昔，来到愚园路。

愚园路的街景，有几处不弱于繁华的南京路。在江苏路到百乐门中间的镇宁路十字路口，是由餐厅、酒吧、茶楼、诊所、书店、米铺、糕点店、典当行、古董店等店铺形成的小型商业街。

黑川梅子穿过愚园路商业街，走进涌泉坊，沿着小弄堂走到里面的一间房屋前。

她开门进去，打开灯。

屋内陈设简陋，只有一桌一椅一床。

她掀开床板，从里面取出电台，放在桌上组装好，发出电报——

东条清除龟机关潜伏特工。

幕府计划终章执行，我已安全。

黑川梅子发完电报走到愚园路，直奔唐老鸭酒吧。

她打算喝几杯酒后，再去审讯中村宇都。她想到这里，心里升腾起一股貌似能灼烧肌肤的火焰，脸上呈现出难以掩饰的兴奋之情。

～ 254 ～

时间：1943年4月26日，星期一。

地点：上海，日占区，愚园路，提篮桥监狱。

一路上，宋格的心情出奇的好。

三天前，宋万堂终于答应离开上海。在中共上海地下组织安排下，由吴己楠陪同宋万堂走水路到澳门，然后他自己去美国。

宋格身后的普乐天低着头，一直合计如何把罗亭还活着的事儿告诉宋格。他们不知不觉地来到愚园路连生里，在子夜茶楼前停下。

按理说，子夜茶楼早该打烊了，今天却在营业。二楼阳台上的电灯散发着昏黄的光，灯下一盆君子兰的生命力极其旺盛。

他们向左右看了看，径直走进店里。

子夜茶楼内面积不大，装修得却精致典雅，主打古香古色风格，墙上挂着刻着《孟子》名句的宽大竹简。正对门口的竹制屏风上烙着斗大的"子夜"二字。

四十五岁的掌柜孟可，坐在吧台里嗑瓜子。他见普乐天、宋格进来，起身走出吧台，冲二人抱拳拱手："普先生，别来无恙！"

"孟老板！"普乐天象征性地回礼，"这是你的茶楼？"

孟可挠挠头："小本生意，打发时间而已。"

普乐天遇到熟人，不便与组织派来的人接头，便向宋格使眼色。

宋格会意，"哎哟"一声，连拍额头："看我这个破脑子！这里是子夜茶楼吧？唉，我可能记错了，我约的朋友不在这里。"她说完拉着普乐天就往门外走。

孟可指着竹制屏风说："你们的朋友就在这里。她说，这个'子夜'应该是'孟子的夜晚'的意思。"

普乐天瞥了孟可一眼，盯着竹屏风："我还以为茅盾在这里创作出《子夜》呢。"

孟可严肃地纠正道："茅盾在连生里创作出《子夜》。《子夜》与这里没有关系。茅盾把这里叫作树德里。"

宋格皱眉："树德里？"

普乐天说："我记得法租界贝勒路有个树德里[1]，茅盾搞错了吧？"

---

[1] 树德里是中共一大的会址。

孟可摇摇头:"茅盾有茅盾的个性,我怎么可能猜透大作家的心理呢?你说的树德里,我的朋友去过。他们说那里环境不错,玩到尽兴处,还合唱一首歌。"他说完又挠挠头,"他们唱的歌是——"

普乐天把嘴巴附在孟可的耳郭旁,悄声说:"《没有共产党就没有新中国》,对不对?"

孟可没有说话,走到门口向左右看了看,转身指指天花板:"你们的朋友在二楼。"

普乐天和宋格走到二楼唯一亮灯的房门前,宋格轻轻敲门。

一个五六十岁的女人打开房门,冲他们微微一笑。

"唐董——"普乐天见面前的人竟然是南京唐氏掌门人唐琳,一下子愣住了。

宋格瞪大眼睛:"您……您是'佛手'?"

唐琳轻声说:"我就是'佛手',二位到屋内说话。"

三人在茶桌边分头落座后,唐琳从坤包里取出一个信封放在茶桌上:"我接替'老A'的工作。"她指指信封,"这是'13号'同志向组织提交的离婚申请书。"

表情凝重的普乐天,看看信封,没有拿起来。

宋格愤愤地说:"人都不在了,还离什么婚!"

唐琳缓声说道:"'13号'同志——还活着。"

宋格扭头看看普乐天,又看看唐琳,一把抓起信封,抽出信纸细看,果然是离婚申请书。她狠狠地把离婚申请书摔到桌上,起身对普乐天说:"我们走!"

唐琳立即补充道:"这份离婚申请书,是'13号'同志在一年前写的。"

普乐天拿起离婚申请书,掏出打火机将其点燃。待其变成灰烬,他才拉住宋格的手说:"坐下,听'佛手'同志说话。"

"'13号'同志说,组织已经批准你们离婚了。"唐琳对普乐天说,"这次为了工作需要,你和'13号'同志要以夫妻名义相互掩护。"

"要住到一起吗?"宋格站起来吼道。

唐琳冲宋格点点头："工作需要嘛。我们要相信自己的同志。'13 号'同志让我把这份离婚申请书转交给你们，就表明了她的态度。这件事到此为止，不再讨论。孟可也是我们的同志，你们想联系我，可以先与他敲定见面地点和时间。"她看看表，"今天我们就聊到这里吧。"

宋格起身就走。

普乐天向唐琳摆摆手，立即追出去。

直到离开子夜茶楼一百米，普乐天才追上宋格，轻轻地拉起她的手。

宋格奋力挣开普乐天的手，蹲在地上号啕大哭。普乐天呆呆地站在宋格身后，不知道如何安慰她。

宋格哭了一会儿，起身抹了一把脸，盯着普乐天问道："你早就知道她还活着？"

普乐天摇摇头："只比你早知道一周。"

"她现在在哪里？"

"监狱。"

"监狱？"宋格怔住了，"她怎么会在监狱呢？那具戴戒指的尸体不是她？到底是怎么回事儿？"

普乐天低声说："安子铭派人把她藏在提篮桥监狱。侍六组在那里设立一个秘密监室，她就住在里面。明天——我也会被人送到那里。"

十个月前。

提篮桥监狱的地下一层，清一色的水泥墙面，一条走廊两边，各有十六间监室。每间监室门口悬挂着一盏电灯。

一间装修豪华、生活设施齐备的监室内，罗亭坐在沙发上，回忆她与原宝轩最后一次见面的情景。

他们在当年"苏准会"[1]的秘密机关——愚园路庆云里 31 号见面的。

---

[1] 苏准会，全国苏维埃代表大会中央准备委员会的简称。

原宝轩坐在沙发上，盯着罗亭，迟迟没有说话。

半晌过后，原宝轩低声吟诵道："龙华千古仰高风，壮士身亡志未穷。墙外桃花墙内血，一般鲜艳一样红。"

1931年，起草"苏准会"宪法大纲的林育南同志被捕，二十四位烈士在龙华英勇就义，不久后就发生了震惊世界的"牛兰事件"。

牛兰是共产国际远东局负责人，被上海英国巡捕房抓捕，由英国军情六处负责秘密审讯。

牛兰之所以被捕，是因为驻新加坡的英国警察逮捕了一个共产国际成员，从他身上搜出一张纸条，纸条上写着：205号海伦诺尔，中国上海。上海英国巡捕房顺藤摸瓜，在庆云里31号逮捕了牛兰。

十年后，原宝轩为了祭奠牛兰，从英国人手里买下庆云里31号。

原宝轩根据苏共拉姆扎小组提供的情报，确定当年英国军情六处之所以介入牛兰事件，与日本一个名为"幽灵小组"的神秘组织有关。

在隐蔽战线工作多年的罗亭，却没有听说过日本的"幽灵小组"。

原宝轩之所以向罗亭提及"幽灵小组"，是因为他在岩井公馆看到一封奇怪的电报，推断东京高层正在寻找一个代号"幽灵"的高级特工。

原宝轩听说过"幽灵小组"，其成员都是以一当百的超级特工。如果东京高层起用"幽灵小组"，不论他们执行什么任务，破坏力都远远超出常人的想象。

现在，罗亭被安子铭安排在这间秘密监室内，几乎与外面切断所有联系，有大把时间复盘以前发生的事情。对于这个"幽灵小组"，她依旧百思不得其解。

昨天，安子铭派人给罗亭传递消息，要她做好准备，出去配合普乐天执行秘密任务。

"配合普乐天执行任务，自己又该如何面对宋格呢？"罗亭苦笑着摇摇头。

~ 255 ~

时间：1943年4月27日，星期二。

地点：上海，公共租界，江公馆；日占区，舒园。

泪珠滑下江澄子的脸颊，落在她手里儿子出生百天拍的照片上。

江澄子看着照片中的儿子，心中想的却是宫本芳子。

恢复记忆的宫本芳子重返上海，帮助凌云洲走出绝地，是要收复她的爱情失地吗？

在绝对实力面前，江澄子感觉自己已落下风。

心里堵得慌的她，见凌云洲走进客厅，随口问了一个不该问的傻问题："芳子安顿下来了？"

"你无须管她。"凌云洲一脸倦意，"我也不会管她。"

"你不管她，她会管你啊。"江澄子将照片放在沙发上，看看表，"一个小时前，她来家里找你。"

"她来家里找我？做什么？"凌云洲不解地问。

"她说，唐墨死了。"

"她杀了唐墨？"

"不是她杀的。她在华宝斋后面的院子里，发现了唐墨和三个特工总部特务的尸体。然后，她把唐墨的尸体藏到愚园路的冷库里。"

"她藏唐墨的尸体做什么？"

"她说，或许以后还有用。"

"随她去吧，不管她了。"凌云洲得知唐墨已死，心里轻松很多，便转移话题，"今天你见到松井、德川、岩井了？"

"是我挨个找他们的。自父亲失踪后，他们几乎不再过问公司的事情，连甩手掌柜都懒得做了。我告诉他们，上海江家与南京唐氏准备联手，挽回公司股价颓势。以前我怕连累你，不敢冲他们大声说话，现在他们那样待你，我凭什么还跟他们客气！"

"或许，你跟他们发火才符合逻辑。"凌云洲说完陷入沉思中，嘴里不断念叨，"唐墨——唐墨——他怎么会跑到华宝斋后院呢？"

江澄子拍了一下额头："我差点儿忘了一件事儿。"她从坤包里取出一张纸条递给凌云洲，"赵青生前雇用一个人跟踪唐墨一年，这张纸条是她雇用的那个人送来的。"

凌云洲接过纸条："没想到，现在还有这么讲信用的人。"他见纸条上写着几个地址，其他地址都是唐墨经常出入的地方，只有"舒园"特别扎眼。

"走，我们去舒园看看。"凌云洲拉着江澄子往外走。

他们驾车来到舒园附近，观察半个小时，确认四下无人后，才顺着墙脚走到门口。

凌云洲用自制的开锁工具，几下子就打开门锁。

夜幕下，满园桃树已过花期。地上枯萎的花瓣，在两束手电筒光照射下显得极其诡异。

他们找到唐墨的住处，看到满地狼藉的屋里，桌子上摊放着沙逊大厦建筑图，墙边黑板上全是文字、线条与符号。

凌云洲打开电灯，走到桌前拿起建筑图，下面出现黑川梅子的照片。

江澄子拿起照片："难道唐墨也盯着黑川梅子？"

"或许他们已经联手了。"凌云洲走到黑板前细细打量。"原宝轩"三个字位于黑板中心，四周是松井久太郎、德川长运、岩井英一等人的名字。

另一块黑板上，只有"安子铭"三个字，旁边的括号内是"姜太公"三个字。

"看来安子铭真的暴露了。"江澄子感叹道，"幸亏他走得及时。"

最后一块黑板上，上边是"凌云洲——延安？""江澄子——重庆？"硕大的字。

下面是"德川长运""东条川赖""天皇"三个名字成为三角形顶点，相互用短线连接，中间有一个大问号。

　　看到这些名字和相互关系，凌云洲感觉脊背发凉。看来，唐墨仅从共生证券公司的账目里，就解析出原宝轩的精心设计。

　　好在唐墨已经死了，但是他在临死之前，把他的这些推断告诉谁了呢？

第二章　支 点

~ 256 ~

时间：1943 年 4 月 27 日，星期二。
地点：上海，日占区，宫府。

间谍、政客、没落皇家子孙，宫本正仁的三重身份，注定会让他成为一个怪物。

东条川赖的死，推动日本大本营部署攻打中国第六战区的军事行动计划，中国战事正按照宫本正仁的设想一步步推进。

宫本正仁没想到，那个经常向他表忠心的黑川梅子，竟然是土肥原安插在龟机关的卧底。黑川梅子陪东条川赖过夜不过是精心设计的剧本，土肥原与犬养中堂之间还有秘密交易。

他们的交易，事关上海日本宪兵司令部司令官德川长运的次子德川拓直——日本密码学鬼才。

"我和犬养中堂同时看中德川将军次子，我忍痛割爱，让犬养中堂留下黑川梅子。"土肥原的措辞很巧妙，用的是"留下"二字，这就与他安插黑川梅子到龟机关做卧底无关了。

土肥原离开上海前，宫本正仁做东，在宫府宴请土肥原和村上云昔。

"可惜啊，盟军轰炸崇明岛，德川拓直中弹身亡。"村上云昔嘬着烟

第二章 支 点

斗，缓缓吐着烟圈，问土肥原，"将军这次莅临上海，是否与'支点行动'有关？"

土肥原端起酒杯一饮而尽："村上将军的消息够灵通的呀，你还知道什么呢？"

村上云昔说："我还知道，田中先生客居崇明岛。"

土肥原摇摇头："客居？软禁更准确吧？"

村上云昔哈哈大笑："将军说笑了，我怎敢软禁田中先生呢？"他推了推圆眼镜，"将军，东条首相是否向将军下达了清除龟机关潜伏特工的命令？"

宫本正仁一怔，又不动声色地问："清除？由谁执行？"

土肥原冲村上云昔努努嘴。

村上云昔摇摇头："这些龟机关潜伏特工，都是我亲手招募、培养出来的，让我如何下得了手？"

土肥原将杯子蹾在案几上："军人的天职是服从命令！"

宫本正仁瞥了土肥原一眼，冷笑道："想让他们为东条川赖殉葬吧？芳子和梅子是不是也在内呢？"

村上云昔赶紧插话："事在人为嘛，为何如此死板教条呢？我有个主意，二位想听否？"

宫本正仁一边给土肥原、村上云昔倒酒一边说："愿闻其详。"

村上云昔说："芳子的借调手续还在梅机关，就让她回梅机关吧。梅子是将军栽培的学生，非常优秀，可到宪兵司令部特高课任职。只要二位为她们作保，我就有转圜余地。"

土肥原和宫本正仁同时点头同意。

村上云昔问："'武士'隶属龟机关苏联局，该如何处置呢？"

土肥原说："犬养中堂向来不信任'武士'，我们做个顺水人情岂不更好！"

村上云昔沉思几秒钟："'武士'经营特工总部多年，没有合适的理由不能处置他，否则后患无穷。"

宫本正仁问："'武士'棘手，那么唐墨怎么办？"

村上云昔苦笑："凡事总要有一个背锅的，唐墨可能是最佳人选。"

土肥原说："可以给'武士'、唐墨安排点儿活儿嘛，至于结果如何，就看他们的造化了。"

散席后，土肥原起身离去，宫本正仁与村上云昔围着池塘散步。

村上云昔穿着布袜子走在布满鹅卵石的甬道上，痛并快乐着。他低声说："犬养中堂死后，要不是你接管龟机关，龟机关恐怕早被东条英机那个丘八裁撤了。"

宫本正仁仰头望着黑魆魆的夜空，慨叹道："司马昭之心！"

"一朝天子一朝臣嘛！"村上云昔想了想，问道，"若裁撤龟机关，青铜特训营是不是也要关闭？青铜特训营办了三期，培训出三十名精英特工，现已派往世界各地。裁撤龟机关，他们就会成为断线的纸鸢，毫无用处了。"

"三十名精英特工的破坏力，抵过一个师团，白白扔掉太可惜了。再者说，满铁特工有数万之众，滥竽充数者众，也没有人主张裁撤啊。"

村上云昔哈哈大笑："你是满铁副总裁，不能自贬自家人。"

宫本正仁说："不是自贬，是实话实说。说件难堪的事情，我都不知道满铁中有'东京'这个能人。等我想接触他时，他已经销毁档案、擅自离去了。我更没想到的是，他竟然是普乐天。我们还在一起吃过几顿饭呢。"

村上云昔说："普乐天确实很神秘。若不是共匪'红蝉'发给延安的电报被藤田也夫截获，我也不知道普乐天就是'东京'。"他停顿一下，"我想这么安排，待普乐天协助我编写完龟密码，就立即除掉他。不可控的人，终究是个大麻烦。"

"普乐天，江仲阁的义子、唐琳的亲子，有点儿意思了。"宫本正仁感慨道，"如此看来，共生证券公司就是普乐天自己的公司嘛！"

村上云昔反问："好事儿怎么能让一个人摊上了呢？"

宫本正仁如数家珍地说："南京唐氏创始人唐阁，光绪朝二品大员，也是我的启蒙老师。铁杆庄稼倒了以后，他回到南京经商，竟然也能成功。他虽然饱读孔孟之书，但不保守，儿子唐正声从军从政，三十岁就出任和平建国军第三集团军总司令。女儿唐琳，接替他执掌南京唐氏，未婚生子，终身未嫁，气得唐阁含羞而死。唐琳也觉得自己未婚生子影响唐门声誉，私底下把儿子送到江家。将门出虎子，普乐天也成为帝国优秀特工了。"

"我手上关于普乐天的资料很少，只知道他执行过帝国的'绝杀计划'。"村上云昔说，"精通龟密码的人太少了。普乐天虽难掌控，但我不得不起用他。"

"边观察边使用吧。"宫本正仁转身盯着村上云昔，"既然普乐天已经犯了隐蔽战线之大忌，又不缺钱，他为何答应帮你呢？"

"为了一个叫罗亭的女人。"

"罗亭？"宫本正仁皱起眉头，"萧易寒向我提过她，老牌共匪，现在重庆。"

"萧易寒说谎了。"村上云昔纠正道，"罗亭被安子铭隐藏在提篮桥监狱。你应该知道安子铭的真实身份吧？他就是神龙见首不见尾的'姜太公'。"

~ 257 ~

时间：1943年4月27日，星期二。

地点：上海，日占区，提篮桥监狱；公共租界，江公馆。

对于普乐天而言，假扮"红雨"是极其冒险的行为。

"红雨"不仅是一个代号，更是一个确切的人——隐姓埋名的南京唐氏少掌门。

这还不算，"红雨"还是三重间谍，除中共"401"外，还是军统老七、满铁精英特工。

假扮"红雨"，就是走钢丝，一着不慎，万劫不复。

然而，国难当头，国家需要他、民族需要他，他只有一个选项——在钢丝上与魔鬼共舞。

还好，他不是一个人在战斗。

按照"红蝉"的指示，他启用"红蝉"提供的军统上海站电台频道，与军统上海站取得联系。

"红雨"复出，对戴遇侬、军统上海站都是莫大的礼物。

不出意料，他顺利成为军统上海站副站长。意外收获是，他知道提篮桥监狱潜伏着一名军统特工。

那名军统特工是狱警组组长，与特工总部来往密切。此人出现，对普乐天来说，简直是瞌睡的时候送来枕头。

普乐天假装喝醉，在大街上把一个日本商人打成重伤，被警察送进提篮桥监狱，关在单间监室内。

论住宿条件，提篮桥监狱是上海所有监狱中最好的。这里采用大监狱、小监室设计，每个监室是七八平方米的三人间，地上还铺着木地板。监室与监室背靠背，有效避免犯人产生冲突。

天蒙蒙亮，普乐天站在门口墙边，透过狭小的窗口往外看。

三十岁的狱警顾同走到牢门前，普乐天急忙转过身去。顾同举起警棍在铁门上敲了几下："小子，转过身来，让四爷瞧瞧。"

普乐天转身瞥了顾同一眼："我叫你一声四爷，你承受得起吗？"

顾同笑道："我说的是顾爷，不是四爷。"

普乐天走到铁门前："四爷也好，顾爷也罢，在上海滩，凡是称爷的人，下场都不怎么好。"

顾同向左右看了看，压低嗓门："我自横刀向天笑。"

普乐天貌似随意瞎说："山雨欲来风满楼。我是'山雨'，上峰垂询，'刺鸟'找到了吗？"

"连张照片都没有，我看谁都像鸟！"顾同愤愤地抱怨。

"见过凌云洲吗？"普乐天问。

"凌云洲？"顾同一脸不解，"当然见过！"

"他就是照片。"普乐天隐晦地笑了。

顾同疑惑地盯着普乐天，若有所思地点点头，转身离去。

第二章 支点

普乐天望着顾同的背影，摸了摸鼻子。

向死而生，是"极雾计划"的核心内容。

凌云洲不惧怕死亡，却担心无法保护江澄子。共生证券公司幕后股东纷纷撤离后，必然会成为各方势力粗暴掠夺的猎物。日军第十三军、上海日本宪兵司令部和岩井公馆高层的人，如饿狼环视，江澄子柔弱的身躯如何护得住已经处于雪崩状态的共生证券公司？

凌云洲必须替江澄子解决这个难题，才能安心执行"极雾计划"。

半夜，难以入睡的凌云洲到花园散步，听见大门口传来老何与黑川梅子打招呼的声音，便向大门口走去。

黑川梅子阴着脸走到凌云洲面前。

凌云洲故作镇静："这么晚了，你怎么还回来？"

黑川梅子瞥了凌云洲一眼："这里是我家，我想啥时候回来就啥时候回来。听说你要悔婚，可以，但是必须征得宫本正仁、土肥原、村上云昔同意。"

凌云洲一怔："村上云昔也在上海？"他指向2号楼，"有话进屋说吧。"

他们来到2号楼客厅，黑川梅子脱下大衣，露出紧身旗袍，在灯光下身材显得无比妖娆。她眯缝着桃花眼，紧紧地盯着凌云洲："你真想悔婚？真不想要我了？"

凌云洲没有说话，把头扭到一边看窗外。

黑川梅子纤细柔软的手臂，像两条蛇一样箍住凌云洲的脖子。

凌云洲依旧没有回头。

黑川梅子气呼呼地松开双臂，厉声喝道："姓凌的，既然你不喜欢我，为何还答应老师娶我？"

凌云洲习惯性地把手伸向口袋掏烟，却发现自己穿着睡衣。

黑川梅子从坤包里掏出香烟，熟练地叼在嘴上，用精致的打火机点燃后，把带着唇印的香烟插入凌云洲的嘴里。

凌云洲深吸一口烟，吐出一串烟圈："做我们这一行，谁能按照自己内心的真实想法做选择？我都不知道自己能不能见到明天早上的太阳，对任何人做出任何承诺都是不负责任的。"

黑川梅子低下头，沉默不语。凌云洲的回答，令她无法辩驳。暗恋她那么多年、深受土肥原信任的中村宇都，转身就成为她的敌人，谁敢相信谁呢？

"现在中村宇都承认自己是日本共产党党员。你说，他会不会殃及平时与他关系密切的人？你好像跟他走得很近啊。"黑川梅子上下打量凌云洲，"你说，一旦中村宇都乱咬一气怎么办？"她突然摇头叹气，"唉，既然我们都不知道自己能不能见到明天早上的太阳，又何必想那么多呢！"

"老天爷管不了那么多，老百姓就想不了那么多。想多了，累人，也连累人。我真没想到，宫本老师竟然是'老猪'，竟然坐到审讯我的主审席上，看到我身受酷刑无动于衷；蒋文汉竟然是死而复活的凌岳州、犬养中堂的儿子，还被土肥原的人当众击毙。"凌云洲连珠炮般抱怨。

黑川梅子一语双关地说："是啊，谁能想到宫本芳子还活着，还是杀人不眨眼的刺客同盟成员？她不但杀死多位政要，还差点儿把自己的父亲做掉。即便这样又能怎样，最后她依旧能重返梅机关做情报课课长！"

凌云洲装作无奈地摇摇头："我命如蝼蚁，抱怨有什么用？我们舍命工作多年，都抵不上人家上面有人！"

"所以，我们要抱团取暖，相互照顾。"黑川梅子拉起凌云洲的手，深情地望着他。

凌云洲把双手搭在黑川梅子肩上，缓声说道："你是土肥原将军的学生，你上面也有人。"

黑川梅子摇摇头："我是土肥原将军的学生又能怎样？还不是被发配到宪兵司令部特高课，担任有名无权的二课课长。"

"能活着就好，还考虑什么名啊权啊！"凌云洲满脸颓废，有气无力地说。

"'老猪'命令！"黑川梅子突然严肃地说，"凌云洲、黑川梅子和宫本芳子联手执行除掉唐墨的任务。"

"唐墨不是'老猪'最信任的人吗？为什么要除掉他呢？"凌云洲脸上露出难以置信的表情。

"你觉得'老猪'会向我们解释吗？命令我传达到了，你准备行动方案吧。我累了，要洗个澡，你走吧。"黑川梅子说完，径直走向浴室。

凌云洲起身离开2号楼。

他走进3号楼卧室，打开灯，看见江澄子盘腿坐在床上，直瞪瞪地看着他："那只狐狸大半夜跑来干什么？"

"她来提醒我，中村宇都可能把我出卖了。不过，我相信他的人品，根本不会出卖我。"凌云洲上床躺下，"我必须见中村宇都一面，摸摸实底。看来黑川梅子一时半会儿不会走，会把我盯得死死的。这段时间你一定要小心。以前黑川梅子还有所畏惧，现在就不一定了。"他像突然想起什么似的，翻身下床换衣服。

江澄子看看手表："三更半夜的，你还要出去？"

"我去找宫本芳子。"凌云洲说，"宫本正仁给我、黑川梅子、宫本芳子下达了除掉唐墨的任务。"

江澄子问："难道宫本正仁不知道唐墨已经死了？他让你们去杀一个死人，不会是圈套吧？"

凌云洲摇摇头："是圈套我也得踩一脚，不然怎么知道虚实呢？龟机关一旦被裁撤，我就不能以龟机关特工身份做掩护。我必须马上见到宫本芳子，梅机关的阵地不能失守。"

江澄子站在窗前，目送凌云洲驾车离去。毫无睡意的她，转身关闭电灯，又走到窗前默默地向外看。

黑川梅子悄悄地走出2号楼，径直走向大门。

江澄子麻利地换好衣服，也悄悄地走出3号楼。

~ 258 ~

时间：1943年4月27日，星期二。

地点：上海，日占区，百老汇大厦，成都路，愚园路。

宫本芳子怎么都没有想到，龟机关会被裁撤、龟机关潜伏特工会被无情抛弃。

宫本正仁告诉她，她只有回到梅机关才能活下去，她的战友莫康和陈刚才不会被土肥原灭口。

在权力高压下，她根本没有第二种选择。于是，她向宫本正仁提出，把清白的莫康收入梅机关。

宫本正仁爽快答应。

想到白天发生的一切，宫本芳子也是彻夜难眠，起身走到窗前，默默地望着雾蒙蒙的黄浦江，聆听宛如哭泣的轮船汽笛声。

此刻，她无比怀念她的另一个身份——李致。那个李致是洒脱的，在江湖上快意恩仇，不受任何羁绊。

为了搭救深陷绝境的凌云洲，已经看清日本军政官僚丑恶嘴脸的她，不得不放弃李致的身份，回到宫本正仁身边。

她把凌云洲从死神身边拉回来，又觉得有些人随时要对凌云洲下黑手。为了保护凌云洲，她不得不答应宫本正仁到梅机关任职。

凌云洲作为龟机关潜伏特工，是土肥原必须清除的人，她怎么做才能助他度过此劫呢？

最可怕的是，直到现在，恐怕刚刚脱离虎穴的凌云洲，还不知道他头上已经悬着一把随时都可能落下的利剑。

宫本正仁利用天皇特使特权保下她，土肥原利用陆军大将特权保下黑川梅子，谁愿意保下凌云洲呢？

除了她，任何人都不愿意承担这种风险。

"丁零零"，沉寂近乎一个晚上的电话铃，突然急遽响起。

宫本芳子打了一个激灵，扭头望着电话。

电话铃依旧响个不停。

她慢慢地走到桌前，拿起话筒，并没有主动说话。

听筒里传出凌云洲微弱的声音："老地方见，马上。"

宫本芳子放下话筒，换好衣服，驾车直奔成都路柳鸣堂家。

她站在院门前，向左右看了看，才轻轻地推开院门，见凌云洲站在老槐树下，径直走过去。

凌云洲转过身，直接问道："黑川梅子说，土肥原下令，要我们三人联手除掉唐墨？"

宫本芳子点点头："黑川梅子可能说了一半，除掉唐墨之后，就要轮到你。"

"唐墨已经死了，这根本不是任务。"凌云洲说。

"见不到尸体，谁能相信他死了？反正我不信。我相信黑川梅子一时半会儿找不到他的尸体，这个任务就会一直处于执行中。不过，现在你确实很危险，因为你亲口告诉我，你是中共'31号'，还做掉了犬养中堂。"

"按理说，你作为梅机关情报课课长，凌晨密会中共'31号'，无论如何都解释不清楚吧？"凌云洲一脸痞相。

"解释不清楚就不解释了，或者懒得解释了。我已经见过很多人的A面，也见过很多人的B面，就不难为自己了。你我手上都沾着很多日本人的血，既然洗不干净，那就多沾点儿，无所谓了。"宫本芳子一语双关地说。

"这就是你想去梅机关的真实原因吧？"

宫本芳子说："你现在生死难料，就别琢磨我的事了。我已经死过一回了，把什么都看淡了，你有空还是想想你的江大小姐吧。"

凌云洲微微一笑："你不想让她守寡，就不会让我成为鳏夫，对吧？"

宫本芳子抬腿踹了凌云洲一脚："你这辈子，就不配有媳妇！"

南京路上，黑川梅子驾车缓慢行驶，不停地瞟着后视镜。

江澄子的轿车，与黑川梅子的轿车保持着一定的距离。

黑川梅子认为，凌云洲成为大日本帝国隐蔽战线的弃子，已经死不足惜。她要做的，就是找到江澄子通共的证据。一旦她坐实这件事，江家所有财产就会自动归到她的名下。

她一直认为江澄子就是人傻钱多的地主家闺女，只要她略施小计，江澄子就会主动入坑。

黑川梅子把轿车停在一个棚户区街边。

低矮的平房无规则搭建，显得杂乱无章，到处是狭窄曲折的小弄堂。黑川梅子下车后，径直走进一条弄堂。

江澄子快速下车，快步跟上。

黑川梅子走到一座小石库门[1]前，掏出钥匙开门，闪身进去。

江澄子躲在另一座石库门后，看见二楼亮起灯，窗户上映出一对男女的身影。

过了不久，灯熄了。

黑川梅子和一个男子并肩走出门口，小心翼翼地四下张望，确定无人后分头离去。

半个小时后，江澄子确定黑川梅子和那个男人已经离去，便走到那座石库门前，笨拙地打开门锁。

进屋后，她戴上白手套，用手电筒照射房内，发现屋内陈设简陋，破旧的桌子上胡乱地堆放着报纸和宣传单。

江澄子翻看那些报纸和宣传单，觉得毫无价值，就爬上二楼。二楼只有一张床和一张桌子。奇怪的是，床上没有被褥，不像有人使用。

江澄子翻找一遍无果，气恼恼地来到一楼准备离去。走到门口，她突然停下，把手电筒的光束集中在那些宣传单上。

宣传单上面是燃烧的硕大枫叶状徽标，徽标下面第一行是"枫商会"三

---

[1] 石库门是一种融汇西方建筑风格和中国传统民居特点的新型建筑，是最具上海特色的居民住宅。

个中号字,下面是一行"愚园路1032弄1号院"小号字。

江澄子走过去,拿起宣传单,喃喃自语:"枫商会?千叶枫?刚才和黑川梅子在一起的男子是千叶枫吗?"

第三章　破　局

~ 259 ~

时间：1943 年 4 月 28 日，星期三。

地点：上海，日占区，虹口，提篮桥监狱。

"裤裆扯着蛋了，把门开大些！"天刚放亮，伴随咒骂声，两个狱警打开提篮桥监狱大门，看到一辆囚车。

顾同坐在囚车副驾驶位上，探出头挥手示意狱警把大门再打开一些。两个狱警继续拉动大门，囚车缓缓驶进大院。

顾同的咒骂声惊动了新上任的监狱长德川拓人——三十五六岁的日本军官。此刻，他躺在宽大的席梦思床上，身边躺着年轻漂亮的雅子。

德川拓人想起身走到窗前看个究竟，看看酣睡的雅子，慢慢地抽动她颈下的手臂。

雅子突然睁开眼睛，抬起头，指指窗户。

德川拓人起身走到窗前，扒开窗帘向外看了看，扭头对雅子说："又送来一堆新垃圾。"

雅子一边穿衣服一边说："问遍这里所有人，竟然没有人知道安子铭的下落，很不正常。"

德川拓人说："一个支那烂人而已，根本不值得我们花那么多精力。"

"你是德川将军的儿子、松井司令官的学生,可以什么都不在乎。如果我找不到安子铭,就得切腹自杀谢罪。"雅子一脸愁容地嘀咕。

德川拓人一脸无所谓地嬉笑:"有我呢,谁能把你怎么样?哦,对了,村上云昔现在经常往官府跑?"

雅子点点头:"他也是奉德川将军之命,去见天皇特使。德川将军认为提篮桥监狱问题太大,要求天皇特使派人严查。"

"严查谁?安子铭?到哪儿去查安子铭?"德川拓人不耐烦地抱怨,"上面一张嘴,下面跑断腿,是不是唐墨给我爹出的馊主意?村上云昔不在崇明岛老实趴着,跑到上海瞎掺和什么!"

"确实是唐墨给德川将军提供的情报。至于村上云昔为什么如此积极主动,德川将军暂时也猜不透。"雅子想了想,"安子铭放着好好的监狱长不做,还玩失踪,是不是村上云昔进城把他惊动了?"

"提篮桥监狱离崇明岛八百里呢,安子铭是狗鼻子啊?"德川拓人摇摇头,"我爹让我蹲监狱,旨在近距离调查安子铭,松井司令官还等待我的调查结果呢。现在安子铭失踪了,我调查个屁!"

"松井司令官和德川将军同时关注安子铭,说明安子铭身上的事儿小不了。"

"安子铭是共生证券公司幕后股东,活动能量不是一般的大。"德川拓人看看表,"我们在这里尬聊,能聊出啥?走,下去办点儿正经事儿。"

监室楼前,顾同一边拍着卡车一边喊:"一个一个地下来,别他妈的整乱套了。"

顾同捧着囚犯卷宗,只有犯人与卷宗上的照片比对无误后,才发放编号卡片。

一个身穿狱警服的人悄悄地从卡车底下爬出来,整理一下衣服,低头走向监室楼。他走到楼门口,回头瞥了囚车一眼。

他竟然是"死"了一年之久的杨枢。

等犯人全部收监，顾同饿得前心贴后背，刚想到食堂找吃的，又接到监狱长马上对犯人训话的通知。他不敢怠慢，带领六个狱警疾步走到一监区楼下，一字排开。

顾同站在狱警前面，低声说："你们回去告诉兄弟们，十分钟后把自己负责的监区犯人全部带到这里，新任监狱长要给你们训话。"

一个狱警抱怨："就给十分钟准备时间？"

第二个狱警调侃道："新官上任三把火，没想到第一把火不烧犯人，还烧咱们，还有没有江湖规矩了？"

第三个狱警调侃："监狱长放屁都是规矩。我们要么忍，要么滚！"

顾同怒喝："别瞎他妈的嘚啵了，赶紧叫人！"

六个狱警一边吹响紧急集合哨，一边催促其他狱警。

犯人在狱警的大声呵斥中，陆续走到院内集合。

德川拓人和雅子来到犯人队伍面前，环视一周，然后冲顾同努努嘴。

顾同高声喝道："从前往后，由右向左，报数！"

犯人有气无力地报数："一、二、三……"

德川拓人似乎有些不耐烦，冲雅子点点头。

雅子举起手中名单，喊了一声"停"："普乐天，出列！"

普乐天从队伍后面一摇三晃地走到雅子面前，一脸淫笑地上下打量她。

德川拓人抬腿踹向普乐天，普乐天闪身躲开后，一屁股坐在地上，大声惨叫。

德川拓人蹲在普乐天面前："听说你殴打一个帝国商人？"

普乐天龇牙咧嘴地摇摇头："不是一个，是三个。"

德川拓人瞪大眼睛："你这么诚实吗？"

普乐天点点头："我不会撒谎，揍过两个商人，一个大头兵，都是日本的。"

德川拓人起身用日语怒骂："八嘎！"然后又踹向普乐天。普乐天借势翻滚，捂着屁股惨叫。

雅子怒喝："支那鬼，一句实话都没有！"

第三章 破 局

普乐天坐直身子，打量雅子，摊开双手，一脸委屈地嘟囔："是他们先骂我的，我骂不过他们，只能揍他们喽。"

德川拓人冲狱警喊道："把他带到我的办公室，其他人就地解散！"他说完转身走向办公楼。

普乐天被狱警带到德川拓人的办公室后，大大咧咧地坐在办公桌前的椅子上。

雅子拎着手枪，站在普乐天身后。

"我很纳闷，唐氏少掌门能和帝国百姓打架斗殴，于情于理都说不过去，你能给我一个合理的解释吗？"德川拓人把穿着皮靴的脚搭在办公桌上，拿起指甲刀慢慢地剪指甲。

普乐天微微一笑："你不觉得你们当中的某些人，确实很欠揍吗？"

德川拓人指指自己的鼻子："你看我欠揍吗？"

"我不知道你是谁，怎么知道你欠不欠揍呢？"普乐天一脸认真地说。

德川拓人说："自我介绍一下，我，德川拓人，曾任上海日本宪兵司令部特高课课长，现任提篮桥监狱监狱长。上海日本宪兵司令部司令官德川长运，就是家父。"

普乐天刚想起身，雅子便把枪口抵在他的后脑勺儿上："别动！"

普乐天乖乖地坐好："这么多年，我承蒙德川将军关照，确实赚了一点儿小钱。你既然是德川将军的公子，那就别客气，在上海，凡事能用钱解决的麻烦，我都能解决。"

德川拓人摇摇头："现在我确实遇到了一个麻烦，不用花钱就能解决，不知——"

普乐天立即说道："你说说看。"

"你明明知道，支那人殴打帝国任何人都是死罪，为什么还明知故犯？你不是冲动的人，千万别说你一时冲动。"德川拓人起身走到普乐天身边，盯着普乐天的眼睛，冷冷地说。

"一个偶然的机会，我结识了村上云昔。他告诉我，我钟情的女人在提篮桥监狱。"普乐天一本正经地说，"我喜欢新欢，但不忘旧爱，不可能看着我钟爱的女人身在绝地不管不问,于是我就花高价买下村上云昔的一个主意。他让我殴打日本商人,我照办了,于是我就坐在这里与你聊天了。"

德川拓人撇嘴道:"那个老家伙没有告诉你,提篮桥监狱里没有女犯人吗?"

"他说有,自然会有。你刚到提篮桥监狱,未必能了解这里的全部。"普乐天自信地说,"前任监狱长安子铭是共生证券公司的幕后大股东,我们有时也会聊到提篮桥监狱。"

德川拓人冲雅子挥挥手,示意她出去。

~ 260 ~

时间:1943年4月28日,星期三。

地点:上海,日占区,宫府;愚园路,枫商会。

宫本正仁望着苏醒臀部似乎随时腾飞的三羽乌文身,胸中燃起一团火。

他实在没想到,传说中的乌机关确实存在。面前的苏醒就是一个力证。

犬养中堂虽然死了,却留下了几笔丰厚遗产,其中一笔遗产就是连内阁都不得过问的乌机关。

犬养中堂的巨大活动能量就体现在这里,他不仅创建了隶属内阁的龟机关,还创建了隶属他自己的乌机关。

犬养中堂死后,宫本正仁便盯上他的政治遗产,只可惜他把乌机关藏得太深,宫本正仁费尽心机,也仅仅打探到乌机关的标志是三羽乌图案——一只乌鸦三个头、一个身子、两个爪子,站在树枝上向三个方向看。

现在,传说中的三羽乌标志,出现在苏醒臀部,令宫本正仁兴奋不已,喃喃地问道:"你是中国人,还是日本人?"

苏醒背对着宫本正仁,用绵软的声音说道:"我是中国人,在莫斯科读书时,承蒙犬养中堂抬爱,加入乌机关。他说,如果他玉碎,就让我联系'老猪'。他玉碎一年多了，我用尽各种办法，也无法联系到'老猪'。如果不是蒋文汉自绝于帝国，就算我在你面前经过千百次，也未必知道你就是'老猪'。"

"该死的蒋文汉，可悲的犬养中堂！我隐瞒'老猪'身份，本是犬养中堂的主意，没想到人算不如天算。"宫本正仁的目光突然变得犀利，"犬养中堂为什么让你联系我？"

"犬养中堂认为，一旦龟机关陷入绝地，只有你才能助它浴火重生。"

"浴火重生？"宫本正仁的手滑过苏醒光滑的脊背，低声问，"犬养中堂就这么自信？"

"他向来非常自信。"

"他对你还说过什么？"

"犬养中堂叮嘱我，一旦我见到'老猪'，必须知无不言。"苏醒不慌不忙地穿好旗袍，"我的代号'黄鸟'，上线是'刺鸟'。四年前，'刺鸟'失踪，我成了断线的纸鸢。"

"你见过'刺鸟'吗？"

"见过。他和凌云洲像孪生兄弟。"

宫本正仁说："此乃天助我也。你和'刺鸟'都隶属于乌机关中国局？"

"是的，我们都是'鸟小组'成员。"

"具体执行什么任务？"

"策反和监视汪精卫。"

"你先在警察局，后到特工总部，按理说经常与安子铭打交道，就没有发现他是侍六组的特工头子'姜太公'？"宫本正仁的声音不高，但充满寒意。

"这是我的终生耻辱、职业污点！"苏醒躬身垂首。

"不是你无能，而是他狡猾。当局不是也让他出任提篮桥监狱监狱长嘛。"宫本正仁的脸上呈现出一丝暖色，"他知道你是乌机关特工吗？"

苏醒摇摇头："'刺鸟'失踪，犬养中堂玉碎，我成为游魂野鬼，无法接收乌机关的任何指示，也就没有任何实际行动，根本没有暴露身份的机会。如果不是蒋文汉透露你的'老猪'身份，我还以为自己被乌机关抛弃了呢。"

她说到此处，轻轻抽泣。

宫本正仁拍拍苏醒的肩头，暗自思忖："别人做事看一步想三步，犬养中堂做事看一步想十步。乌机关如此重要，应该有特工总名单。只要找到乌机关特工总名单，便可化解龟机关当下的危机。"

宫本正仁想到此处，又不动声色地关心苏醒的生活问题，叮嘱她一旦遇到麻烦，可以直接来找他。

最后，他命令苏醒返回南京继续潜伏。

苏醒走后，宫本正仁直奔枫商会约见村上云昔，征询他的意见。

"犬养中堂不应该死，乌机关也不应该消失。"村上云昔开门见山地给出建议，"犬养中堂玉碎，乌机关群龙无首，必然成为乌合之众，你应该乘机收拾这片山河。"他从公文包里掏出一张照片，"你看看这张照片。"

宫本正仁接过照片看了又看，故作不解。

照片中，身在监室貌似凌云洲的人，双手攥住铁栅栏，左前臂文着三羽乌图案。

村上云昔指着三羽乌图案："你磨的墨，我镇的纸，犬养中堂绘的图！"

宫本正仁把照片拿到眼前细看："他不是凌云洲，是'刺鸟'，对吧？"他指着照片里的背景，"这是哪里？"

村上云昔缓声说道："提篮桥监狱。此人名叫傅见山，昔日中统'三大元'之一，真实身份是乌机关特工，代号'刺鸟'，'鬼鸟小组'组长。藤田也夫刚刚查明，'鬼鸟小组'就是乌机关的'鸟小组'。"

宫本正仁打量村上云昔："关于乌机关，你到底掌握多少信息？"

"乌机关共有三个小组，分别是中国局'鸟小组'、苏联局'鹤小组'、欧美局'枫小组'。田中村之隶属'枫小组'，德川拓直隶属'鸟小组'。"

"德川拓直也是乌机关特工？"

"曾潜伏在蒋介石重臣蒋百里身边多年。"

"写《国防论》的蒋百里？"宫本正仁大脑飞速旋转，"'中国是有办法的'，这是蒋百里的名言，他可是曾被支那人视为定海神针呢！哈哈，身边潜伏着我们的特工，他还不知道，看来他的辨识能力也不过如此嘛！"

"昭和十三年，蒋百里去世，德川拓直返回上海，我收留了他。"

"蒋百里是德川拓直杀的吗？"宫本正仁问。

"按照乌机关组织原则，自己做的事不说，别人做的事不问，这件事我不好过问。帝国'绝杀计划'终止前，乌机关中国局'鸟小组'遭到重庆方面破坏，组长'刺鸟'随之失踪。"

"'鸟小组'其他组员呢？"

"'荆棘鸟'乔家元，以军统老三身份潜伏在军统总部，因乌机关中国局'鸟小组'暴露被捕身亡；'黄鸟'至今不知所踪。"

"'刺鸟'既然在监狱，把他拉出来问问，一切不就清楚了嘛。"

"德川长运不会无故把他的儿子安排到提篮桥监狱的。"

"乌机关是件宝贝，我们想要，德川长运和松井久太郎自然也会惦记，人之常情嘛。"

村上云昔在烟灰缸上敲了几下烟斗："听说特高课已经全面接管提篮桥监狱，我们再不动手，恐怕只能看他们吃席了。"

"我马上安排梅机关和特工总部跟进。"

"只用特工总部的人吧。"村上云昔又装了一袋烟点燃，"当初陆军部、海军部、外务省、众议院、满铁调查部联合创建梅机关时，将隶属上海日本宪兵司令部的特高课划拨给梅机关。特高课作为梅机关的一个课室存在，虽然最终流于形式，但毕竟还有名义上的隶属关系，必然是你中有我、我中有你。一旦我们有动作，德川长运必然知晓。我觉得，还是用支那人比较稳妥。可以给他们找个合适的借口，牵制住特高课即可。目前德川长运也是投鼠忌器，不敢正大光明地独占乌机关，名不正言不顺嘛。"

宫本正仁冲村上云昔竖起大拇指："看来你用普乐天替代德川拓直、巧借傅见山直通乌机关的妙计，令老朽不得不佩服！此计虽然操作难度非常大，不过一旦成功，我们不但可以掌控乌机关所有特工，龟机关也随之浴火重生了。"

村上云昔摇摇头："不是我的办法高明，而是犬养中堂早就为我们留下后手，为拯救龟机关留下一个气口。"

"这就是资深特工的智慧。"宫本正仁由衷地赞叹,"我马上回国向天皇请旨,遂了东条英机的意。你等我的好消息。"

村上云昔一时猜不透宫本正仁的真实意图,被动地点点头,顺着宫本正仁的话茬儿往下说:"在此期间,我要找到那些乌机关特工。"

"我本想秘密行事,没想到死而复活的凌岳州把我放到火炉上烤,我只能公开宣战。犬养中堂千算万算,还是没有算到他儿子的一封信就让他多年心血付之东流。"宫本正仁说,"不过这样也好,此次回到东京,我就去一趟当年我磨墨、你镇纸、犬养中堂绘图的地方看看,没准儿能有收获。"

村上云昔点点头:"特工总部的李墨群,已经不听话了,会把特工总部带到邪道上去,我们必须提前找到合适人选取而代之。凌云洲这个人,虽然通过了各种验证,但他身上不合常理的地方太多了。东条川赖不幸玉碎的锅,必须合理地甩给凌云洲,不知道前因后果的东条英机,只能相信我们。我的建议是,利用'刺鸟'傅见山与凌云洲像孪生兄弟这一点,让傅见山神不知鬼不觉地取代凌云洲,进而彻底掌控特工总部。"

宫本正仁点点头:"一石二鸟,好计策!"

村上云昔摸着下巴:"起用普乐天,也是一石二鸟的好计策,不过目前我们还缺一块合适的石头。"

宫本正仁微微一笑:"把中山功献给天皇,不就有石头了嘛。"

"中山功是共逆,确实是一块可以塑造的石头。"村上云昔想了想,"不过,我们不得不提防安子铭、罗亭。这几年他们抓了多少人,我甚至担心安子铭已经盯上乌机关的青铜特训营。现在安子铭活不见人,死不见尸,更是一颗无法提防的诡雷。"

宫本正仁眉头紧蹙,半晌没有说话。他突然抬头盯着村上云昔:"难道傅见山和罗亭的照片,是安子铭失踪前故意送到你手中的?你怀疑这也是安子铭设计的圈套?"

"目前我还没有厘清这件事,我怀疑德川拓直在暗中参与这件事。"村上云昔摇头叹息,"盟军一发炮弹,炸死德川拓直,也炸毁了所有线索。"

"盟军的飞行员,怎么可能受安子铭调度?不可能的!"宫本正仁瞟了村上云昔一眼,"你不是在提篮桥监狱安插眼线了嘛,难道那个眼线也失踪了?"

村上云昔苦笑,用喝茶的动作掩饰自己的尴尬。

~ 261 ~

时间:1943年4月28日,星期三。

地点:重庆,十八梯,染衣坊;上海,极司菲尔路76号。

重庆,十八梯,那道令人悲怆愤怒的防空洞大门紧闭着。"六·五惨案"两周年纪念日前夕,重庆民众自发前来,在防空洞大门前摆放黄白色鲜花。

1941年6月5日,日军出动二十余架次飞机,从傍晚开始连续轰炸重庆城区三小时。由于十八梯防空洞避难人数众多,内部通风不畅,导致两千五百人窒息而亡,酿成震惊中外的"校场口大惨案"。

防空洞对面是一家名叫"原石"的染衣坊,院里各色染布在木架上随风飘荡。

安子铭站在布料中间,凝视着充满死亡气息的防空洞大门,眼中透着冰冷的杀气。

四十岁的侍六组组长唐横,关上染衣坊大门,拨开染布走到安子铭身前,鞠躬问安:"老师好!"

"乃建,你太谦卑了。"安子铭微微一笑,"一日之教,不敢言师。"

"没有老师提携,我与侍从室无缘。"唐横一脸真诚,"当今之中国,能让老头子完全信任的人,应该没有几个。"

"不可妄自菲薄!"安子铭拍拍唐横的肩头,"你是老头子的学生,担任过复兴社书记,这才是你成为党国情报系统中流砥柱之关键。"

唐横颔首:"学生明白。"

"'越女'有消息了?"

唐横点点头:"村上云昔已到上海,'红雨'已入狱,一切都按照计划有序推进。"

安子铭撩起一块染布,闻了闻:"'红雨'是关键。"

唐横打量安子铭莫名的举止,谨慎地说道:"戴遇侬已经委任'红雨',暂时代理军统上海站副站长。"

"'红雨'就是'红雨',有想法就能有办法。"安子铭说,"村上云昔向他施压,他立刻就能联络戴遇侬。他的这份果断与冷静无人能及。"

"军统老七,名不虚传。"

"这个'红雨'太神秘了,我们只知道他是南京唐氏少掌门,喜欢罗亭,其他一概不知。"安子铭盯着唐横,"要不你查查他?"

唐横点点头:"学生会继续调查他的。据可靠消息说,未婚生子的唐琳,为了掌控南京唐氏,不得不把亲儿子送人,看来她应该是个狠人。现在南京唐氏所有人对这件事守口如瓶,必须找到知情人再想办法突破。您看,能不能从罗亭那里切入?"

"罗亭?一不知道死活,二不知道下落,你怎么从她那里切入?"安子铭反问道。

"'红雨'喜欢罗亭的消息怎么来的?"

"颜先生提供的。"

"颜先生?"唐横一怔,"颜先生的话应该可靠,毕竟是他一手栽培的'红雨'。"

"颜先生说什么,戴遇侬都能知道,自此可以看出军统的天罗地网的功能有多么强大。"安子铭扭头看了唐横一眼,"老头子安排你督察军统,尽力不如尽心。"

唐横颔首:"我虽然是军统帮办,但绝对不会搬弄是非,毕竟戴遇侬才是老头子的真正心腹。"

"你能明白这一点就好。"安子铭话锋一转,"你必须记住,'极雾计划'的目的不是牺牲'黑石',而是成就'黑石'。"

唐横不解:"成就'黑石'?什么意思?"他顿时反应过来,"'黑石'掌管特工总部，活动能量抵得上两个军统上海站，作用太大了。"他转而说道，"'白雾'密报，侍六组内有'冷宫'特工，代号'王妃'。萧易寒之所以能逃离重庆，皆因'王妃'在暗中协助。"

"宫本正仁连自己都不相信，他能把这么重要的信息告诉'白雾'？"随后安子铭又否定了自己的判断，"宫本正仁是政治赌徒，就没有他不敢押的筹码。你接着说。"

唐横小心翼翼地说："'白雾'判断，'王妃'应该在'3号小组'。该小组成员就是护送您撤离上海的三个人。'王妃'肯定在他们当中，我立刻着手彻查。"

"不能彻查！"安子铭立即制止，"这三个人，一个是戴遇侬的人，一个是陈册的人，一个是你的人，都是牵一发而动全身的人，弄不好还得引火烧身。再者说，'白雾'是刺杀汪精卫的关键人物，他的人身安全才是重中之重。"

"还是老师看得深远，我受教了。接下来我该怎么做？"

"放弃'3号小组'，利用'王妃'做局，安排他们去上海。"

"玉石俱焚？"

"清君侧，灭'王妃'！"

想"清君侧"的人，不止安子铭，还有晴气武夫。

晴气武夫身着便装，拎着公文包，独自走进特工总部会议室，冷冷地瞟了李墨群和凌云洲一眼，一屁股坐到主位上，示意笔直站立的李墨群和凌云洲坐下。

晴气武夫沉思几秒钟，缓声说道："竹机关机关长柴山哲也空降梅机关，出任副机关长兼行动课课长。我提醒你们一句，柴山哲也是犬养中堂和土肥原的老朋友。"

李墨群嘀咕一句："看来梅机关要变天了。"

凌云洲说："传闻东条首相对梅机关一直不满意，看来内阁要借东条川赖之死大做文章，梅机关必然大换血。"他看看晴气武夫，"机关长也要调回东京吗？"

晴气武夫摇摇头："我还没有接到通知。"

李墨群苦着脸说："一旦机关长调回东京，特工总部还能指望谁？"

晴气武夫从公文包里取出一个文件袋，推到李墨群面前："就目前形势看，唯有梅机关立下大功，才能扭转被动局面。我们——不妨赌一把。"

李墨群拿起文件袋，从中抽出三页公文纸。第一页是日文标题"支点行动"；第二页是中村宇都的照片和资料；第三页是"支点行动具体事宜"，但只有三句摘录：

胖先生

同盟国特工

与"圣杯"上海会面

李墨群直瞪瞪地望着晴气武夫："卑职愚笨，还请机关长明示。"

晴气武夫说："这是土肥原将军制定的方案，我这里只有这么多信息。"

凌云洲接过公文纸看了看："难道土肥原将军对梅机关还不放心？"

晴气武夫说："柴山哲也是资深特工，在军政两界拥有极深的人脉关系。土肥原将军把他安排到梅机关，绝对不会仅仅让他出任有职无权的副机关长那么简单。如果我们还不认命，只能放手一搏。"

李墨群和凌云洲一起点头。

凌云洲把三页公文纸装入文件袋，慨叹道："没想到中村宇都竟然是我们寻找多年的'圣杯'。"他望着晴气武夫，"这个'胖先生'，是同盟国特工？"

晴气武夫指指文件袋："我只知道这么多。"他把目光转向李墨群，"梅机关和特工总部唇齿相依，一损皆损，现在我们只有背水一战，才能两全。凌主任有什么要求？"

凌云洲说："现在部里缺人手，情报处处长不能空缺。"他顿了一下，"苏醒——能不能留在上海？"

第三章 破　局

　　李墨群摆摆手："她已经升任警政部主任了，我们指望不上。情报处处长人选嘛——"他看了看晴气武夫。

　　晴气武夫说："我推荐一个人。此人是天皇特使的儿子，名叫宫久。你们觉得如何？"不等李墨群回答，他自言自语，"现在我们太需要强有力的支持。宫久不但有强大的官场背景，还有丰富的隐蔽战线工作经验。他曾打入延安高层，为我方提供中共'31号'潜伏在特工总部的重要情报。现在他完成使命，已经返回上海。"

　　李墨群听罢有些吃惊，想了想，说："机关长，天皇特使的千金宫本芳子，与凌主任关系比较熟，让她出任情报处处长，是不是比宫久更合适？"

　　晴气武夫摆摆手："宫本芳子已有安排，出任梅机关情报课课长。此事就这么定吧，不做他议。"他转向凌云洲，"凌主任好好研究一下'支点行动'，如有合理建议，及时向我呈报。"

~ 262 ~

　　时间：1943年4月28日，星期三。

　　地点：上海，日占区，虹口，上海日本宪兵司令部。

　　"冲出迷雾，寻找光明！"凌云洲耳边响起振聋发聩的声音，禁不住拍了拍副驾驶位上的公文包。

　　他知道，只有采取釜底抽薪式的行动，才能化解江澄子在共生证券公司里的困境，才能避免自己被清除的厄运。

　　东条内阁准备裁撤龟机关、清除龟机关潜伏特工，以宫本正仁的性格，绝对不会束手就擒。只要宫本正仁能硬扛东条内阁，龟机关就有反转的机会，他就可以凭借"极雾计划"获得重生。

　　现在对凌云洲来说，必须在龟机关被裁撤之前或者"极雾计划"成功之前，为自己找到一个必须存在的理由。

他面临的麻烦是，对他知根知底的中村宇都被捕后，能否扛得住特高课的酷刑；与中村宇都接头的同盟国特工"胖先生"是不是苏联人。

这么多棘手的麻烦，像雪崩似的席卷而来，让凌云洲的神经绷到承受极限，已经无法像往常那样冷静地处理问题。

他必须要冒险。

轿车疾速前行，差一点儿冲进上海日本宪兵司令部大门。他急忙踩刹车，深吸几口气，稳定心神后，才提着公文包下车，缓慢地走向德川长运的办公室。

德川长运的办公室里竟然有一台机械式冰箱，与办公室整体陈设显得格格不入。

德川长运伏案审阅文件，根本不理会躬身站在办公桌前的凌云洲。签署两份文件后，德川长运才抬起头瞥了凌云洲一眼。

凌云洲立刻满脸堆笑，身体弯成直角，双手捧着公文包放在办公桌上。

德川长运上下打量凌云洲，又打量面前的公文包，拿起一支雪茄点燃，悠然地吸了几口。

凌云洲向前移动半步。

德川长运下意识地摸向抽屉里的南部手枪。

凌云洲指着公文包说："里面是共生证券公司的股份协议书，有将军与我父亲签署的，还有松井司令官和岩井总领事签署的，总共三份。中国战场形势备受天皇和内阁关注，我父亲失踪了，我个人认为，这些协议书应该交由将军处置。"

"仅凭这些，就足以要你的命。"德川长运放下手枪，轻拍几下公文包，"为何交给我处置？岩井英一与你的关系最好，他才是最合适的人选吧？"

"如果我父亲在这里，这些东西也会交给您处置的。"凌云洲说着，从口袋里掏出一沓照片，依次摆在办公桌上，"唐墨已经发现了共生证券公司股权架构。"

德川长运眯缝着眼睛，表面上毫不介意，暗中却认真地查看每张照片上的细节。

第三章 破　局

德川长运看到一张照片中的黑板上，写着他的名字和共生证券的字样，点指那张照片，问道："在哪里拍的？"

"舒园。"

"唐墨在哪里？"德川长运冷冷地问。

"他暂时下落不明。"凌云洲点指照片，"我只是简单地拍了这些照片，屋内陈设基本没动。如何处置舒园，还请您定夺。"

德川长运拿起两张照片看了又看："马上找到唐墨！你有线索吗？"

"可以先从这个人身上切入。"凌云洲指着唐墨和黑川梅子在沙逊大厦前的合影说。

这张照片是自然拍摄的，只不过是在凌云洲和江澄子宴请唐墨那天，赵青雇用的人在沙逊大厦偷拍的。

德川长运拿起那张照片，将烟头抵在唐墨的头像上，照片瞬间烫出一个窟窿。他打量照片中黑川梅子精致的脸，烟头在半空中停顿片刻后，还是落在黑川梅子的头像上。

德川长运把残破的照片扔到办公桌上，盯着凌云洲："你和黑川梅子、中村宇都的关系，我略有耳闻。我只希望你在关键时期，能放下儿女情长，以帝国大局为重。"他点指残破照片，"下面的事儿，你一定要办妥。"

凌云洲意识到，德川长运对黑川梅子起了杀心，就等于给他的下一步行动提供便利，便乘机询问德川长运，他能否见一见中村宇都。

德川长运思索片刻，吩咐日奈秘书带领凌云洲去审讯室。

以前，凌云洲经常给日奈秘书一些好处，因此他们非常熟悉。在去审讯室的路上，他们边走边聊。

凌云洲没话找话："日奈小姐，程大师的戏好看吗？"

"好看，多谢凌主任提供的戏票。"

"你太客气了。我太太说，改日请你吃饭叙旧呢，希望你能给她一个机会。"

"好的，我一定不会让你太太等待太久的。"

此刻，黑川梅子站在审讯室窗前望着刑架上的中村宇都，眼神里溢出些许悲伤。

自从被关进上海日本宪兵司令部审讯室，中村宇都便一言不发。日本宪兵在他身上用尽酷刑，他却像毫无感知的木乃伊，对那些酷刑毫无反应。

黑川梅子不是冰冷的战争机器，她亲手将深爱她多年的中村宇都推进地狱，岂能无动于衷？隐蔽战线上的斗争，就是非敌即友、你死我活的斗争，中村宇都栽到土肥原手里，只能按倒霉处理。

黑川梅子眼中的愧疚突然消失，眼神变得阴森恐怖。

她听到脚步声，扭头看见凌云洲，眉头微微蹙起，冷冷地问：“你怎么来了？”

日奈秘书接过话茬儿："我们受德川将军指派。"

凌云洲径直走到窗前，看见刑架上的中村宇都，浑身血渍，头低垂着，不知是死是活，顿感心头像万针齐扎一样。他不忍直视中村宇都的惨样，扭头问黑川梅子：“你指认他是'圣杯'？”

黑川梅子摇摇头：“我可没有那么大的本事，内鬼是土肥原将军挖出来的。”

凌云洲指着中村宇都："撂了吗？"

黑川梅子愤愤地说：“所有刑具用过几遍了，他一个字都不说。”

凌云洲假装惊讶："血肉之躯，怎么能扛得住宪兵司令部的刑具？不可能，我去看看。"他说完推门进去。

黑川梅子和日奈秘书站在窗前，密切关注着凌云洲的一举一动。

奄奄一息的中村宇都听到脚步声，缓缓抬起皮肉外翻、双目肿胀的脸。凌云洲的模糊身影出现在他的视线中。他吃力地睁大眼睛，狠狠地摇摇头，确定是凌云洲，又无力地低下头。

凌云洲围着刑架绕了一圈，最后在中村宇都面前站下，摇摇头："外面的一切已经与你无关了，该说就说吧。"

中村宇都剧烈咳嗽后，吐出几口鲜血。

"我们相识一场，不论你是什么身份，我还能满足你一个不太过分的要求，譬如给你置办一套新衣服。"凌云洲大声说。

中村宇都苦笑，低头看看破烂不堪的衣服："我确实不想以这样的惨相上路。姓凌的，你若念我们共事一场，就到愚园路云裳裁缝店找德国的胖师傅给我定制一套西装吧。穿上西装，显得我特别精神，对吧？"

"我照办。"凌云洲点点头，"记得下辈子还我的人情。"

"一定！"中村宇都吃力地笑了笑，"可惜我下辈子看不到你们得意的样子了，哈哈，哈哈！"大笑过后，鲜血汩汩地从中村宇都口中溢出。

"快来人，他把舌头咬断了。"凌云洲一边解刑架上的皮绳，一边冲门外喊。

黑川梅子和日奈秘书冲进审讯室，三个人七手八脚地把中村宇都从刑架上拖下来，让他平躺在地上。

日奈秘书跑出去找医生。

医生赶来后，蹲在中村宇都身边，摸摸颈动脉，看看瞳孔，无奈地摇摇头。

凌云洲扔下黑川梅子和日奈秘书，转身离开审讯室。

第四章　谍影鬼魅

时间：1943年4月28日，星期三。
地点：上海，公共租界，南京路，沙逊大厦。

上海滩是孕育女企业家的摇篮。无论是锦霞饭店的创始人楚笠君（作者按：详见拙作民国谍战系列小说《枪与玫瑰》），还是创建仙乐斯舞厅的盛乐颐，都是这座叱咤之城中巾帼不让须眉的典范。

江仲阁把强大的经商基因完整地遗传给江澄子。江澄子依靠父辈数十年编织的关系网，凭借共生证券公司巨大的影响力，仅出道一年，就跻身于上海滩知名女企业家前三名。

近两年，楚笠君隐身幕后，影响力渐弱；盛乐颐把仙乐斯舞厅交给法国人打理后，仙乐斯舞厅出现巨大亏空，处在破产倒闭的边缘。太平洋战争爆发后，江澄子便成为女企业家中的带头大哥。

江澄子把生意场上的经验，移植到隐蔽战线工作中，学会凡事不动声色。那个关系到同盟国远东潜伏特工生死存亡的秘密，她对同为侍六组特工的凌云洲都瞒得死死的。

情报是战争之本，任何将帅都不会忽视。同盟国与轴心国的情报战早已呈白热化，双方都不容有失。

同盟国获悉，轴心国在远东秘密推进"支点行动"。安子铭便因此策划"极雾计划"应对，旨在集结同盟国远东潜伏特工，破坏轴心国的"支点行动"。

"极雾计划"获得美英参谋长联合委员会[1]大力支持，交由安子铭全权指挥。

安子铭与同盟国各个情报系统建立联系，中、美、英、苏、法五国各自派一名特工，组成名为"H小组"的特工小组，取意英文"hand"首字母，代号分别为"大拇指先生""食指先生""中指先生""无名指先生"和"小拇指先生"。

江澄子是"H小组"组员，代号"无名指先生"。她第一时间将"极雾计划"内容发给延安方面。延安方面对此高度重视，安排中共传奇特工"佛手"到上海协助她工作。

对于这个传奇特工，江澄子慕名已久，翘首以盼地等待"佛手"到来。

现在，江澄子站在沙逊大厦楼下，抬头打量在晨曦中熠熠闪光的共生证券公司招牌，脸上泛起一抹笑意。

她看见唐琳从轿车里钻出来，急忙上前挽住唐琳的胳膊，笑着说："欢迎唐董光临。"

唐琳没有说话，笑着拍了拍江澄子的手背。

她们来到江澄子的办公室，并肩坐在沙发上。

江澄子将一杯红酒递给唐琳后，从茶几下取出一个书本大小的铁盒子，双手递到唐琳面前。

唐琳接过铁盒子，打开一看，盒子里是一串钥匙和一张房契。她拿出房契细看，户主是自己，地址是"愚园路1088弄宏业花园74号"，便笑问："江小姐的心意，有点儿大啊，让我如何接得住？"

---

[1] "二战"时期，盟军为了应对欧洲和亚洲两个战场设置的军事专业指挥机构。联合委员会，英国方面以所谓"帝国总参谋长"布鲁克元帅为首，英国三军参谋长为辅；美国方面以陆军参谋长马歇尔为首，海军参谋长金上将为辅，以"联席会议"的方式制定战争时期的重大决策。

江澄子笑着说:"唐董坐镇上海,自然要有一个休息的地方嘛。我私下认为,唐公馆是唐司令的家,您出入那里必然不便。江家有几处闲宅,择一处让您栖身,也是应该的嘛。"

唐琳指着房契上自己的名字,笑道:"你已经先斩后奏了,我只能接受了。"她从坤包里取出一个首饰盒递给江澄子,"一点心意,不成敬意。"

江澄子接过首饰盒,打开一看,里面是一个镶着十二颗粉色钻石的玉镯,眼睛一亮,惊呼道:"老玉镶粉钻,世界稀有,价值连城,如此相比,我的愚园路小宅子就——"

唐琳拿起玉镯戴到江澄子的手腕上:"这个玉镯我戴了三十年。为了让它与你的身份匹配,我让大师镶嵌了十二颗粉钻。"

江澄子急忙把玉镯摘下,塞到唐琳手里:"唐董随身之物,我岂能——"

唐琳又把玉镯戴到江澄子手腕上,拉起江澄子的手,问:"唐家梨,彭家杏,你喜欢哪个?"

江澄子听罢,默默地打量唐琳,低声说:"苏家苹果,又红又大,您不喜欢吗?"

唐琳低声说:"我是'佛手'。"

江澄子瞪大眼睛,一副难以置信的表情。

"'老A'同志牺牲后,上海形势严峻,组织就派我来接替'老A'。"

江澄子激动地握住唐琳的手,兴奋地说:"我一直不明白您为何帮助我大哥,原来我们是一家人啊。"

"'红雨'重生,是老家部署的重要一步棋,我当然要帮助普乐天了。"唐琳转而问道,"'老A'煞费苦心营造的共生证券公司保护壁垒已经坍塌,你可有替代的办法?"

"金融证券不是江家、唐氏的主业,它的本质是吸血水蛭,无益于百姓生活,实业才能救国。"江澄子不假思索地说,"唐氏面粉,江家造船,是敌占区仅存的实业,这次我们贯通沪宁两地,彻底摆脱日本人的黑手,摘掉汉奸帽子,为敌占区的实业留下一颗火种。"

"你的想法很好。"唐琳欣慰地点点头,"这让我想起民国二十八年秋宜昌大撤退时，中国实业公司纷纷转移到川渝大后方，敌占区的实业所剩无几。如果江家和唐氏愿做敌占区民族实业的一颗火种，于国于民都是善事。你还记得吗？江家和唐氏曾在宜昌合建华邦石油公司，可惜呀，宜昌大撤退时被鬼子拦截，一千吨油料不知所踪，到现在都没有找到。"

"武汉沦陷，宜昌沦陷，就算我们能找到油料，也运不走的。"

"负责运送油料的老刘同志已经牺牲了，据说鬼子到现在也没有找到那批油料，说明老刘同志在牺牲前已经把那批油料藏在隐蔽的地方。可惜当时与他一起负责运送油料的同志都牺牲了，没有留下任何线索。"

"只要那批油料没有落到鬼子手里，我们肯定能找到的。唐董，我有个想法。既然江、唐两家创建过华邦石油公司，为了纪念那段伟大的日子，我提议，把共生证券公司更名为华邦实业公司，您意下如何？"

"华邦实业，华邦实业——甚好。"唐琳轻轻默念，"南京方面审查太严，面粉无法运出，华邦实业公司经手，把南京的面粉转运到上海出售，是极好的途径。不过，如何将面粉从上海运送到根据地呢？你虽然掌握了侍六组的秘密运输线，但往根据地运送战略物资，绝不能使用侍六组的秘密运输线。"

"我准备收购一家日本商会。"江澄子低声说，"我们可以以日本商会作掩护，把战略物资运出上海，再由新四军方面的人秘密接应即可。"

"看来你已有主意。"唐琳转移话题，"你向老家提供的消息太重要了，这也是我立即来上海与你见面的原因。"

"'支点行动'的内容老家了解多少？"江澄子急切地问。

"'红蝉'同志发来密电，安子铭已经回到重庆，侍六组对'支点行动'展开全面调查，只可惜收获甚微。"唐琳端起红酒杯轻轻晃动，"'H小组'成员都在上海吗？"

"'中指先生'是英国军情六处特工，在香港。"江澄子也端起红酒杯晃动，"'食指先生'是苏联特工，在哈尔滨，马上到上海。'大拇指先生'在上海，他是'H小组'组长。"

"'小拇指先生'呢？"

"有关她的信息，我掌握得不多。"江澄子抿了一口红酒，"侍六组掌握的信息只有一个字——女。"

"你们五个人如何联系？"

"每次联系方式都不一样。这次，'食指先生'先联系我，我从'食指先生'那里拿到联系'中指先生'密语，再让'中指先生'获得'小拇指先生'的密语。每个环节都不能乱。彼此都是单向联系，'食指先生'能联系我，但我不能联系他，我只能被动地等待他联系我。按理说，今天'食指先生'应该联系我，但直到现在他也没有联系我。"

"他如何联系你呢？"

江澄子指着收音机说："上午9点至中午12点，沪新广播电台插播的寻人启事中，会有联络方式。"

唐琳看看手表，分针指向上午11点54分。

江澄子自言自语地说："难道'食指先生'遭遇不测？应该不会！"

"不急，还有六分钟呢！"唐琳轻轻拍打江澄子的肩头。

江澄子摇摇头："唉，看来我的定力还不够。"她起身确认收音机的频道是否正确。

中午12点整，收音机里传出播报寻人启事的声音：

现在插播一则寻人启事。西郊史密斯先生的女儿不慎走失。她略显笨拙，圆脸，O形腿，身高一米六，提供线索者定重谢。如发现该女孩，请立即联系沪新广播电台。播报完毕，再播报一遍……

江澄子早已准备好纸笔，将寻人启事内容中的关键词记录下来。第二次寻人启事播报完毕，她确认记录无误后，才关闭收音机。

"'食指先生'联系我了。"江澄子把她记录的关键词逐一向唐琳解释，"史密斯先生，就是'食指先生'；西郊、笨拙、圆脸，是指愚园路；女儿，就是女校，愚园路的西童公学女校；身高一米六，接头时间是下午1点60分，即下午2点整。"

"O形腿是什么意思？"

江澄子说："O，就是零，归零、回到原点之意。此句话告诉我，'食指先生'已经被捕了。"

唐琳一怔："这么快就有人被捕了？"

"现在这种白色恐怖中，任何人被捕都正常。我必须想办法营救'食指先生'。"江澄子咬咬牙，"日本人一定逼迫'食指先生'出现在我与他的接头地点，如果我不去，他必死无疑。"

"太危险了。"唐琳不解地问，"你们有接头信物或暗号吗？"

"没有信物，只有暗号。暗号是：我的孩子也丢了。"江澄子一脸坚毅的表情，"我不仅代表重庆方面，还代表中国。同盟国远东特工首次合作，我因接到警示就逃走，必然丢中国特工的脸。我做不到！"

唐琳想了想，又拍了拍江澄子的肩头："我支持你。不过，你不能去救他，只能帮他化解危机。"

江澄子一脸疑惑："您怀疑'食指先生'叛变了？"

"不得不防！"唐琳重重地点点头。

~ 264 ~

时间：1943年4月28日，星期三。

地点：上海，日占区，虹口，梅机关。

代号"食指先生"的苏联特工，此刻坐在梅机关副机关长办公室内的沙发上。看他的年龄，已近不惑之年，裸露在外的脚踝上有明显的伤疤。

一个五十多岁的日本人，光头锃亮，胡须浓密，站在办公桌旁，皮笑肉不笑地看着"食指先生"，说："彼得洛夫先生，身体还吃得消吧？"

彼得洛夫吐了一口唾液："呸，臭柴山，你想逼死我呀！"

光头日本人正是空降梅机关的原竹机关机关长柴山哲也，日本第三代特工中的佼佼者。

"逼死你？"柴山哲也冷笑一声后，从办公桌上拿起小镜子递给彼得洛夫，"瞧瞧你的脸！"

彼得洛夫接过小镜子照了又照，脸上和颈部居然没有伤痕，不由得倒吸一口凉气，立刻推断出柴山哲也早就知道他要来上海。

打人不打脸，看来柴山哲也断定他会投降。

他脑海中不受控制地浮现出自己在梅机关受审的场景。

一个小时前，他被绑在梅机关审讯室内的刑架上。一个日本特务面无表情地举着烧红的烙铁，准备放在他的胸口上。

彼得洛夫突然号啕大哭，用生硬的日语喊道："放过我，我真不是特务……我是从长春来的……生意人……"

只可惜，他的表演虽然精彩，却骗不过柴山哲也。实际上，他要是知道柴山哲也在梅机关，肯定不会这么卖力表演了。

柴山哲也满脸得意地走进审讯室，站在彼得洛夫面前："彼得洛夫先生的生意，是情报生意吧？"

彼得洛夫瞟了柴山哲也一眼，愣了几秒钟，突然吼道："臭柴山，你要是早来一步，我就不用遭这些罪了！"

柴山哲也哼了一声："哼，你是个骗子！"

彼得洛夫反问："我们俩，谁不是骗子呢？"

"我不但是骗子，还是屠夫！"柴山哲也从日本特务手里接过烙铁，朝上面啐了一口口水，伴随着"滋滋"声，冒起股股白烟。

彼得洛夫惊恐地摇头："臭柴山——你——你——住手！"

"在长春，你落到我手里，唱一出假投降的好戏，骗我放了你。"柴山哲也缓声说道，"好嘛，今天你又落到我手里，你准备怎么骗我呢？"

彼得洛夫低下头，不再说话。

"就凭你的小伎俩，也能骗过我？"柴山哲也冷笑道，"我控制了你的电台，就等于掌握了你的行踪，懂吗？"

"上次，你故意放我走的？"彼得洛夫一脸惊愕。

柴山哲也戳了一下彼得洛夫的脑门儿："在我面前，你是透明人。"

第四章 谍影鬼魅

"说说看,我透明到什么程度?"彼得洛夫问。

"'支点行动','H 小组',还需要我给你介绍吗?"柴山哲也将烙铁掷到火盆里,拍打着手说,"我们在长春说的废话太多了,今天就省点儿口水吧。"他看看手表,"如果你不想说话呢,你的生命将在半小时后结束。"

彼得洛夫意识到柴山哲也是认真的,犹豫一下说道:"我们换个地方说话吧。"

柴山哲也将彼得洛夫带到办公室,打电话通知刚来报到的宫本芳子旁听。在东京,柴山家族、犬养家族和宫本家族,由于各种错综复杂的关系,三大家族你中有我、我中有你,算得上是世交。宫本芳子复职后,不但是柴山哲也直管的下属,还是情报课课长,参与审讯彼得洛夫是她分内的工作。

然而,柴山哲也让宫本芳子旁听,却另有目的。

刺客同盟是隶属竹机关的神秘组织,竹机关机关长柴山哲也自然知晓。换句话说,宫本芳子在他面前也是透明人,所以他知道宫本芳子是宫本正仁钉在梅机关的一枚钉子。

初来乍到,柴山哲也必须弄清楚,宫本芳子这枚钉子是用来钉谁的,他们之间到底是敌是友。

宫本芳子来到柴山哲也办公室。柴山哲也将"支点行动"文件递给宫本芳子。此文件是晴气武夫交给凌云洲和李墨群那份文件的正本。

宫本芳子粗略地翻看一遍,不动声色地说:"我知道中村宇都是'圣杯',但不知道他与'支点行动'有关。"

柴山哲也上下打量宫本芳子:"不出我所料,宫本先生也掌握'支点行动'。"

宫本正仁不会与宫本芳子谈论如此机密的事,宫本芳子只是随口一说,没想到柴山哲也竟然想到宫本正仁,于是她摇摇头,转而问道:"中村宇都交代了吗?"

柴山哲也摇摇头,叹口气:"唉,中村宇都就是茅坑里的石头,特高课啃不动他。"

"啃不动,还想吃独食,难道特高课忘记它曾经只是梅机关的一个课室吗？"宫本芳子抱怨几句后转移话题，"据说文件中提到的同盟国特工胖先生，要与中村宇都在上海见面。胖先生，应该是同盟国特工的代号吧？"

柴山哲也点点头："五个同盟国远东潜伏特工，组建'H小组'，执行代号为'极雾'的计划，旨在破坏轴心国联袂策划的'支点行动'。五个'H小组'特工的代号分别是'大拇指先生''食指先生''中指先生''无名指先生''小拇指先生'。"他指向彼得洛夫，"这位彼得洛夫先生，就是'食指先生'。"

彼得洛夫白了柴山哲也一眼，没有说话。

柴山哲也得意地说："彼得洛夫，很多事情，你不说我也知道。比如，'小拇指先生'又叫'胖先生'，对不对？在我这里，任何人都没有秘密！"

彼得洛夫不解地问："怎么可能？我没有接到任何更改代号的通知。"

柴山哲也起身走到彼得洛夫面前，缓声说道："同盟国获悉轴心国策划的'支点行动'，是中村宇都提供的情报。'支点行动'是天皇授权我策划的绝密行动，不幸的是，身为竹机关副机关长的中村宇都接触到这个绝密行动计划，使其泄密，我不得不到上海解决中村宇都制造的麻烦。至于'小拇指先生'为何更名为'胖先生'，我的分析是，为了掩盖'支点行动'情报泄露的真相。中村宇都秘密发往苏共第五局的情报，对与'支点''H''手指'等有关的关键字词一概避过，使用'胖先生'替代'小拇指先生'。"

宫本芳子说："看来，'胖先生'就是'H小组'与中村宇都的联络人。"

柴山哲也说："当务之急，我们务必找到这个'胖先生'。"

彼得洛夫忽然问了一个奇怪的问题："现在几点了？"

柴山哲也看看手表："11点43分。"

彼得洛夫耸耸肩："我的幸运时间还剩下十七分钟。柴山，你在十七分钟内不与'无名指先生'取得联系，你所做的一切就要归零了。"

柴山哲也面向彼得洛夫摊开双手："我万事俱备，就差你开口了。你不能死的前提是与我合作，别无选择。你的生命倒计时开始——"

彼得洛夫立即拿起纸笔，迅速写出那则寻人启事。

十分钟内，那则寻人启事通过电波传遍上海。

柴山哲也听完收音机播报的寻人启事后，关闭收音机，示意宫本芳子坐到办公桌前的椅子上："宫本课长，一年来你到处执行土肥原将军的命令，我这几年一直在长春赋闲，我们对现在的上海形势都不太了解，你觉得我们如何款待那个'胖先生'比较好呢？"

宫本芳子略微思忖一下，说道："您是资深特工，隐蔽战线的工作经验比我丰富得多。我是您的部下，服从您的命令是我的天职。"她见柴山哲也面无表情，又补充道，"以前我们处理类似任务，一般会采取诱捕之法。"

柴山哲也摇摇头："不，这次是诱杀！"

宫本芳子不解地问："'无名指先生'是'H小组'成员，为什么要诱杀他？能说话的他，一定比永久闭嘴的他价值大。"

柴山哲也没有回应宫本芳子，而是转向彼得洛夫："'食指'和'无名指'，只留一根。彼得洛夫先生，你说留哪根比较好呢？"

彼得洛夫指指自己的鼻子。

柴山哲也又拿起寻人启事，边看边说："愚园路，西童公学女校，下午2点接头，信息很完整嘛，不过这个'O'是什么意思？"

彼得洛夫用右手食指指着左手无名指上的戒指说："接头信物，戒指。"

柴山哲也整理一下衣领："出发。"

~ 265 ~

时间：1943年4月28日，星期三。

地点：上海，日占区，上海日本宪兵司令部，愚园路云裳裁缝店。

"愚园路""云裳裁缝店""胖师傅"……凌云洲行走在上海日本宪兵司令部大院内，心里默念中村宇都临死前说出的关键词。他突然意识到，特高课一定会监听他与中村宇都的谈话，"胖师傅"可能有危险。

凌云洲放慢脚步，暗中观察四周，见巡逻的日本宪兵像往常那样漫不经心，便准备去愚园路云裳裁缝店看看。

凌云洲刚想往大门口走，一个疑问萦绕在心头："中村宇都被捕很多天了，受尽酷刑，为什么非得见到自己后才自杀呢？难道他想以此传递什么信息？"

"中村宇都请求我到愚园路云裳裁缝店找胖师傅做西装。按理说，这套西装是中村宇都'上路'前穿的，中村宇都却不等我把西装买回来就自杀了，有点儿不符合常理。"

"我现在贸然去云裳裁缝店，是不是有危险呢？"

太多不符合常理的事情，让凌云洲止步不前。他向左右看了看，慢吞吞地走进德川长运的办公室。

凌云洲走到德川长运面前，深深鞠躬："卑职无能，没能阻止中村宇都自杀，请将军责罚！"

德川长运上下打量凌云洲："中村宇都早不死，晚不死，为什么见到你就死了呢？"

凌云洲的腰弯得更低了，把他与中村宇都的对话，一字不落地复述一遍，然后抬起头，轻声问道："中村宇都与我对话时，表情很轻松，根本没有自杀的迹象。他突然自杀，令我实在难以理解。我们平时处得不错，他也不至于以此陷害我吧？"

德川长运把"愚园路，云裳裁缝店，胖师傅"三个关键词拎出来："按理说，要饭的不会点菜，中村宇都为什么让你去指定的地点找指定的人？"

"难道他还有另一层意思？"凌云洲一脸不解，"当时只有黑川梅子、日奈秘书在场。"他说完摇摇头，"中村宇都落网后，黑川梅子多次接触他，他们的交流机会应该很多的。"

德川长运手指轻叩桌面，陷入沉思，用日语嘀咕："中村宇都只在落网时承认他是'圣杯'，交代他伙同蒋文汉伪造犬养中堂遗书和土肥原手谕，其他时间一概沉默，今天他怎么又说话了呢？"

"将军，一个人出谜语，十个人猜不出来。我们去那家裁缝店看看，不就什么都知道了嘛。"凌云洲建议道。

"派谁去合适呢？"德川长运瞟了凌云洲一眼。

"卑职愿意带人前往。"

德川长运摆摆手："不，不，黑川梅子比你更合适。"

四辆轿车疾速驶到愚园路商业街，在云裳裁缝店不远处停下。

黑川梅子和十几个日本特务下车后，分头向云裳裁缝店奔去。

云裳裁缝店斜对面的镇宁路路口停着一辆轿车。凌云洲坐在轿车内，一边吸烟，一边通过望远镜观察云裳裁缝店。

云裳裁缝店前，一个三十多岁头戴礼帽的男子提着木箱，仰头打量着招牌。店门左边的杂货摊前，一个戴帽子、挎着包的德国女人正在照镜子。

一个四十多岁的胖裁缝从店里走出来，拿着一个橘子，一边剥一边吃，站在店门口悠闲地向左右观望。

胖裁缝突然注意到提木箱的男子，冲他点点头，转身返回店内。

提木箱的男子向左右看了看，立即进入店内。

德国女人放下镜子，也向云裳裁缝店走去。她刚走两步，看见十几个步伐矫健的陌生人冲过来，立即转身回到杂货摊前坐下。

十几个日本特务掏出手枪，快速冲进云裳裁缝店，控制住提木箱的男子。

提木箱的男子大惊失色，连忙喝问："你们是什么人？你们为什么抓我？"

胖裁缝闻声从里屋跑出来。

紧随胖裁缝走出来的人，竟然是李墨群。

胖裁缝撩起长袍，准备掏手枪时，见两个黑洞洞的枪口对准自己，便如木桩一般站下，举起双手。

李墨群径直走到黑川梅子面前，冷冷地问道："黑川课长是不是走错地方了？"

黑川梅子见到李墨群，不动声色地挥挥手，示意日本特务松开提木箱的男子。

提木箱的男子整理一下衣襟，愤愤地瞟了身边的日本特务几眼，径直走到李墨群面前，放下木箱，敬了一个标准的军礼。

李墨群示意他站到自己身后。

黑川梅子阴着脸说："李主任，我们在执行任务，请你提供方便！"

李墨群冷冷地说："这里是特工总部秘密联络站，黑川课长是来考察工作呢，还是下基层巡视呢？你要我提供什么样的方便呢？"

黑川梅子露出难以置信的表情，四下打量店内陈设："这里是特工总部秘密联络站？证据呢？"她指着李墨群身后的男子，"他是谁？"

男子向黑川梅子敬了一个标准军礼："属下林森木，从武汉调职上海特工总部，任总务处处长！"

黑川梅子不耐烦地冲林森木挥挥手，带领日本特务离去。

德国女人静静地坐在杂货摊前，专心致志地整理妆容，好像云裳裁缝店里发生的一切与她无关。

待黑川梅子和日本特务上车后，她转身沿着镇宁路向南走。

凌云洲下车，悄悄地跟踪德国女人。

德国女人走进一条狭窄的短巷，掏出镜子，偷偷地观察身后的情况。

凌云洲躲在一个门洞里，见德国女人反跟踪技术运用得非常老到，断定她应该是中村宇都委托他找的人，便偷偷地继续跟踪。

德国女人突然蹲下系鞋带，发现了身后的凌云洲。她在起身的瞬间，手里突然出现一把微型手枪，转身把枪口对准凌云洲。

凌云洲面带微笑，边向前走边说："你是云裳裁缝店的师傅吧？你的朋友托我找你定制一套西装。"

德国女人一怔："哪个朋友？"

凌云洲走到德国女人面前，低声说："'圣杯'。"

"他为什么不来找我？"

凌云洲说："他——自杀了。他中了刚才到云裳裁缝店抓人的女人的诡计，不幸被捕。那个女人是日本人，名叫黑川梅子，以后你离她远一点儿，最好不要和她产生交集。"

"你是谁？"德国女人失声问道。

"我是'圣杯'的同学。他是学长，我是学弟。"

"我想知道你的真名实姓！"

"凌云洲，特工总部副主任。'圣杯'在我面前咬舌自尽之前，委托我到云裳裁缝店找你。"

"我们第一次见面吧？你怎么确定'圣杯'让你找的人就是我呢？"德国女人虽然这么问，却收起手枪。

"你应该是云裳裁缝店里唯一的德国人。"凌云洲异常肯定地说。

"不，我是云裳裁缝店里唯一的法国人。"德国女人介绍自己，"我的中文名叫苏菲，法文名叫苏菲娅，隶属于法国中央情报行动局。"

"你是法国共产党党员？"凌云洲不解地问，"你怎么到中国来了？"

"六年前，我是德国军事顾问团成员，跟随法肯豪森[1]将军来到中国。后来，德国军事顾问团解散，法肯豪森将军返回德国，我为了中村宇都自愿留在武汉。"说到这里，苏菲的眼泪夺眶而出，"我和'圣杯'是德国慕尼黑军校的同学，我一直暗恋他，可惜天不遂人愿，他已经心有所属。"

凌云洲向四下看了看："这里不是说话的地方，我们改天换个地方详聊吧。"

他们约好见面时间和地点后，凌云洲返回镇宁路，苏菲向安西路走去。

苏菲刚走到安西路路口，就看到举着手枪的黑川梅子。

~ 266 ~

时间：1943年4月28日，星期三。

地点：上海，日占区，愚园路，云裳裁缝店。

---

[1] 亚历山大·冯·法肯豪森（1878—1966），德国将军，最后一任德国顾问团团长，协助中国发展自给自足的军火工业，帮助中国建立长江以南防御体系。

李墨群坐在桌前，手里摩挲着西施壶，打量面前放荡不羁的林森木，苦笑着摇摇头，挥手示意胖裁缝关闭店门。

"小日本娘们儿，娘希匹的！"李墨群用奉化腔调骂道。

林森木云淡风轻地笑了笑："大哥，您跟一个日本烂娘们儿赌什么气呀，不值得！"

李墨群示意林森木坐到他身边："这些年我就像风箱里的老鼠两头受气。唉，不说了。你在武汉经营三年，已经有一定的根基，若非形势紧迫，我也不会让你来上海这种破地方。"

林森木微微一笑："能为大哥效犬马之劳，乃是小弟的福分。"

"日军第十一军的空军资料弄到手了吗？"

林森木起身打开木箱，从叠放整齐的衣物下面取出两个山核桃，递给李墨群。

李墨群接过山核桃，在手里转了两下："此等厚礼，但愿戴遇侬能喜欢。"

林森木坐下，恭敬地望着李墨群："戴遇侬的胃口可不是一般的大，还望大哥做全盘考虑。"

李墨群说："如今我们有自己的地盘，可以做大周王[1]了。日本人江河日下，败象已现。只要戴遇侬不再和我过不去，我就能安心做我的大周王。调你来上海，是因为特工总部经过几次大换血，难免不干净，我心里总觉得不踏实。"

"凌主任不是大哥的把兄弟嘛，他应该靠得住。"

"凌云洲一直为日本人办事，危急时刻必然会出卖我的。"李墨群转动山核桃，"不像我们兄弟，是过命的交情。"

"确实是这样，没有底线的人不得不防。"林森木说，"那批货，我找了整整两年，皇天不负有心人，终于让我找到了。当年宜昌大撤退，长江码头上各种物资无数，其中就有华邦石油公司的油料。"

"华邦石油公司，是南京唐氏和上海江家的合资公司，由江仲阁牵线，与

---

[1] 吴三桂在三藩之乱时称帝，名号"周王"。

美国美孚石油公司合资经营石油生意，这些年没少赚黑心钱。"李墨群低声道，"据我了解，那批油料应该有一千吨。"

"六年中，在日本人眼皮底下，江家和唐氏大发国难财，必然暗中与日本人勾结。"林森木撇撇嘴，"江仲阁表面上人兽无害，其实他的手比谁都黑。"

"这一千吨油料，就是我能否做大周王的筹码。人，武器，我已经有了，只缺油料。你看——"李墨群瞥了林森木一眼，"如何把那批油料运出来呢？"

林森木面露难色："把那批油料运出来，现在有两个难点：一、如何在日本人眼皮底下运到长江边上的码头；二、宜昌至武汉没有通航，根本无法运到江苏。"

李墨群缓声说道："宜昌至武汉段马上就能通航了。"

"日军要攻打第六战区？"林森木见李墨群点头承认，又追问道，"会从宜昌开始吗？"

"具体作战方案，日本军部还没有定下来。"

"这么说，那批油料运到江苏应该不成问题。"林森木轻轻击掌，"大哥，我马上安排宜昌的兄弟们做准备。"

李墨群叮嘱道："此事事关大局，你必须安排嘴严手脚利索的兄弟去办。让他们先把那批油料运至码头藏好。至于货船嘛——"

林森木立即插话："我已经安排青帮货船承运。待那批油料运到江苏后嘛——"他把手掌横在脖子上，"那群垃圾，活着就是浪费粮食。"

李墨群起身拍了拍林森木的肩膀，低声说道："这么多年，我之所以占着江苏省主席的位子，就是为了得到那批油料和那片地儿。只要那批油料运到江苏，我们就不用仰人鼻息了。"

林森木立即起身颔首："小弟愿为大哥肝脑涂地，有事您吩咐！"

李墨群把左手搭在林森木肩上："你到部里以后，一定要注意这几个人。凌云洲嘛，我就不说了，你与他永远要保持一臂距离，只能握手，不可拥抱；行动队队长陈恭如，曾是军统四哥，心狠手辣贪婪，对我还算忠诚，毕竟他已经背叛军统，只能跟随我们走。"

林森木说:"这是大哥人格魅力所在,军统八大金刚中有三个人投到大哥麾下,即便戴遇侬是铁肺,估计也得气炸了,哈哈!"

李墨群说:"人嘛,都是逐利的。我和戴遇侬也是凡夫俗子嘛,所以我才让你弄到日军第十一军空军资料。我相信,戴遇侬看在这份厚礼的分上,我和他也会冰释前嫌的。"

林森木低着头,谦卑地听着。

李墨群却转移话题:"机要处处长江天来是我的心腹,可以信赖;还有一个人叫宫久,龟机关实际控制人宫本正仁的儿子,据说他曾打入延安高层,能量不可小觑。"

~ 267 ~

时间:1943年4月28日,星期三。
地点:上海,日占区,愚园路,西童公学女校。

柴山哲也在西童公学女校大门口布下口袋阵,只等江澄子钻入。

女校大门内侧,埋伏着六个梅机关特务。大门外两侧,分别停着一辆遮挡车牌的黑色轿车。

大门外右侧的轿车里,柴山哲也和彼得洛夫并肩坐在后排座位上。柴山哲也看看手表,马上就到下午2点。

大门外左侧的轿车里,宫本芳子从窗帘缝隙向外窥视,见江澄子缓步走过来。在毫无遮挡的阳光下,江澄子右手无名指上那枚藏有毒针的钻戒时而闪着刺眼的光芒。

宫本芳子推开车门,迎着江澄子走过去。

江澄子见到宫本芳子,感到意外:"你——"

宫本芳子沉着脸问:"你——怎么来这里了?"

柴山哲也看见宫本芳子拦住江澄子,悄悄地下车向她俩靠过去。

江澄子指指女校大门:"现在女校师生流失大半,留下的师生生活困顿,我厚着脸皮四处化缘,凑了一笔钱,给他们送过来。"

宫本芳子冲江澄子眨眨眼,低声说:"今天禁忌出门,不宜做善事,你回去吧。"

江澄子尚未明白过来,柴山哲也已经走到她身边:"宫本课长认识这位女士?"

宫本芳子立即介绍道:"她是特工总部凌主任的夫人江澄子,上海上流社会没有不认识她的。凌太太,这位是梅机关柴山哲也机关长。"

江澄子上下打量柴山哲也:"我记得梅机关只有一个晴气武夫机关长啊。"

柴山哲也谦卑地说:"我是副职、副职——"

一阵急促的铃声传来,黄包车夫拉着一个中年男人从三人身边冲过去。中年男人的礼帽檐压得很低,几乎看不清脸,搭在身边木箱的手上,一枚金灿灿的戒指格外扎眼。

黄包车经过女校大门口时,中年男人拎起木箱掷向右侧的轿车。

黄包车夫拉着中年男人疾速离去。

柴山哲也一个箭步冲到大门左侧轿车旁蹲下。

宫本芳子拉着木讷的江澄子,躲到大树后面。

彼得洛夫看到那枚金戒指,意识到不好,奋力把身边的梅机关特务推到车门外,他随之滚出去。

伴随"嘭"的一声巨响,木箱里的炸弹爆炸。

彼得洛夫滚出十几米后,起身向麦琪路跑去。

看押彼得洛夫的梅机关特务还没反应过来,就被弹片划破咽喉,栽倒在硝烟中。

大门内的梅机关特务,不等硝烟散尽便冲出大门,追击彼得洛夫。大门左侧轿车里的梅机关特务迅速下车,有的保护柴山哲也,有的追击彼得洛夫。

伴随"啪"的一声枪响,一颗弹头从女校对面的愚谷邨楼顶飞来,一个梅机关特务应声倒地。

其他梅机关特务意识到附近有狙击手,纷纷寻找避弹之所。

莫康趴在愚谷邨楼顶，目镜中的十字星锁住彼得洛夫的左腿，猛地扣动扳机。

彼得洛夫一头栽倒在地，抱着中弹的大腿惨叫。

梅机关特务确定狙击手所在位置，立刻举枪还击。

莫康不敢恋战，收枪、拆卸、装箱后，迅速撤离。

硝烟散尽，枪声停止。柴山哲也提着手枪走到彼得洛夫身边，见彼得洛夫左腿血流如注，用鞋尖狠顶伤口："我需要一个合理的解释。"

彼得洛夫惨叫几声后，指着黄包车消失的方向："他们把我当成叛徒了！"

柴山哲也瞪大眼睛："这么说，你不是叛徒？你还在戏弄我？"

彼得洛夫哀求道："他们这是试探，你千万别上他们的当。"

柴山哲也蹲下，将枪管顶在彼得洛夫的伤口上，猛地捅进去。

彼得洛夫连声惨叫。

柴山哲也拔出枪管，悬在彼得洛夫嘴巴上方，任污血滴进他的嘴里。

彼得洛夫捂着嘴巴，指着不远处梅机关特务的尸体："狙击手——完全可以要我的命。他不杀我，就是试探我有没有——"

"有点儿意思。"柴山哲也站起来，望向愚谷邨楼顶。

彼得洛夫见柴山哲也认可他的判断，暗暗松了口气，冲柴山哲也喊道："一定发生了什么事，才让他们如此谨慎。"

柴山哲也想了想，又蹲在彼得洛夫身边，在彼得洛夫的衣领上擦拭枪管："你是不是有什么话没有说呢？"

彼得洛夫指指伤口："能不能先把弹头取出来？"

柴山哲也思忖片刻，起身命令梅机关特务把彼得洛夫抬进轿车。

江澄子见梅机关特务都围在彼得洛夫身边，脸上恢复平静，问宫本芳子："你在梅机关？"

宫本芳子说："我本来就是梅机关的人。"

江澄子与宫本芳子拉开一米距离："你要是不怕，晚上来我家做客吧。"

"好呀！"宫本芳子用眼角余光扫视柴山哲也，见他也在观察她们，便做出"请"的手势，示意江澄子进入女校。

江澄子大大方方地走进女校大门。

~ 268 ~

时间：1943 年 4 月 28 日，星期三。

地点：上海，日占区，上海日本宪兵司令部，宫府。

雅子跟随德川拓人抵达上海日本宪兵司令部，本想陪他一起进去，没想到遭到德川拓人拒绝。

德川拓人说："我爹不喜欢你，你贸然见他不合适。你放心，我会说服他接受你的。你暂且委屈一下，在外面等我。"

这就是门第的差别，底层社会女人根本没有资格攀附上流社会男人。

她乖巧地点点头，表示无条件顺从。

待德川拓人进入上海日本宪兵司令部大门后，雅子从坤包取出口红和化妆镜，轻轻地涂抹口红。

她不断地调整化妆镜的角度，确定四下没有可疑之人后，便将化妆镜和口红放入坤包内，又拿出另一支口红下车。

轿车前方五百米处，一个乞丐似睡非睡地坐在地上，身前放着残破的瓷碗。

雅子走到乞丐面前停下，确定没有人注意她，从坤包掏出一张钞票，连同手中那支口红，一起放到瓷碗里。

乞丐睁开眼睛，瞥了雅子一眼，又闭上眼睛。

雅子又往前走了一公里，才返回轿车内小憩。

乞丐好像睡醒了，伸了一个懒腰，向上海日本宪兵司令部方向瞥了几眼，拿起破瓷碗沿街走到美庐油纸伞店。

店内墙壁上挂满各式各样的油纸伞，老板躺在吧台里面的躺椅上，脸上扣着一本《论语》，好像睡着了。

乞丐进入店内，见老板在睡觉，不由自主地放慢脚步。

店老板忽然起身，《论语》"啪嗒"一声掉到地上。老板竟然是一个年轻的帅哥——枫商会会长千叶枫。

乞丐将口红递给千叶枫。

千叶枫打开口红，从里面取出一卷纸条，然后冲乞丐挥挥手，示意乞丐出去。

雅子以为自己在神不知鬼不觉的情况下，把情报传递给千叶枫。她怎么都没有想到，在千叶枫收到情报不久，她通过乞丐传递情报、乞丐传送情报、千叶枫接收情报的照片，就已经出现在德川长运的办公桌上。

"雅子果然是村上云昔的人。"德川长运点指面前的照片。

"村上云昔已经骑在我们脖颈儿上拉屎了！"德川拓人恶狠狠地骂道。

"不，凡事都有Ａ、Ｂ两面。"德川长运冷笑道，"支那有句古话，'不谋全局者，不足谋一域'。犬养中堂善谋全局，宫本正仁巧用形势，村上云昔却工于一域，所以龟机关才能死而不僵。犬养中堂死后，宫本正仁与村上云昔沆瀣一气，狼狈为奸，处处对我们掣肘。"

德川拓人依旧不理解："整天只知道写写画画的藤田也夫，居然能出任龟机关机关长，真是滑天下之大稽，拿帝国大业当儿戏。"

德川长运摆摆手："看问题，不能看表面。你想想，太平洋战场上，帝国军队之所以连败数阵，就是因为帝国海军情报处无法掌握美军的情报。中途岛战役皇军惨败，就是先败在情报战上。如果'黑名单'不泄露，帝国潜伏在美国的特工岂能被一网打尽？这些问题，东京高层不清楚吗？肯定清楚，但是并没有向主要负责人村上云昔追责。儿子，这就是政治！"

德川拓人愤愤地说："政治、政治，难道政治真就高于一切？烦死了，不说这个了。大本营传来绝密情报，'黑名单'是'Ｔ先生'泄露的，要我们对'Ｔ先生'采取措施。"

"'T先生'是OSS[1]特工，非常狡猾，对他采取措施，我们没有必胜的把握。"德川长运站在天皇像前，脸上露出些许无奈，"山本五十六自视过高，低估了美国特工的能力，盲目地在中途岛战役前全面起用'黑名单'上的特工，才导致'黑名单'上的特工全军覆没。"

德川拓人满脸愧疚："'黑名单'泄露，我也有责任。中途岛战役前夕，我奉山本五十六之命，率领第十三军空军部的人护送海军情报官去香港的途中，不幸被'T先生'窃走'黑名单'，因此给帝国造成无法挽回的损失。"

德川长运转过身来，冲德川拓人摆摆手："'黑名单'被窃，山本五十六才是第一责任人。这么重要的名单，无论如何都不能离开海军情报部，甚至不应该记录在册。山本五十六太自大了，根本不把美国特工放在眼里，结果吃了大亏。不过，他的人已经查明，现在'T先生'在上海现身，我们绝对不能给'T先生'第二次作案的机会。"他话锋一转，"听说普乐天被送进提篮桥监狱，到底怎么回事儿？"

德川拓人说："我个人认为，是村上云昔做的套。"

德川长运说："普乐天打伤日本商人，按理说不应该关在提篮桥监狱，肯定有人从中作梗，你要好好调查一下。唉，早上唐正声打来电话询问此事，害得我一时难以答对！"

德川拓人说："有钱能使鬼推磨，别说打伤人，就算打死人，凭借普乐天的社会活动能量，再花一笔钱，这事就能了了。普乐天怎能甘愿入狱呢？难道普乐天是村上云昔的人，他入狱另有所图？"

德川长运说："还有一种可能，村上云昔以某种条件要挟普乐天，普乐天不得不配合他。"

"以普乐天的性格，怎会轻易被村上云昔要挟呢？"

"罗亭关在提篮桥监狱，罗亭就是普乐天的软肋。"

"提篮桥监狱确实有一个秘密监室，罗亭应该关在那里，不然多次审查罪犯名单，不可能漏掉罗亭。"德川拓人说。

---

[1] OSS是"美国战略情报局"的缩写，其前身是美国情报协调局，后演变为CIA。

德川长运问："对于这个秘密监室，你要认真查找，里面可能隐藏着很多我们没有掌握的秘密。"

"唐墨认为，安子铭就是'姜太公'。如果真有此事，那个秘密监室就是安子铭私自设置的。现在村上云昔主管提篮桥监狱，根本不可能让我们随便插手提篮桥监狱的事情。"

德川长运想了想："事在人为嘛，我们想办的事情，肯定能办成的。现在普乐天被关在提篮桥监狱，你想办法通知他，只要他能找到那个秘密监室，我就能让罗亭重见天日。我相信，这个条件能打动普乐天。还有，你一定弄清楚，村上云昔为什么能要挟普乐天。"

宫府客厅内，宫本正仁把一杯茶放在表情呆滞的晴气武夫面前，轻声说："你该离开上海了。"

晴气武夫直瞪瞪地望着宫本正仁："这是我唯一的选择吗？"

宫本正仁面露难色，看了身边的村上云昔一眼："柴山哲也是犬养中堂和土肥原的老朋友。他现在空降梅机关是大本营高层的意思，岂能是我等能阻止的！"

"时也，势也，命也！"村上云昔感叹道，"晴气君，我们都是时代的蝼蚁啊。"

晴气武夫眼角湿润："二位，你们认为梅机关最后的结局是——"

宫本正仁面无表情地说："梅机关为监视南京政府而设，现在汪精卫的身体每况愈下。他去世后，南京政府能不能存在，都不好说。皮之不存，毛将焉附？"

晴气武夫脸上似乎有些暖色，看看身边的两个人："这么说，我可能因祸得福？"

"晴气君，做我们这一行的人，最后只有两条路可走。"村上云昔将烟斗放在茶几上，指着烟斗上的太极图，"一曰生，一曰死。生者绝非善谋，犬养中堂就是很好的例子。"

宫本正仁郑重地点头："退也，生也。"

晴气武夫向二人颔首："承蒙二位为我指点迷津！"

"中途岛战役，皇军大败的根本原因，还是先败在隐蔽战线上。海军情报处要负全责，若非上面有人运作，我早就切腹谢罪了。"村上云昔往晴气武夫面前凑了凑，从口袋里掏出一张照片放在茶几上，"柴山哲也空降梅机关，表面上是取代晴气君，实则另有目的。"

照片里的柴山哲也赤身靠在温泉池边，一条胳膊上文着三羽乌图案。

宫本正仁惊呼："他是三羽乌？"

"取梅机关而代之，犬养中堂生前就已经设计好了。"村上云昔指着照片说，"这张照片是藤田也夫机关长发来的快件，我今天收到的。"

宫本正仁顿生感慨："如果犬养中堂在世，谁能撼动龟机关？托天照大神庇佑，犬养中堂去了他应该去的地方。遗憾的是，他挖的坑，还需要我们合力填平。"他拍拍晴气武夫的肩膀，"晴气君，识时务者为俊杰，该走时就走吧。你陪我回东京，说不定还有转机呢。"

第五章　出局入局

时间：1943年4月28日，星期三。
地点：上海，日占区，梅机关。

宫本芳子没想到自己返回梅机关的第一天，就能帮助江澄子。

莫康在西童公学女校狙杀梅机关特务，就是她一手安排的。她解江澄子之围虽是偶然，但救"无名指先生"却是巧妙部署。

看到彼得洛夫通过广播电台发布寻找"无名指先生"的启事后，宫本芳子的第一反应就是救人。

她虽然不知道要救谁，但知道如果她是凌云洲——那个潜伏在不同阵营的多重特工——一定会冒险营救他的同志。

那一刻，她才体会到凌云洲这么多年是怎样度过的，他无时无刻都在化解接踵而至的危机。

"无名指先生"，同盟国特工，或许就是凌云洲的软肋。她要保护凌云洲，就必须义无反顾地去营救"无名指先生"。

救人的办法中，有一种是搞破坏，宫本芳子决定采用这种办法。

出发前，宫本芳子以自己没有携带配枪为由返回办公室，将行动计划写在纸上交给莫康，安排莫康出去购买礼物，寻机溜出梅机关。

下午2点钟，西童公学女校门口。戴着戒指的江澄子，完全符合寻人启事中描述的"无名指先生"特征。

宫本芳子以为江澄子就是梅机关特务要抓捕的人，不等江澄子走到西童公学女校大门口，便上前拦住她。

想到巨大的爆炸声，宫本芳子现在还感觉脊背阵阵发凉。

她大口喝着没有加糖加奶的咖啡，企图通过味蕾上的苦涩，掩盖心里的苦涩。

有节奏的敲门声响起。

宫本芳子知道是莫康回来了，轻声说道："进来！"

莫康推门进来，满脸兴奋地说："妥——"

"你已经是梅机关特工，能不能改掉你的江湖气？"宫本芳子一边厉声喝道，一边指指天花板，向莫康示意她的办公室内有窃听器。

"我改，我全改！"莫康会意后大声说。

此刻，柴山哲也蹲在办公室里的地柜前，一手夹着烟，一手把耳麦摁在耳朵上，不想错过一个字、一句话。

他突然打了一个激灵，半截烟落地，原来烟头烫伤他的手指。

他往烫伤的手指上吐一口唾沫，用大拇指轻轻擦拭。

宫本芳子办公室内。

宫本芳子说："莫康，你刚到梅机关，上上下下都不熟悉，我不让你参加这次行动，是为你着想，希望你能理解。以后这种苦差事多的是，有你干不完的活儿。"

"多谢课长关照，有事您吩咐就是。无论我在刺客同盟，还是在梅机关，其实都是为了讨口饭吃。那些高大上的话，我也不会说，以后我们事儿上见。课长，你今天执行任务，还顺利吧？"

"对方都是诡计多端的亡命徒，我们哪项任务顺利过？不过，我今天做了一件善事，无意当中救了凌云洲老婆一命。"

莫康装傻充愣："凌云洲老婆？她去那里干啥？"

宫本芳子说："人家有钱没处花，到处做善事，给女校送银子。她虽然傲慢，但还算懂事儿，要用高规格家宴答谢我。"

莫康瓮声瓮气地说："家宴？不会是鸿门宴吧？我听说，她在你受重伤之际，从你身边抢走凌云洲。课长，杀父之仇，夺夫之恨，都是不共戴天的。依我看，把她弄到梅机关，贴上共产党标签，她就不敢在你面前嘚瑟了。"

宫本芳子点指莫康，厉声喝道："你还是刺客同盟那套思维。我们是梅机关正式职员，做公报私仇之事，岂不有损大日本帝国形象！"

莫康嘟囔道："这不行，那也不行，你还去不去江公馆赴宴了？要不我陪你去吧。"

"我已经死过好几回了，还能怕手指不沾阳春雪的江澄子？再者说，我现在是梅机关的人，借江澄子几个胆子，她也不敢把我怎么样吧？"宫本芳子说完挥挥手，示意莫康出去。

直到耳机中没有动静，柴山哲也才收起窃听仪器，回到办公桌后坐下。

一分钟后，他打电话通知副官小河润二前来见他。

待小河润二敬过礼后，柴山哲也从抽屉里取出一张照片，扔到办公桌上："这个人叫陈刚，曾经是刺客同盟成员，你派人秘密调查他，直接向我汇报调查结果。"

~ 270 ~

时间：1943年4月28日，星期三。
地点：上海，日占区，红堂。

凌岳州死后，萧易寒重新执掌"冷宫"，令他心里有种一举收复失地的快感。

在凌岳州遗留的资料中，萧易寒发现凌岳州生前指派两个特工总部特务，每天雇用不同的民工，全面挖掘烧成废墟的红堂。

"难道红堂地下藏着什么宝贝？"萧易寒立即驾车赶到红堂一探究竟。

凌岳州属于被秘密处决的，各方严密封锁他被乱枪打死的消息。一直在红堂监工的特工总部特务，自然不知道凌岳州已死，仍旧卖力地指挥民工挖掘。

从废墟中挖出的各种东西，已经堆成小山。

萧易寒不约而至，令两个特务一头雾水，又不敢大意，小心翼翼地陪着萧易寒。

"挖出什么宝贝了？"萧易寒一边查看挖出来的东西一边问，"松岛机关长（凌岳州）让你们找什么东西？"

一个特务说："松岛机关长分析，红堂是红帮总舵，供奉着历代帮主的牌位，红帮弟子纵火烧毁红堂，无论如何都说不过去。因此，他怀疑红堂是宋万堂自己烧的，以掩盖宋万堂不可告人的目的。"

萧易寒拿起一个生锈的铁盒子反复查看："宋万堂已经离开上海了，现在说什么都晚喽。"

另一个特务说："松岛机关长还怀疑宋格是共匪。"

"松岛机关长看谁都像共匪，这是病，得治！"萧易寒吃力地打开铁盒子，里面只有一张泛黄的老照片。

照片中，一个女人抱着孩子，女人身后站着一个男人。

萧易寒把照片擦了又擦，看了又看。当他看到照片背后的一行小字，"萧易水、苏皖与格格民国四年拍摄于天津照相馆"，顿时愣住了。

萧易寒把照片举到眼前，盯着照片中的男人，足足看了一分钟。

照片中的男人，就是他的亲兄弟萧易水。袁世凯称帝那年，革命党人萧易水被捕身亡，妻子苏皖带领两岁大的女儿逃离天津后不知所踪。

难道苏皖改嫁宋万堂？难道宋格是自己的侄女？

萧易寒举起照片问特务："你们看过这张照片吗？"

一个特务说："看过。不就是一张老照片嘛，和宋万堂没有关系，我们就没管它。"

萧易寒说："松岛机关长有令，马上终止调查红堂，其他人就地解散。"

两个特务早就不想在这里当民工头了。他们听到萧易寒这么说，满心欢喜地给民工结算工钱。

待民工走后，两个特务闷头收拾自己的东西时，萧易寒掏出匕首，悄悄地摸到他们身后，眨眼之间就把他们送走了。

就在萧易寒掩埋两个特务的尸体时，头上结结实实地挨了一闷棍，一头栽到地上。

萧易寒醒来时，发现自己手脚被捆，置身于一间危房内，房门和墙壁都是黑煳煳的。

陈恭如阴着脸站在萧易寒面前，手里拿着萧易水的照片。

萧易寒强装欢笑："陈队长呀，这不是大水冲了龙王庙嘛。"他冲身上的绳索努努嘴，"我这是罪犯哪条啊？"

陈恭如把照片递到萧易寒面前："解释一下吧。"

"从垃圾堆里捡的老照片嘛，你喜欢你拿去。"萧易寒佯装无所谓的样子。

陈恭如拍了拍萧易寒的脸颊："咱们都是修行千年的狐狸，就别演装神弄鬼的《聊斋》了。告诉你，老子早就怀疑宋万堂、宋格和普乐天通共。"他指着照片后面的那行字，"萧易水，萧易寒，你们应该是兄弟吧？格格就是宋格吧？看来宋万堂是宋格的养父，他的亲生父亲是萧易水。没想到，宋格竟然是你的侄女。如果我把这个秘密告诉军统上海站的人，一定能卖个好价钱。不过，咱们都是生意人，什么都可以谈，对吧？"

萧易寒思忖几秒后，问道："陈队长对什么条件感兴趣？"

陈恭如哈哈大笑："能让我升官发财的条件，我都感兴趣。你有吗？"

萧易寒说："不知道凌云洲的黑材料算不算。"

陈恭如听到这句话，心中暗喜，却不屑地说："凌云洲与我有毛关系？你给我捞点儿干货！"

萧易寒微微一笑："干货，我肯定有，但是我得吃饱了才能想起来，最好能喝点儿酒啥的。"

"真他妈的难伺候！"陈恭如将照片摔到萧易寒脸上，转身出去。

待陈恭如离去，萧易寒的双手忽然从绳索中抽出来，迅速解开脚上的绳索，然后抬脚把绳索踢到一边："妈的，这也能难倒萧家祖传的缩骨功？开玩笑！"

他捡起地上的照片，用衣襟擦拭干净后装进口袋。听到门外传来脚步声，他闪身躲到门后。

陈恭如提着卤肉进门，不见萧易寒，下意识地掏出手枪。

萧易寒猛地推门撞击陈恭如，让陈恭如的身体瞬间失去平衡。不等陈恭如反应过来，萧易寒抓住手枪往上猛撅，手枪就到了萧易寒手里。

萧易寒立即开枪。

见手枪脱手，陈恭如立即滚到门外，弹头还是钻进他的左肩。他从腋下又掏出一把手枪，边向前滚边向门内射击。

两个人互射几枪后，陈恭如判断萧易寒已经打光枪内子弹，才起身跑到轿车旁。

~ 271 ~

时间：1943 年 4 月 28 日，星期三。

地点：上海，日占区，宫府，上海日本宪兵司令部特高课。

宫府门前，一个三十六七岁、文质彬彬的男子，穿着白色西装，戴着金丝眼镜，见宫本正仁站在大门口向左右张望，跑过去跪在宫本正仁脚下，高喊"父亲"。

他就是代号"王子"，从延安逃回来的宫本正仁长子宫久。

"久儿！"宫本正仁双手战抖着扶起宫久，不停地打量。

"儿子无能，让父亲担心了。"宫久眼圈泛红。

宫本正仁老泪纵横，拉着宫久的手迟迟不放。

"父亲，我们进屋说话吧。"宫久提醒道。

"好，好，好！"宫本正仁还是不肯松开宫久的手。直到他们进入客厅，他才与宫久分头落座。

宫久倒了一杯茶，恭恭敬敬地递到宫本正仁面前。

宫本正仁接过茶杯，小嘬一口，细细品味。

宫久低着头，大气都不敢出。

半响，宫本正仁放下茶杯，慢条斯理地说："久儿，这么多年你都安然无事，怎么突然就暴露了呢？哪个环节出了问题？与萧易寒暴露有关吗？"

"智者千虑，必有一失。我知道身边都是眼睛，却不知道我哪里做得不对。"

"难道是罗亭——"

"罗亭？"宫久摇摇头，"我没听说过这个人。"

"罗亭，13号。"宫本正仁盯着宫久，"这不是你最后一次发给萧易寒的电报内容吗？"

宫久肯定地说："我没有发过这样的电报。"

"你和萧易寒不是单线联系吗？你不发，他怎么会接到这样的电报？难道是那个狗奴才骗我了？"

宫久轻声说："我暴露或许与萧易寒有关。他在延安时，手脚不利索，没有一件事做得干净。共产党的甄别能力，不是世界一流也差不多。我与萧易寒搭档这么多年，能活着回来全靠祖宗庇护。"

宫本正仁长叹一口气："都怪我管教不严啊！久儿，这次你回到上海，有何打算？"

"天皇要实行一个比'光计划'还神秘的计划，代号'支点行动'。我作为乌机关'鹤小组'成员，被起用了。"

宫本正仁不动声色地问："'鹤小组'的阵地移至上海了？"

"是的，执行'支点行动'。'鹤小组'的组长是柴山哲也，代号'白鹤'。"

"看来，柴山哲也空降梅机关，是为'支点行动'而来的。柴山家族和秩父宫[1]——"宫本正仁突然转移话题，"久儿，我要回国办件大事，促成天皇

---

[1] 秩父宫是大正天皇第二子，裕仁天皇的弟弟雍仁亲王。

情报机构走到台前。在我离开上海这段时间，你要替我盯紧柴山哲也，他的任何举动必须一一记录下来，不得有失。"他从茶几下面掏出一张照片递给宫久，"这个人叫黑川梅子，是土肥原的学生，你要密切关注她。"

宫久接过照片看了一眼，还给宫本正仁。

宫本正仁挥挥手，宫久起身离去。

宫本正仁背着手，在客厅里来回踱步。他突然停下，然后快速走进书房，拨通电话："半个小时内让我见到你！"

二十分钟后，死里逃生的萧易寒忍着剧痛，来到宫本正仁的书房。

"你的身份暴露了，在警察局无法发挥作用。"宫本正仁从抽屉里拿出一个信封放到办公桌上，"我以天皇特使名义发函，经松井久太郎同意、晴气武夫批准，你去梅机关报到吧。我们重建'冷宫'，需要梅机关支持。"

宫本正仁的口气，不是商量，而是命令。

高冷的黑川梅子，拎着皮鞭，扭动纤细的腰肢，围着刑架走了三圈后，站到苏菲面前，一脸傲慢。

绑在刑架上的苏菲，像好色男人一样，目不转睛地盯着黑川梅子胸前傲人的双峰。

黑川梅子把皮鞭把子狠狠地戳在苏菲的胸部："念你是德国人，我才如此尊重你，希望你也尊重我一点儿。"

苏菲冷冷地问道："中村宇都那么爱你，你是否给予他足够的尊重？"

黑川梅子说："你如此了解中村宇都，看来你是'胖先生'无疑，那就交出我们需要的东西吧！"黑川梅子把皮鞭把子顶在苏菲下巴上。

"中村宇都喜欢你的肉体，还是喜欢你的灵魂？"苏菲抬起下巴，毫无惧色，"你可以随便说一个，反正现在已经无从考证了。"

黑川梅子抓住苏菲的衣领，喝问："你要给中村宇都提供什么东西？"

苏菲摇摇头："这个问题，你最好去问问柴山哲也。我知道的，他都知道，因为我是他的太太。"

~ 272 ~

时间：1943 年 4 月 28 日，星期三。

地点：上海，公共租界，江公馆；日占区，提篮桥监狱。

凌云洲归还德川长运与共生证券公司私下签订的参股协议，虽然是下下策，但也能有效地延缓日本人清算共生证券公司的时间。

这是治标不治本的办法，但对于现在的凌云洲来说，他只能做到这些了。

自从经历秘密审讯后，虽然凌岳州没有达到整治凌云洲的目的，但是凌云洲在特工总部的权力，基本被架空了，成为名副其实的闲人。

现在，他急迫地期待"极雾计划"获得成功，改变他现在尴尬的角色。

夜幕下，凌云洲站在树下，一动不动地吸了五支烟。

向来异常警觉的他，却没有注意到从大门驶入一辆轿车，更没有注意到宫本芳子慢慢地向他走来。

"有心事儿？"宫本芳子看看地上的五个烟蒂，一把夺过凌云洲手里的烟，自顾自地吸起来。

"你——怎么来了？"凌云洲惊诧地望着突然出现在面前的宫本芳子。

"黑川梅子又回来住了，一妻一妾，你是伤身了还是伤肾了？"宫本芳子打趣道。

"我心火旺，伤神了好吗？"凌云洲苦笑道。

"我是老中医，啥病都能治。走，让我看看你的病根儿。"

他们一前一后沿着花园甬道走了十几步，凌云洲忽然停下，盯着宫本芳子，低声说："中村君——走了。"

"我知道。"宫本芳子说，"他一直在等你。逝者逝矣，我们好好活着，就是对逝者最大的尊重。"

他们来到 3 号楼前，凌云洲挥挥手，示意宫本芳子自己进去。

宫本芳子通过玻璃窗，看到江澄子和黑川梅子坐在沙发上谈笑风生，马上明白凌云洲的难处，便径直走进去。

江澄子见宫本芳子进来，像女主人一样热情地打招呼："芳子，你怎么才来啊？我们等你好久了。"

宫本芳子笑道："我不是怕你吃醋嘛。"她看了看黑川梅子，"有些人吃醋后，什么事情都做得出来。"

黑川梅子意识到，宫本芳子在讥讽她背后打黑枪，于是她立即起身挽住宫本芳子的胳膊："老同学，你是知道我的，我连枪子都吃，就是不吃醋。自你康复后，我们还没有好好聊聊呢。来，我们先喝一杯。"她一边说话一边把宫本芳子摁到沙发上，倒了一杯红酒递过去。

宫本芳子也不客气，一口气喝净杯中酒，然后盯着黑川梅子问："老同学，听说中村宇都暗恋你十几年，然后你把他出卖了？"

黑川梅子严肃地说："我们都是天皇子民，一切行动必须听从天皇的召唤。中村宇都是帝国败类，我们都应该以认识他为耻。"

宫本芳子冷冷地问："你说的话，你自己信吗？我只知道，凌云洲与中村宇都是莫逆之交，你大义灭亲，就不怕凌云洲看到你这张六亲不认的脸，会想起中村宇都吗？"

黑川梅子厉声吼道："宫本芳子，你是皇亲国戚，即便你把天捅出一个窟窿，都有人替你补上。我只是生在乱世的一介草民，不得不战战兢兢地看别人脸色活着。一个简单的活着，对我来说都是天大的难事，你懂吗？"

"那你也应该做个人吧！"宫本芳子吼完，立即压低嗓门，"我们面前都有对手。面对对手，枪口是可以抬高一寸的。开不开枪，是态度问题；能不能打中，是能力问题。你为何非得把至亲至爱的人，都送进地狱呢？"

黑川梅子一时无言以对。

江澄子赶紧插话："芳子，少说几句吧。梅子所做的一切，都是职责所在，也不能怪她。我们为帝国效力，大方向是一致的。在个别问题上，也只是理解角度不同而已。我们平时都很累，就不要把工作上的负面情绪带到家里来。"

宫本芳子盯着江澄子，冷冷地说："澄子，你能做到大度容人，我死过一回，恕我达不到你的境界。以前云洲是我的初恋，现在是我的朋友，我不想看到他被人算计、利用，更不相信他每次都能死里逃生。"她突然转向黑川梅子，"我们能提防君子，却无法提防小人！"

黑川梅子愤然起身，冲着江澄子和宫本芳子厉声吼道："你们都是君子，我是无药可救的小人，可以了吧？你们要为你们所谓的君子付出代价的！"她说完拂袖而去。

宫本芳子起身想离去。

"芳子，你——能不能留下？"江澄子嚅动着嘴唇，近似哀求。

"不——太方便吧？"宫本芳子向门口看了看。

"明天早上——我——有事和你商量。你住2号楼吧。"江澄子哽咽着说。

"好吧。"宫本芳子不便多问，转身奔向2号楼。

凌云洲见黑川梅子离去、宫本芳子进入2号楼，才慢吞吞地走进3号楼客厅，见江澄子目光呆滞地坐在沙发上，便挨着她坐下，低声说："我——让你受累了。"

"我们还有选择吗？"江澄子摇摇头，"这些都不是我们主动选择的，但不得不面对和承受，对吧？算了，不想这些闹心的人和事了。"她恢复往日藐视一切的样子，默默地注视着凌云洲，"我们——离婚吧。"

"容我再想一想，不到万不得已，我不想走到那一步。"凌云洲知道江澄子为了破解他当下的困局，才不得不自断一臂。

"我们还有选择吗？"江澄子又问了一个相同的问题。

"走一步说一步吧。对我个人来说，这是最糟糕的选择。"凌云洲低声说。

"这不是我们的需要，是革命的需要。对革命来说，这是最好的选择。"江澄子轻声说。

凌云洲眼圈泛红，没有说话，轻轻地拍了拍江澄子的肩头。

第六章　傅见山

~ 273 ~

时间：1943年4月29日，星期四。
地点：上海，公共租界，江公馆；日占区，提篮桥监狱。

一夜未睡的凌云洲抛下泪眼婆娑的江澄子，离开江公馆。

他们离婚，就是为安子铭策划的"极雾计划"善后，避免不必要的麻烦。

安子铭通过东京秘密渠道获悉，日方正在策划一个秘密行动，旨在以貌似凌云洲的人替代凌云洲，待处理失控的李墨群之后，还能完全掌控特工总部。

安子铭无法验证该情报真假，但也不敢大意，就策划了"极雾计划"，该计划前期就是让凌云洲顺应日方的计划，先合理地"消失"，再合理地以替换他的人身份出现。

这个任务的难点在于，日本人会想尽一切办法让凌云洲真正消失，凌云洲还得想尽办法，在日本人的眼皮底下，自然而然地成为日本人准备的替代品。

昨天凌云洲接到村上云昔的命令，要他今天凌晨3点，配合梅机关特工，到提篮桥监狱提取一名重要犯人，押送到梅机关审讯。

这是非常违背常理的命令。以前，梅机关的人到提篮桥监狱提取犯人，不但不会和特工总部打招呼，还会严格保密。现在村上云昔却责令凌云洲只身参与，看来安子铭获得的情报是准确的。

凌云洲来到梅机关，村上云昔已经准备好一辆轿车和一辆卡车。

更加奇怪的是，村上云昔让凌云洲换上日军尉官军装，与他一起乘坐轿车。

换上日军尉官军装的凌云洲走到村上云昔面前，敬了一个标准的军礼。

村上云昔上下打量凌云洲："人靠衣装马靠鞍，凌主任穿上这套军装，英气逼人啊。"

"我本来就是帝国军人嘛。"凌云洲走到轿车前，拉开车门，向村上云昔做出"请"的手势。

待村上云昔钻进轿车后，轿车在前，载着十个梅机关特务的卡车在后，缓缓驶出梅机关大门。

黎明前的提篮桥监狱，阴森恐怖，到处充斥着死亡的气息。附近几条纵横交错的巷子里布满梅机关特务。

寂静的提篮桥监狱大院里，突然响起刺耳的汽笛声。

奇怪的是，汽笛只响一声。

两个在1号监室楼门口值守的狱警，举枪对准汽笛声传来的方向。

一辆卡车停在1号监室楼前。顾同从驾驶室内跳出来，像哈巴狗似的向值守狱警点头哈腰，又指指驾驶室，意思是说，刚才是他不小心按响了卡车喇叭。

两个值守狱警放下枪，到其他地方巡视。

顾同走到监室楼门口，一边盯着远去的值守狱警，一边用钥匙打开门锁。

监室内，普乐天听到汽笛声，起身走到铁门前，推开上面的挡板，手臂穿过铁栏杆，轻轻地拨开未上锁的门插关儿，闪身出去。

他贴着墙壁摸到监室楼门后，轻轻地推开铁门，猫腰蹿到卡车底下，靠四肢的力量，把身子凌空悬起。

第六章　傅见山

顾同发动卡车，在大院里绕了一圈，最后停在食堂门口。

普乐天拿到藏在卡车下面带有消声器的手枪，匍匐着进入食堂，摸到储藏室。

按照约定，这里应该有人接应普乐天。

普乐天万万没想到，前来接应他的人，竟然是"死人"杨枢。

普乐天看到杨枢，大吃一惊，低声问："你——还活着？"

杨枢微微一笑："革命尚未成功，我怎么可能一死了之，那也太不负责了。"

一年前，杨枢为了救罗亭，在共生医院与提篮桥监狱之间的密道内，被当时的警察局局长舒季衡开枪击中胸口。罗亭抱着死马当作活马医的心理，给杨枢注射了强心针。

安子铭暗中派人进入密道，把濒临死亡的杨枢送到柳鸣堂家救治。

也算杨枢命大，弹头距离心脏只有两厘米。若不是柳鸣堂医术高明，且借助安子铭提供的血液和各种好药，杨枢不可能从死神手里挣脱出来。

杨枢伤愈后，安子铭把他秘密送到苏州调养身体。

一周前，杨枢接到安子铭的命令，要他潜入提篮桥监狱，配合普乐天搭救罗亭、帮助凌云洲上演金蝉脱壳、李代桃僵的戏码。

熟悉提篮桥监狱建筑布局的杨枢，换上顾同提供的狱警制服，通过共生医院与提篮桥监狱之间的密道，进入安子铭使用过的办公室后，乘无人之际，又摸到食堂的储藏室。

储藏室内，堆放着各种杂物。杨枢辨清方向后，在东北墙角找到一个铁环。

他拉动铁环，几乎与墙无异的暗门慢慢打开，露出一间只有三平方米的小房间。

小房间内有两套狱警制服。

杨枢蹲下，轻轻地叩击地砖，西南角一块地砖下，传出空洞的声音。他用匕首撬开地砖，看见与成年人肩膀等宽的洞口。

他确定，这里就是安子铭设计的秘密监室入口。他把地砖复位，关上暗门，看看手表，然后坐在地上小憩。

不一会儿，储藏室门外传来窸窸窣窣的声音。杨枢轻轻地把暗门拉开一条缝隙，看见普乐天在寻找暗门的开关，便把暗门打开。

杨枢与普乐天没有时间叙旧。待普乐天换好狱警制服后，他们拿着另一套狱警制服，相互掩护着进入密道，直接来到罗亭所在的秘密监室。

秘密监室内，陈设虽然没有安子铭的办公室奢华，也与星级宾馆无异，里面生活设施一应俱全，还有各种生活用品。

罗亭早已准备妥当，只等普乐天到来。

罗亭看到杨枢，也是一愣："杨枢——是你吗？"

杨枢眼圈泛红，想上去拥抱罗亭，最后还是强行忍住，轻轻地点点头。

普乐天却向罗亭敬了一个标准的军礼："'红雨'奉戴老板之命，接您回家！"

杨枢不解地看着普乐天："姓普的，你就是军统老七？！"

"你管我老几呢，麻利地干活儿。"普乐天帮助罗亭换上狱警制服后，从密道进入储藏室，然后杨枢在前，普乐天、罗亭在后，大摇大摆地进入办公楼，来到安子铭使用过的办公室。

普乐天几下子打开门锁，来到衣柜前。

罗亭与普乐天、杨枢拥抱之后，只身进入密道。

村上云昔、凌云洲和十个梅机关特务依次走到单间监室的走廊里，皮鞋、皮靴叩地的声音，在鸦雀无声的空间里，被无限放大。

凌云洲在前，村上云昔和十个梅机关特工在后。村上云昔故意放慢脚步，与凌云洲拉开五六米的距离。

突然，一间监室的房门打开，顾同和杨枢把一个囚犯推出来，摁倒在走廊里，抡起警棍把囚犯打得鬼哭狼嚎。

十个梅机关特务纷纷掏出手枪，对准顾同和杨枢，喝令他们住手。

顾同和杨枢好像听不到梅机关特务的喝止声，依旧边打边骂。囚犯向村上云昔脚下翻滚，村上云昔不得不向后退。

顾同、杨枢掏出手枪，不管不顾地向囚犯射击，弹头射在地上，四处乱飞。

突然出现两个不要命的疯子，吓得村上云昔连声怒骂，连连后退。

走廊的宽度，只能容下两个成年人并肩站立，有身高有体重的杨枢和顾同并肩站立，基本挡住了面前身材矮小的村上云昔和十个梅机关特务的视线。

凌云洲走到一个监室前，闪身进去，冲傅见山努努嘴，两个人以最快的速度互换衣服后，傅见山出门，凌云洲躺到草堆上。

傅见山早就接到村上云昔的消息，今晚有人要把他替换出去，要他做好准备。

普乐天提前进入傅见山的监室，叮嘱傅见山，有人进入房间替换他时，要服从那个人的安排。

普乐天离开傅见山的监室，脱下狱警制服，进入自己的监室，躺下装睡。

杨枢眼角余光一直注意身后。他见凌云洲进入监室、傅见山已经把门锁好，如梦方醒一般，拉着顾同靠墙站好，歪歪斜斜地向村上云昔敬礼。

村上云昔没时间搭理杨枢和顾同，抽了他们一人一个耳光后，径直向前走。

村上云昔看见傅见山站在监室门口向他这边张望，猛地举起手。他身后的两个梅机关特务，一起向傅见山射击，直至打光手枪里的子弹。

"你们不会把他打死了吧？"惊慌失措的杨枢和顾同率先跑过去查看。

杨枢蹲在地上，探探傅见山的鼻息，吓得站起来连连后退，大声呼叫："打死人啦，打死人啦！"

村上云昔和十个梅机关特务来到傅见山的监室门前，喝令顾同开门。顾同哆哆嗦嗦地拿着钥匙，却无法插入锁孔。

一个梅机关特务夺过顾同手里的钥匙，狠狠地把顾同踹得后退四五步，一屁股坐到地上。

顾同龇牙咧嘴地站起来，一瘸一拐地往走廊里面走。他走到普乐天所在监室门前，装作倚靠在监室门上，反手把监室门锁好。

村上云昔蹲在傅见山身边，发现傅见山的身体、头部已经被打烂。他摸了摸傅见山上衣口袋，最后从一个口袋里掏出证件，打开略微看一眼，快速装进自己的口袋，起身进入监室。

凌云洲好像被监室外的枪声吓到，惊恐地望着突然闯进来的村上云昔和六个梅机关特务。

村上云昔示意凌云洲站起来，走到他面前。

凌云洲慢吞吞地走到村上云昔面前。村上云昔绕到凌云洲身后，六个梅机关特务把枪口对准凌云洲。

村上云昔抓住凌云洲的胳膊，撸起囚服袖子，看到三羽乌文身，冲梅机关特务低声喝道："与门口那个人，一起带走！"

监室外的四个梅机关特务，从顾同手里夺过钥匙，打开普乐天所在的监室门，把普乐天也拽出来。

村上云昔驾驶轿车，凌云洲、普乐天坐在轿车后排座上。十个梅机关特务、轿车司机和傅见山的尸体在卡车里。轿车经过黄浦江大桥时，突然加速，与卡车拉开百米距离。

一声巨响后，卡车腾空而起，在滚滚硝烟中掉入黄浦江。

村上云昔不但没有停车，还依旧狠踩油门。

江澄子和凌云洲洒泪分别后，坐在梳妆台前，泪水像雨滴一样，落在面前的离婚协议书上。

她心爱的凌云洲，从此就要从世间"消失"了。

深入虎穴的凌云洲，此去能不能回来，虽是未知数，但凶多吉少是肯定的。

她双手合十，把能祈求的神仙都祈求了一遍，祈求他们保佑凌云洲，能再次出现在她面前。

早上7点钟，江澄子拿着离婚协议书来到2号楼。宫本芳子已经起床，梳洗完毕，准备向江澄子告别。

看到双眼红肿的江澄子，宫本芳子愣住了："澄子，你这是——"

江澄子把离婚协议书塞到宫本芳子手里："他——竟然——"

宫本芳子接过离婚协议书，大致看了一遍，大概意思是凌云洲与江澄子情感不和，婚姻难以为继，自愿净身出户，与江澄子解除婚姻。

离婚协议书上，只有凌云洲的签字。

宫本芳子实在难以理解，一对恩爱夫妻为什么走到这一步。她拉着江澄子坐到沙发上，掏出手帕擦拭江澄子脸上的泪珠："是不是因为黑川梅子？"

江澄子摇摇头，抽噎着说："他只说他对不起任何人，活得太累了，也不想再拖累任何人。"

宫本芳子劝慰道："他是不是遇到什么难题了？难道是上次蒋文汉联合各方对他秘密审讯，打击了他的积极性？不对啊，最近我几次接触他，他一直是很乐观的。不对，他向来讨厌放弃，即便遇到天大难题，他也不会放弃你们母子的。澄子，到底发生了什么事儿？"

江澄子摇摇头，泣不成声。

"我去找他！"宫本芳子起身离去。

~ 274 ~

时间：1943 年 4 月 29 日，星期四。
地点：上海，日占区，愚园路，枫商会。

村上云昔没有把凌云洲、普乐天带到梅机关，而是带到枫商会。

千叶枫和两个日本特务似乎已经知道村上云昔要把凌云洲和普乐天带到枫商会，早早地在大门口恭候。

村上云昔把凌云洲、普乐天交给千叶枫，便去洗澡换衣服。

千叶枫把凌云洲、普乐天带到小红楼二层会客厅。

三人坐下后，木讷的凌云洲和呆滞的普乐天都没有说话。

千叶枫自顾自地喝茶，也不搭理凌云洲和普乐天，三个人尴尬地坐着。

换上和服的村上云昔走进客厅。

普乐天立即起身，冲村上云昔颔首。

村上云昔拍拍普乐天的肩膀，没有说话，径直走到凌云洲对面的沙发前坐下，上下打量凌云洲："你就是身陷绝地四年的'刺鸟'？"

凌云洲没有说话，重重地点点头。

村上云昔问："傅先生享受四年清福，是不是把一切都忘了？"

凌云洲颔首："不该想的不想，不该忘的不忘。"

"好，好！"村上云昔笑道，"这才是优秀特工应有的素质嘛。"他从口袋里掏出一封电报，"傅先生，昨天我的人截获一封电报，遗憾的是，没有人能破译。听说你是破译专家，要不——"他不等凌云洲答应，就把电报塞到凌云洲手里。

凌云洲瞥了一眼电报，轻声问道："这是用龟密码发的电报吧？"他转向普乐天，"普先生是这方面的专家，我就不做班门弄斧的事情了。"

村上云昔又掏出一封电报递给普乐天："为了确保翻译准确，就烦劳普先生也看看吧。"

凌云洲冲村上云昔微微一笑："抱歉，我只执行犬养中堂先生的命令，恕难从命。"

村上云昔摊开双手，耸耸肩："很遗憾，犬养中堂先生不幸玉碎了。"他佯装恍然大悟的样子，"傅先生不知道这个消息也正常。"

凌云洲"呼"地一下站起来："不可能！犬养中堂先生机智过人，无往不胜，没有人是他的对手！"

村上云昔走到凌云洲身边："没有人敢拿这样的事情开玩笑。我是龟机关招募官，犬养中堂先生西去之前，命我接管乌机关。"

凌云洲断定，龟机关和乌机关不会交叉作业，犬养中堂不可能将乌机关交给与龟机关有关的人，决定变防御为进攻："既然犬养中堂先生命你接管乌机关，想必他也把乌机关密语转交给你了吧？要不你说几句乌机关密语？"

村上云昔一怔："密语？乌机关密语？"

凌云洲一屁股坐下，双臂抱在胸前："不知道乌机关密语的人，没有资格谈论乌机关！"

"犬养中堂是被人暗杀的，走得非常突然，没有留下密语。"

"既然犬养中堂先生走得突然，他又如何委托你掌控乌机关呢？"凌云洲"噌"地一下站起来，转身往门口走。

"让你走了吗？"千叶枫把枪口对准凌云洲。

普乐天坦然自若地打量着电报，好像身边发生的一切与他无关。他把电报在手上摔了几下，轻声吟诵道："稳坐钓鱼台，安知是雌雄。"

村上云昔划着火柴，点燃烟斗。

凌云洲无奈地回到沙发前坐下。

村上云昔瞥了凌云洲一眼，冷冷地说："现在你是无家可归的乌鸦，只有改巢换林才能活下去。"他转向普乐天，"普先生，破译出来了吧？"

普乐天起身走到办公桌前，用红蓝铅笔在便笺上写出破译出来的电文，交给村上云昔。

村上云昔瞟了便笺一眼，又盯着凌云洲。

凌云洲将电报拍在茶几上："安子铭是'姜太公'，已经不是什么秘密了吧，至于用龟密码发电报吗？"

其实，凌云洲见普乐天摔电报的同时，吟诵"稳坐钓鱼台，安知是雌雄"，推断"稳坐钓鱼台"指的是"姜太公"，"安"是安子铭，"雌雄"是辨别身份的意思，就猜出电报的内容。

凌云洲拿起电报，指着那串数字说："安子铭是'姜太公'。安子铭是谁？"

村上云昔微微一笑，把普乐天写的便笺递给凌云洲。

凌云洲看完便笺上的文字，暗暗松了一口气。

村上云昔从口袋里掏出凌云洲的证件，递给凌云洲："傅先生，这是你的证件，以后你就以这个身份为帝国效力。"

凌云洲接过证件，大概看了一眼，向村上云昔颔首："感谢将军提拔，特工总部副主任凌云洲，誓死效忠天皇！"

凌云洲与普乐天准备告辞，村上云昔摆摆手："傅先生莫急，天皇特使交办的事，我还没有办完呢，麻烦你稍等片刻。"他说完冲千叶枫努努嘴。

千叶枫出去五分钟，把宫本芳子带进客厅。

宫本芳子看到凌云洲，愣了一下，快步走到凌云洲面前："凌云洲，你——"

凌云洲见到宫本芳子，心头一紧，但是马上镇静下来，佯装不认识宫本芳子。他直瞪瞪地望着村上云昔，指着宫本芳子："这位是——"

村上云昔向凌云洲介绍道："这位是天皇特使的千金宫本芳子，现任梅机关情报课课长。"他转向宫本芳子，指着凌云洲，"傅见山，支那国民政府国防最高委员会秘书长王宠畴的义子，中统'三大元'之一。但是，他的真实身份是日本乌机关'鸟小组'组长。"

凌云洲向宫本芳子躬身颔首："请多关照。"

宫本芳子围着凌云洲转了一圈，上下打量，依旧难以置信。

村上云昔对凌云洲说："天皇特使对我说，宫本课长是凌云洲的初恋，若不是支那人从中作梗，她与凌云洲已结鸾凤之好。凌云洲却在宫本课长受难之际，另攀高枝，深深伤害了宫本课长的心。天皇特使得知你与凌云洲神似，就命我做你们的月老。你们看——"

宫本芳子愤愤地问道："不可能！我父亲不可能私下替我做主的！"

村上云昔起身从抽屉里拿出一个信封，递给宫本芳子："宫本课长，这是天皇特使写给我的信。"

宫本芳子展信一看，果然是父亲的笔迹，确实是委托村上云昔做媒，撮合她与傅见山的婚事。

她实在想不明白，视她为掌上明珠的父亲，为什么把她和陌生的傅见山扯到一起。

让傅见山替代凌云洲，是村上云昔和宫本正仁策划的绝密行动，宫本正仁不可能让宫本芳子知道。

村上云昔见宫本芳子低头不语，对她说道："傅先生是帝国英雄，大和民族的骄傲。五年前，他执行帝国'绝杀计划'，在重庆刺杀蒋介石，虽然未果，但深受天皇特使欣赏。天皇特使委托我为你们做媒，也是想了却你与凌云洲的憾事。"

宫本芳子抬头盯着凌云洲，足足盯了十秒钟，心里暗想："这个人怎么和凌云洲这么像呢？我得靠近他观察一下。"

想到这里，她爽快地说道："既然是父亲的安排，我愿意与傅先生相处一段时间。"

村上云昔盯着凌云洲："傅先生也表个态吧。"

凌云洲说："我是军人，以服从命令为天职。既然这是天皇特使的安排，我服从命令！"

村上云昔哈哈大笑："这就对了嘛！"他转身对宫本芳子说，"宫本课长，天皇特使回国前交代，安排傅先生入住宫府。我现在把他交给你，烦劳你把他送到宫府吧。"

~ 275 ~

时间：1943年4月29日，星期四。
地点：上海，公共租界，沙逊大厦；日占区，愚园路岐山村。

宫本芳子驾车载着凌云洲离开枫商会。

路上，宫本芳子不停地偷偷打量凌云洲。

凌云洲一本正经地坐在副驾驶位子上，目不斜视地看着前方。

来到僻静无人的地方，宫本芳子猛地踩住刹车，逼视凌云洲："你到底是谁？"

"凌云洲。怎么着，一个晚上没见面，你就不认识了？"凌云洲一脸痞相，"昨天在我家2号楼睡得还好吧？"

"你不是傅见山？村上云昔怎么说你是傅见山呢？"宫本芳子听凌云洲说出昨天晚上的事情，有点儿相信凌云洲的话。

凌云洲把村上云昔要用傅见山替换他、他在提篮桥监狱如何转换身份的经过简要地说了一遍。

宫本芳子沉默几秒钟："这就是你和江澄子离婚的原因？"

"在以后的日子里，在日本人面前，我是傅见山；在特工总部，我是凌云洲。我的两个身份会不停地转换，我不离婚，怎么面对江澄子呢？"凌云洲缓声说道。

"我能理解。"宫本芳子边说边发动轿车，"只要你是凌云洲就好，谢谢你对我如实相告。不过，你一会儿是凌云洲，一会儿是傅见山，你能做到滴水不漏吗？"

凌云洲摇摇头："我不知道。"

宫本芳子说："如果我没有猜错的话，让傅见山替换你，应该是我父亲和村上云昔的主意。他们会时刻盯着你的一举一动，你一着不慎，就会陷入万劫不复之地。"

"你总不会眼睁睁地看着我死在你家吧？"凌云洲嬉皮笑脸地说。

"你饶了我吧，我怕梦见你的惨相。"轿车来到一个十字路口，宫本芳子问，"回江公馆？"

凌云洲说："我已经和江澄子离婚了好吗？还有什么资格去江公馆？你受累，把我送到特工总部，我要以单位为家。"

宫本芳子驾车驶过沙逊大厦，从停在路边的一辆轿车旁边经过。

那辆轿车里，江澄子正在看报纸上的寻人启事。

寻人启事中的照片，是唐墨的背影照，附有"唐氏管家唐墨失踪，提供线索者重赏"的文字。

从愚园路回来后，江澄子与唐琳商定，利用唐墨是南京唐氏管家的身份做文章，"佛手小组"便炮制出"唐墨失踪案"。

江澄子把轿车停在沙逊大厦停车场后，拿着报纸径直走进唐琳办公室。

唐琳办公桌上的收音机里，正在播报寻人启事："现在插播一则寻人启事。唐墨，男，四十二岁，南京唐氏管家，共生证券公司副总经理……"

江澄子将报纸放在唐琳面前："老简同志的背影，几乎和唐墨的背影一模一样！"

"诱饵抛出去了，看看柴山哲也的反应。"唐琳关闭收音机，指着报纸图片上的背影，"老简同志的背影，与唐墨的背影确实很像，只看照片，日本人肯定分辨不出来。"

江澄子说："老简在西童公学女校门口假扮'无名指先生'，柴山哲也一定会对老简的背影记忆深刻。"

"唉，柴山哲也没有那么好骗的，我们走一步看一步吧。"

"有一件事我要向组织汇报，昨天晚上——凌云洲与我离婚了。"江澄子说。

唐琳一怔："为什么？这么大的事，事前为何不向组织报备？即便你们有天大的矛盾，在敌我斗争白热化时期，也应该把个人感情放一放。'13号'同志提出离婚，现在又是你们。你们到底因为什么？"

江澄子说："云洲要执行一项危险任务，他提出离婚，是为了保护我。我们不得不迈出这一步，否则以后我会非常尴尬的。"

唐琳半天没有说话，最后起身拉着江澄子的手，与她肩并肩地坐在沙发上："澄子，其实我也有一件事情瞒着你，我是原宝轩的妻子。"

江澄子瞪大眼睛："我婆婆不是早就去世了吗？"

"我不是云洲的亲妈。云洲妈妈去世后，我和原宝轩两情相悦，秘密结婚了，没有告诉云洲。"

"妈妈！"江澄子扑到唐琳的怀里，边哭边说，"安子铭制订'极雾计划'，应对村上云昔和宫本正仁策划的'支点行动'，让云洲取代傅见山。现在，云洲在日本人那边是傅见山。我和傅见山同吃同住，那得多尴尬啊。所以，云洲才提出与我离婚。"

"孩子，这是革命工作需要，组织会理解你们的苦衷。不过，只要云洲每天能出现在我们面前，我们就没有什么好担心的。"唐琳向窗外望去，眼圈泛红，"总要好过莫名消失的原宝轩。"

第七章　重　启

~ 276 ~

时间：1943年4月29日，星期四。
地点：上海，日占区，枫商会，梅机关。

"宫本芳子就这么轻松地答应了？"千叶枫端着一杯咖啡，用精致的小勺子慢慢地搅动，走到村上云昔对面坐下。

"这是宫本正仁安排的。"村上云昔端着老钧瓷杯喝茶。

"难道宫本芳子早就知道'支点行动'内容？"千叶枫若有所思地问。

村上云昔"呼呼"地吹着茶叶末子："宫本正仁就是投机政客，以前把赌注押在近卫文麿身上，因此成为东条英机的眼中钉。现在东条英机掌权，他虽然处处被动，但依旧将身边人安排妥当。他这种荣辱不惊、进退有据的定力，不得不让人佩服！"

千叶枫补充道："他回国前，让儿子宫久出任特工总部情报处处长，让女儿宫本芳子出任梅机关情报课课长。最高明之处，他让傅见山神不知鬼不觉地取代了凌云洲。这样一来，他就为卷土重来布下三枚重要棋子。这个傅见山，到底什么来头，值得宫本正仁如此大费周章？"

村上云昔像小学生背课文似的向千叶枫介绍傅见山："辛亥革命时期，傅见山父亲以身挡枪，救王宠畴一命。王宠畴为报答傅见山父亲的救命之恩，收傅见山为义子，悉心培养。后来，犬养中堂发现傅见山有巨大利用价值。武汉会战期间，犬养中堂以苏联空军顾问的名义，与苏联志愿航空队抵达武汉，其间策反傅见山。这件事，宫本正仁应该知道。"

千叶枫好奇地问："傅见山的父亲到底是何许人物，我怎么没有听说过呢。"

村上云昔又像老学究一样，缓声说道："自日清战争（中日甲午战争）之后，帝国隐蔽战线出现三个特工王。第一代特工王青木宣纯，在北平创建青木机关；第二代特工王坂西利八郎，在幕后操纵袁世凯、段祺瑞、曹锟、吴佩孚、黎元洪、张作霖，故称'北洋政府不倒翁'；第三代特工王土肥原，就不用我介绍了吧。傅见山父亲就是青木机关副机关长，除了已经亡故二十年的青木宣纯知道他的真实身份，包括王宠畴在内，其他人都无从知晓。"

千叶枫说："如此看来，如果傅见山父亲在世，帝国隐蔽战线就没有土肥原什么事了。"

村上云昔点点头："不知道为什么，宫本正仁一直在寻找傅见山父亲。能让宫本正仁如此大费周章、不惜代价去做的事情，一定不是小事情。现在宫本正仁又将女儿许配给傅见山，真是舍出孩子套住狼啊。"

"看来宫本正仁父女不只是为帝国效力那么简单。"千叶枫转移话题，"听说宫本正仁要把那个老太监萧易寒安排到梅机关任职，柴山哲也会答应吗？"

"一定会答应的！"村上云昔肯定地说。

梅机关。

柴山哲也坐在办公桌后面，认真端详报纸上寻人启事中的背影照片，眼前浮现出西童公学女校大门口那个戴金戒指的中年男人的背影。

"我怎么看这个背景很眼熟呢？"柴山哲也问坐在他对面的小河润二。

"我觉得特别像唐墨。"小河润二肯定地说。

"唐墨？唐墨会是'无名指先生'吗？我了解唐墨，他既是重庆侍六组成员，还是龟机关特工，难道他还有我们没有掌握的身份？"柴山哲也指着报纸上的背影照片,"他为什么会在特定的时间出现在特定的位置?难道他是'无名指先生'?"

"南京唐氏刊登寻人启事,会不会欲盖弥彰呢?"小河润二问道。

"唐琳不可能知道'H小组'。"柴山哲也摇摇头。

"现在'H小组'成员五个曝光两个,他们难免相互猜忌。"小河润二措辞非常谨慎,"今天早上,梅机关到提篮桥监狱提取犯人,返回途中,一辆卡车莫名爆炸,掉入黄浦江。卡车上的十个梅机关特工和一个犯人,全部失踪。"

"就这些?"柴山哲也故作镇静。

小河润二字斟句酌地说:"关在提篮桥监狱里的南京唐氏少掌门普乐天失踪。犯人能从提篮桥监狱失踪,你信吗?反正我不信。不过,现在特高课、梅机关、特工总部各有各的小算盘,出现任何有违常理的事情都正常。这样一来,我们就有了运作空间。我们能不能利用特高课不服从梅机关领导这一点做几篇文章呢?"

"土肥原要给他的学生设立特高二课。"柴山哲也从抽屉里拿出一份文件放到小河润二面前,"特高课与特工总部相互掣肘,对梅机关不利。土肥原便以此为由,要在梅机关内设置特高二课,明显是想往梅机关里掺沙子。"

副官进来汇报,萧易寒求见。

"让他进来吧。"柴山哲也冲副官挥挥手。

几分钟后,身穿长袍、头戴毡帽、一副老学究派头的萧易寒,走进柴山哲也的办公室。

柴山哲也上下打量萧易寒:"你怎么这身装扮?"

"与支那人打交道,这身装扮容易拉近距离。"萧易寒皮笑肉不笑地望着柴山哲也,"梅机关也要有亲民行为,才能真正做到大东亚共荣。"

柴山哲也摆摆手:"支那人生性顽劣,惯不得。"

"皇军举着刀枪炮,在支那横行这么多年,效果真的好吗?"萧易寒一脸严肃地反问。

柴山哲也"呼"地一下站起来,指着萧易寒喝问:"你是来跟我讲道理的吗?"

第七章 重 启

萧易寒摇摇头："我在延安学会了实事求是，卖弄一下而已。"

柴山哲也盯着萧易寒的眼睛："你去过延安？"

"我在延安进修多年，前年不幸被开除。因天皇特使宫本先生错爱，让我到贵处谋个闲职。这是宫本先生的推荐信。"萧易寒从袖子里掏出一个信封，双手递到柴山哲也面前。

柴山哲也一把扯过信封，随手扔到办公桌上："梅机关是走后门的地方吗？"

萧易寒缓声说道："我是从正门进来的。既然你认为天皇特使有错，我回去提醒他改正。"他说完转身往门口走。

柴山哲也喝道："等一等！"

萧易寒停下脚步，转身望着柴山哲也。

柴山哲也冲萧易寒招招手："留下吧。"

"理由呢？"萧易寒不卑不亢地问。

"你还需要我给出解释？"柴山哲也冷冷地盯着萧易寒。

萧易寒负手走到办公桌前："我来，有我来的理由；我走，有我走的理由。你让我留下，也要有让我留下的理由。"

"我欣赏你。这个理由如何？"

"我能接受。"萧易寒走到沙发前坐下，轻轻地摘下毡帽。

柴山哲也一边看宫本正仁的推荐信，一边走到萧易寒身边坐下："宫本先生推荐你担任梅机关行动课课长？"

"那是我提出的条件。"萧易寒说，"你可以拒绝的。"

"梅机关没有让支那人担任中层领导的先例。"

"你可以破例。"萧易寒微微一笑。

"可惜我没有那种恶习。"柴山哲也愤愤地说。

"危机可以让你改变习惯。"萧易寒指着信封信纸，"上面有剧毒。如果没有解药，中毒者半个月内将七窍流血而亡。"

柴山哲也掏出手枪，对准萧易寒："你先为我探探路吧！"

萧易寒把额头抵在枪口上，坐直身子："我说实话吧，宫本先生想借你的刀除掉我，我面前只有一条死路。反正我早晚都得死，你觉得我会在乎多活两三天吗？"

"宫本正仁为何要除掉你？"

萧易寒缓声说道："我与宫本正仁的儿子宫久在延安进修，我被延安方面开除，殃及宫久，便向宫本正仁撒谎说，宫久暴露与我无关。现在宫久从延安全身而退，出任特工总部情报处长。我的谎言被拆穿，宫本正仁身边就没有我的位子了，把我发配到梅机关，领取三百杀威棒。"

柴山哲也突然意识到，萧易寒可能会成为他控制宫本正仁的工具，于是说道："能到延安进修的人都是高人，理应受到重用。宫本正仁假公济私的行为为我不齿，你留下来帮我吧，希望我们能做成几件让天皇感动的大事。"他把手伸向萧易寒，"解药呢？"

萧易寒哈哈大笑："给我天大的胆子，我也不敢毒害梅机关机关长啊。刚才我不过是找了一个无聊的话题而已，希望你不要介意。"

柴山哲也摇摇头："我不喜欢这种无聊的话题。希望这是第一次，也是最后一次。"

"我愿终生为你效犬马之劳。"萧易寒起身向柴山哲也鞠躬，"我这里有一份薄礼，还望你收下。宪兵司令部正在秘密抓捕一个美国人，你可否有兴趣？"

"美国人？"柴山哲也心里"咯噔"一下，"这个美国人会是同盟国特工吗？"他佯装思忖，最后说，"按照你的理解去办吧。"

时间：1943年4月29日，星期四。

地点：上海，日占区，极司菲尔路76号。

村上云昔费尽心机用傅见山做文章，足以证明傅见山的重要性。想到在

第七章 重启

提篮桥监狱发生的一幕,作为资深特工,他总觉得哪里不符合常理。

为什么狱警在凌晨要殴打囚犯,且正好在他接近傅见山监室的时候?凌云洲在他的视野中消失那段时间,到底做了什么?

有两点他又觉得正常。一是关押傅见山和普乐天的监室门紧锁着,凌云洲没有和傅见山接触的机会;二是被乱枪打死的人口袋里有凌云洲的证件,他应该是凌云洲。

但是,资深特工的第六感觉,让他还是觉得哪里不对劲儿。

凌云洲和十个梅机关特务的尸体在定时炸弹爆炸后,都化成齑粉,落入黄浦江,已经无法查证了。

既然李代桃僵的过程不完美,那就边使用边观察傅见山。

凌云洲进入特工总部大门的瞬间,感觉自己有些精神分裂。一方面,他要在熟人面前扮演凌云洲;另一方面,他要在日本人面前扮演傅见山。

这种身份错位,考验着工作、生活中的所有细节。一旦出现闪失,他所有的努力就会前功尽弃。

凌云洲刚进入办公室,总务处的人便打来电话,通知他到会议室开会。

凌云洲来到会议室,看到会议桌前坐着五个人。除了李墨群、陈恭如,其他三人他都不认识。

凌云洲坐在李墨群左手边的椅子上。

"来,我给你们介绍一下。这位是特工总部副主任凌云洲。"李墨群对陌生的三个人说。

凌云洲站起来,冲三个人一一点头。

李墨群指着一个三十五六岁的秃头男人,向凌云洲介绍道:"这位是江天来,出任机要处处长。"

江天来脸上除了微笑,没有其他表情。他站起来冲凌云洲抱拳:"还请凌主任多多关照。"

李墨群指着宫久介绍道:"这位是宫久,资深特工,年轻有为,曾在帝国隐蔽战线屡立奇功,现在屈就特工总部,担任情报处处长。"

宫久没有起身,只是冲凌云洲微微点头。

林森木主动站起来，自我介绍："鄙人林森木，一直在隐蔽战线工作。承蒙李主任抬爱，到特工总部为帝国效犬马之劳。日后还希望凌主任多多给予支持。"

凌云洲冲林森木点点头。

李墨群干咳一声："诸位，土肥原将军再三交代，'刺客同盟案'要做到'三不'，不留文字，不得议论，不得外传，明白吗？"他扫视众人一眼，扭头对凌云洲说，"我还有些文件需要审阅，接下来你和三位处长好好聊聊。散会后，你到办公室找我。"

凌云洲起身要送李墨群，李墨群挥手示意他继续开会，然后快速离开会议室。

大家放松下来。凌云洲瞟了陈恭如一眼："陈队长，怎么还挂彩了呢？"

陈恭如骂道："流年不利，被狗咬了。"

宫久插话："以陈队长的身手，只有二郎神的哮天犬才能咬到你吧？"

陈恭如讥讽宫久："宫处长在狗窝里趴了这么多年，不会也沾上狗毛了吧？"

江天来哈哈大笑："在鸟不拉屎的地方趴了那么多年，长不长毛不好说，脱几层皮是肯定的。要说见过大世面，林处长肯定是数得着的。林处长以前是武汉特工总部副主任，主动到上海特工总部任处长，这就是格局。"

林森木谦虚地说："上海是国际大都会，行政级别比武汉高半格，上海特工总部处长和武汉特工总部副主任是平级，我属于平调。"

宫久见凌云洲双臂抱在胸前不说话，赶紧说道："现在开会呢，请凌主任讲几句。"

凌云洲盯着宫久说："宫处长大才，令我十分钦佩。"他把目光转移到其他人身上，"诸位有所不知，沐承风作为中共'31号'潜伏在特工总部的情报，就是宫处长的杰作。另外，宫处长还是天皇特使宫本先生的长子，以后还需要宫处长在天皇特使面前，替特工总部美言几句。"他的目光落在陈恭如脸上，"陈队长，你讲讲行动队的事儿。"

陈恭如冷冷地说："行动队有什么好讲的，这次我的脸都丢到姥姥家了。"

特高课指责我们破坏了他们的行动，把十几个弟兄扣押了。"

凌云洲一脸不解："到底是怎么回事儿？"

陈恭如对凌云洲说："我也不知道因为什么，他们只是说你以天皇特使的名义招摇撞骗。"

凌云洲指着自己的鼻子："我，招摇撞骗？哪有的事情嘛！再者说，天皇特使是我的老师，我替老师跑个腿、办点事儿，难道也违规？"

宫久说："凌主任息怒，这种小事儿，根本用不着你操心，明天我去特高课把兄弟们要回来。"

凌云洲冲宫久点点头："有劳宫处长了。"

宫久轻慢地说："举手之劳而已。"

江天来说："凌主任，我这里有件事儿，也和特高课有关。"

凌云洲说："讲。"

江天来说："我的属下汇报，特高课要抓一个美国人。"

凌云洲说："特高课抓美国人太正常了。"

江天来说："问题在于，德川拓人带人抓的。按理说，如果是普通美国人，没有必要让德川拓人亲自出马。"

凌云洲看看宫久："宫处长怎么看待这个问题？"

宫久不屑地说："直接问问德川拓人，不就什么都知道了嘛！"

陈恭如冲宫久竖起大拇指。

凌云洲看看表，看看在座各位："各位处长如果没有别的事情，今天的会议就到这里吧，李主任还等我过去呢。"

众人表示已经没事了，纷纷起身离开会议室。

凌云洲来到李墨群的办公室，得知晴气武夫已经回东京述职，不由得倒吸一口凉气。

龟机关和梅机关都有大变动，日本情报系统似乎要大换血，背后一定隐藏着不可告人的秘密。

这种绝密信息，与日本人已有罅隙的李墨群不可能接触到。现在他在日本情报系统内已经是多余的人。

凌云洲不想提及这种话题，就告诉李墨群，他已经和江澄子离婚了，净身出户。

李墨群打量凌云洲："你和澄子关系那么好，怎么突然就离婚了呢？是不是宫本正仁逼你迎娶宫本芳子？"他赶紧补充道，"这也不是什么坏事儿！娶帝国的皇亲国戚，就等于拥有护身符了嘛。"

凌云洲迟疑地说："汪先生和江仲阁私人交情深厚，还望主任帮我向汪先生解释我的难处。"

"帝国皇亲国戚和江家孰轻孰重，汪先生拎得清。"李墨群沉思一下，"江澄子不会到特工总部胡闹吧？你提醒她千万不要冲动。"他往后一仰，双手抱着后脑勺儿感叹，"现在的特工总部，已经不是原来的特工总部喽！"

凌云洲摇头叹气："江澄子的臭脾气，唉，没法说。她要来特工总部胡闹，我也拦不住。"

李墨群有气无力地说："凌岳州借尸还魂，让每个人都活得战战兢兢。妈的，这就不是正常人干的活儿。云洲，汪先生催我回南京，部里的事你就多费心了。晴气武夫走了，'支点行动'到底怎么进行，你看情况再定，不能听风就是雨。"

~ 278 ~

时间：1943年4月29日，星期四。

地点：上海，日占区，愚园路，中山公园。

华界、公共租界、法租界，堪称"老三界"。除此"三界"，还有一个因越界筑路而产生的"半租界"[1]——愚园路。

愚园路是上海的一个奇葩。由于越界筑路，造成政警权模糊，成为被多

---

[1] 出自鲁迅《且介亭杂文》。

第七章 重启

方势力利用和中外特工角逐的复杂空间，导致愚园路既是沪西烂地，也是特工乐土。

西园大厦紧邻中山公园，是愚园路上顶级的高层豪宅。

此刻，西园大厦楼下停着一辆黑色轿车。黑川梅子拿着一瓶可口可乐，站在轿车前拢了拢刘海，打量风景如画的愚园路。

安西路路口也停着一辆轿车。宫久坐在车内，手持望远镜观察黑川梅子。

黑川梅子钻进轿车里，举起望远镜对准中山公园大门口，看到一个四十岁左右的美国人心神不宁地吸烟。

她移动望远镜，看到停在中山公园大门对面的两辆轿车。她慢慢地调整焦距，看到轿车内主驾驶位上的德川拓人。

德川拓人也盯着那个美国人，询问坐在副驾驶位子上的特务井边："是他吗？"

"是他！"井边递给德川拓人一张照片。

照片中，四个人站在百乐门门口。一个是百乐门侍应生，正在接待一个日本人；一个中国女人挎着美国人的胳膊；美国人和日本人离得很近，几乎并肩。

德川拓人指着照片中的中国女人："她——交代了吗？"

"她是职业伴舞女郎，知道的事情不多。不过，她听到有人喊美国人'T先生'。"

"'T先生'是美国战略情报局特工，是条大鱼。"德川拓人直勾勾地盯着美国人，"很显然，他在等人，等那个人入场后，一起摁下！"

美国人一支接一支地抽烟，不停地东张西望，似乎很着急。

这时，一个三十岁左右的苏联人走到中山公园门口，冲美国人微微点头。

美国人扔掉烟头，尾随苏联人走进中山公园。身穿长袍的中共"佛手小组"成员简子让从甬道走来，与美国人和苏联人会合。

简子让的背影出现在黑川梅子的望远镜里。

黑川梅子喊了一声"唐墨"，立即发动轿车冲进中山公园。

宫久看到黑川梅子急吼吼的样子，也发动轿车，紧紧地跟上黑川梅子的轿车。

德川拓人带领一群特高课特务冲进中山公园大门。

突然，一辆卡车疾速驶来，猛地停在中山公园门口。

萧易寒带领七八个梅机关特务跳下卡车，疾速冲进中山公园。

简子让、美国人和苏联人见日本特务向他们冲过来，开了几枪后，分头向不同方向跑。

萧易寒躲在一棵大树后，瞄准美国人的大腿扣动扳机。美国人大腿中弹，一瘸一拐地跑了几步后栽倒在地。

苏联人奔向一座假山，被雅子一枪打中后背，直挺挺地栽倒。

简子让熟悉中山公园的环境，七拐八折地从通往极司菲尔路的小门跑出中山公园。

日本特务没有找到简子让，便在中山公园内展开地毯式搜查。

萧易寒蹲在美国人身边："你好呀，'T先生'。"

美国人用蹩脚的汉语回答："我很不好，我不是'T先生'。"

萧易寒站起来，踹了美国人一脚："希望你到了梅机关，嘴也这样硬。"他挥手命令梅机关特务带走美国人。

德川拓人带领特高课特务赶到，一边打量萧易寒一边冷笑："这个美国人，特高课跟踪很久了，你们带走他不太合适吧？"

"这世道，不合适的事情太多了，不差这一件。"萧易寒晃了晃手枪，"鄙人萧易寒，梅机关行动课课长。按官秩，比你高半格，所以你和长官说话，必须注意分寸。"

德川拓人指着萧易寒怒骂："你个支那猪——"

雅子悄悄地拽了拽德川拓人衣襟，提醒道："特高课归梅机关管辖。"

德川拓人不再说话，怒视萧易寒带走美国人。

雅子望着萧易寒的背影，嘴角泛起一抹笑意。

黑川梅子跟随简子让，来到一条胡同里。

她远远地看着简子让的背影，更加确信前面的人就是唐墨。

简子让察觉身后有人跟踪自己，闪身躲到墙角后，待黑川梅子现身，向她连开三枪。

黑川梅子躲过两颗弹头，却没有躲过第三颗弹头。她胯部中弹，摔倒在地。

宫久循着枪声来到胡同里，看见黑川梅子中弹，急忙抱起她赶往愚园路的兆丰邨。

宫久在兆丰邨租了一个普通套间，作为自己的安全房。他将黑川梅子带到安全房，平放在床上，找出疗伤工具为她取弹头。

宫久把黑川梅子的裤子脱下来，看到她后腰有三羽乌文身，意识到这是三羽乌图案、乌机关特工特有标志。

宫久深吸三口气，平复心情后，专心致志地为黑川梅子做手术。

不知道过了多久，黑川梅子睁开眼睛，看到一个男人坐在床前的椅子上打盹，挣扎着坐起来。

宫久坐直身体，说道："别动，你失血过多，需要休息。"

"这是哪里？你是谁？"黑川梅子往后挪动身子。

宫久脱掉上衣，露出左肩头的三羽乌文身："乌机关苏联局特工宫久，代号'灰鹤'，'鹤小组'成员。"他指指黑川梅子的腰部，"你隶属哪个局、哪个组？"

黑川梅子掀开被子，见下身只剩下一条短裤，胯部缠着厚厚的纱布，顿时明白宫久为何向自己自报家门，于是说道："黑川梅子，隶属苏联局，代号'青鸟'，'鸟小组'成员。"

~ 279 ~

时间：1943 年 4 月 29 日，星期四。

地点：上海，日占区，愚园路联安坊，上海日本宪兵司令部。

夜幕下的愚园路，霓虹灯闪烁，人流如织。

陈恭如站在联安坊11号洋房露台上，直瞪瞪地望着愚园路的街景，脑海中浮现出萧易寒的身影。

萧易寒，最后一个封建王朝的太监，却摇身变成梅机关行动课课长，真是物是人非啊。

"哈巴狗都能变成哮天犬，他妈的什么世道！是狗就会咬人，我不得不防。"陈恭如看看手表，转身回到卧室，从柜子里取出电台。

陈恭如望着电台，陷入沉思。

他拿起笔，拟出准备发出的内容：

老板，倦鸟欲归巢，可否？
　　　　　　　　　　老四

"开弓没有回头箭，拿命跟他赌一次！"陈恭如像下了很大决心似的，一口气发出电报。

发完电报，陈恭如像心力透支一般，瘫靠在椅背上。

电台的绿灯突然闪烁不停。陈恭如像满血复活一般，快速戴上耳机，接收电报，然后译出电报内容：

老四，候鸟回家，我心甚慰，明日山雨与你联系。
　　　　　　　　　　　　　　沈沛霖

"沈沛霖"是戴遇侬的化名。这封戴遇侬授权的回复电报，批准陈恭如可以以军统老四的身份重新加入军统。

陈恭如泪眼婆娑地烧毁电报，又进入心力透支状态。

夜幕下的上海日本宪兵司令部里死一般寂静。

第七章 重启

松井久太郎站在办公室窗前,俯瞰灯火通明的院内,嘴角不由自主地微微抽动两下。

"如果我们还各自为战,上海会变天的。"松井久太郎转身望着阴着脸的德川长运和村上云昔,走到他们对面的沙发前坐下,"二位将军师出同门,应该同仇敌忾才是。战争嘛,哪天不死人?拓直为帝国玉碎只是一个意外。德川将军,节哀顺变。"

村上云昔将檀木盒子放在茶几上:"德川将军,这是拓直的遗物。"

德川长运打开檀木盒子,从里面取出日记本。他翻看几页,见上面全是奇怪的数字,便问村上云昔:"这是什么?"

村上云昔说:"拓直是数学天才,耗尽心力编写出这套龟密码。这是他用龟密码写的日记。"

"帝国圣战正值紧要关头,还望二位将军放下成见,通力合作。"松井久太郎望着德川长运和村上云昔,"东海、长江是皇军战略物资运输通道,现在长江宜昌至武汉的水路尚未打通,囤积在宜昌的战略物资无法运到太平洋战场,是要耽误帝国大事的。这一点,二位肯定比我清楚。我们都是天皇子民,听从天皇召唤牺牲个人利益,都是无比光荣的。所以,我们应该为拓直的玉碎感到骄傲。远东隐蔽战线上腥风血雨,我痛失爱将拓直之恨,不亚于德川将军。"

德川长运点点头:"逝者逝矣,我们说正事儿吧。"

松井久太郎说:"大本营通过'2号作战计划',责令皇军放弃攻打重庆。"

德川长运不解地说:"皇军不攻打重庆,不歼灭支那第六战区主力,长期僵持下去,只会拖垮皇军的。"

村上云昔点指德川长运:"将才就是将才,看不清帝才的部署。天皇旨在一统东南亚,消灭支那在缅甸的军队才是重中之重。只要吃掉支那部署在缅甸的棋子,皇军这匹马就可以直接下底卧槽,再加上支那境内的皇军当头炮,何愁此棋不赢!"

"大手笔,大手笔,我鼠目寸光了。"德川长运向村上云昔颔首。

"我身处帝国隐蔽战线,自然要从情报角度考虑。战争打的是什么?是情报。如果皇军想在原始丛林中消灭支那军队，必须掌握一手情报，不然皇军就像在原始丛林中捉蚂蚁，毫无胜算。"松井久太郎一脸悲观表情。

"你多虑了！"村上云昔嘬着烟斗，"你听说过青铜特训营吗？"

"青铜特训营？"德川长运接过话茬儿，"崇明岛帝国特工秘密培训基地，旨在打造帝国全球化情报链嘛。"

"崇明岛办过第三期特训营。"村上云昔一脸骄傲表情，"这是我认为我这辈子做过的最正确的事情。我把青铜特训营设在崇明岛，就是想招募世界顶级聪明人，再把他们培养成帝国高级特工，然后派往世界各地，支持皇军作战。"

松井久太郎点指村上云昔："你啊，你啊，在我眼皮底下培训超级特工，我竟然一点儿都不知道，过分了啊。说说吧，你为什么要把这个青铜特训营设在崇明岛？"

村上云昔说："上海，乃远东第一国际城市，世界各国优秀人才云集于此，便于选拔其他国家人才。自沈阳事变（九一八事变）后，青铜特训营举办两期后，便被军部那群鼠目寸光的人强行取缔。"村上云昔意识到自己的语气过重，摇摇头，缓声说道，"值得庆幸的是，太平洋战争爆发后，青铜特训营重启，并交给海军情报处上海站督办。崇明岛青铜特训营，依旧按照前两期选人标准，在三百名候选人中，选出十名培训。这十名青铜特工结业后，由德川拓直负责把他们送至各个战场。遗憾的是，现在德川拓直玉碎，十名青铜特工暂时无法联系。"

松井久太郎质疑道："无法联系这些特工，有也等于无啊。如何才能把他们召集到一起？"

村上云昔说："我需要精通龟密码的人。犬养中堂得到天皇授权，秘密创建一个连内阁都不能过问的情报机构乌机关。乌机关成员都会熟练使用龟密码，我们要尽快找到这些人。"

德川长运翻看日记本："如果这是德川拓直用龟密码写的日记，那么他就是乌机关特工吧？"他抬头看着村上云昔，"烦劳你详细介绍一下这个神秘的乌机关都有什么业绩，你接触过哪些乌机关成员。"

"帝国的'绝杀计划',想必二位将军还有印象吧?"村上云昔表情凝重地说,"执行'绝杀计划'任务的组织,就是乌机关'鸟小组'。该小组共有四名成员,德川拓直就是其中之一。'鸟小组'组长名叫傅见山。普乐天是满铁特工,代号'东京'。他受满铁指派,暗中协助'鸟小组'执行'绝杀计划'。他们之间就使用龟密码联系。"

"傅见山?他不是和十名梅机关特工在爆炸后失踪了吗?"松井久太郎不解地问。

村上云昔摆摆手:"失踪不等于玉碎嘛,没准儿哪天他又能在需要他的地方出现了呢。"

第八章 真与假

~ 280 ~

时间：1943 年 4 月 29 日，星期四。
地点：上海，日占区，愚园路，愚谷邨 121 号。

静谧的夜晚，茂密的法桐，昏黄的路灯，无人的街道，构成愚园路独有的风景线。

一辆黄包车出现在愚园路远端，奔向愚谷邨。靠在黄包车上的唐琳看似闭目养神，实则密切关注四周情况。

黄包车抵达镇宁路路口，她才向四周看了看，对黄包车夫说声"到了"。下车后，她付了车费，径直走到川流糕点店。

川流糕点店，在此经营十五年，好吃不贵的日式糕点深受新老顾客喜爱。唐琳购买两斤日式糕点，沿街走向愚谷邨。

愚谷邨是"两头通"的活弄堂，一端连接愚园路，一头连接静安寺路。唐琳走到愚谷邨弄堂口，驻足片刻，确定无人跟踪后才进入愚谷邨。

她走到 121 号洋房前，看到大门上有粉笔画出的三条短横线，从包里掏出钥匙开门进院。

坐在梧桐树下神似原宝轩的老人，注视着走进院门的唐琳。

他当然不是死在宫本正仁的"B 机器"细菌实验室、在烈火中永生的原宝轩。

　　他叫森木正淳，消失十二年的共产国际远东局神秘特工，代号"黄雀"。1932年，原宝轩以他的身份潜伏东京，任职东京大学物理系，后加入日本内阁情报机关——龟机关。

　　公认死在愚园路的苏联共产党党员"黄雀"森木正淳，现在以凌国轩的身份出现在上海。

　　森木正淳与唐琳一前一后进入屋内。

　　唐琳望着丰盛的菜肴和醒好的红酒，笑着说："你现在像幽灵。"

　　"只有成为幽灵，才能揪出'幽灵'。"森木正淳将红酒倒进高脚杯，"只有找到'幽灵小组'名单，才能确保同志们安全。"

　　"感谢上苍，你还活着。"唐琳将糕点放在桌上，"你猜出谁是'幽灵'了吗？"

　　"让你开开眼界。"森木正淳抿了一口红酒，起身走向书房。

　　书房内堆放着各种书籍。森木正淳走到书柜前，蹲在书柜下，用力按左下角，书柜便向两侧滑去，露出密室口。

　　森木正淳和唐琳进入密室。唐琳看到密室的一面墙上贴满剪报，分别用细线连接成蛛网状，部分内容如下：

民国十九年，"苏准会"秘书处设在愚园路259弄庆云里

民国十九年，国民党临时委员会机关总部设在愚园路愚园坊20号

民国二十一年，百乐门开张营业

民国二十三年，国民政府交通部部长王伯群住宅落成

民国二十三年，愚谷邨落成

民国二十四年，宋庆龄与路易·艾黎在愚园路1315弄庆祝红军长征成功

民国二十五年，涌泉坊建成

民国二十五年，李公朴在愚园路亨昌里24号被国民党特务抓捕

民国二十六年，愚园路路权之争新闻事件

民国二十七年，静安商场营业

民国二十八年，伪外交部部长陈箓在愚园路688弄15号陈公馆被军统特工暗杀

民国二十八年，好莱坞俱乐部开业

民国二十八年，伪国民党"六届一中全会"在王伯群住宅召开

民国二十八年，特工总部创建

民国二十八年，美国海军陆战队与公共租界警务处发生冲突

民国二十九年，百乐门舞厅当红舞女陈曼丽被刺杀

民国二十九年，工部局警务处副处长约克被刺杀于愚园路

民国三十年，苏浙皖统税署首脑盛缓臣被刺杀于愚园路公馆

……

唐琳不解地望着墙上的剪报："这是什么？"

森木正淳严肃地说："愚园路拼图。寻找一个人，就像做拼图游戏。有一个人自大革命失败后消失，距今已有十五年。要想找到音信皆无的他，只有把十五年中出现在愚园路的人、事、物做成拼图，也许能发现蛛丝马迹。"

"这是大海捞针呀。你通过这些拼图，就能确定'幽灵'藏在愚园路？"唐琳依旧难以置信。

森木正淳解释道："十二年前，牛兰同志被捕时，英巡捕房只是怀疑他从事间谍活动，直到有人在宏业花园74号找到线索，在赫德路66号搜出远东局四万七千美元活动经费，才认定牛兰同志是共产国际远东局负责人。"

"宏业花园74号是江家的房产。"

"当时住在那里的人，是江仲阁远方表侄潼川。"

"你怀疑潼川介入牛兰事件？"

森木正淳判断："十二年前，潼川在英巡捕房做巡捕，或许有人利用了他。利用他的人，很可能是'幽灵'。"

"'幽灵小组'如此密谋，到底想做什么？"唐琳百思不得其解，就勉强补充道，"当年随中央机关撤离的人，也不能忽略。"

"我对那些人做过调查。"森木正淳盯着唐琳，"有一个情况，让我感觉不

正常。"

"说说看。"

"潜伏在延安中央机关的日本特务宫久，代号'王子'，我怀疑他就是'幽灵小组'成员。宫久暴露后，竟然能从延安全身而退，太不可思议了。如果他回到上海，破坏力无法想象。"

唐琳轻声嘀咕："宫久——幽灵——"

森木正淳摆摆手："担心这些也没有用，我们聊点儿别的吧。你见过澄子了？"

唐琳会心一笑："见过了。豪门千金就是豪横，给我的见面礼竟然是宏业花园 74 号的房子。"

森木正淳哈哈大笑："儿媳妇的孝心，你必须收下。"

"收下了。"

森木正淳转而问道："我的两份手抄交给澄子了吗？"

"给她了。"唐琳低声说，"她的孩子在美国，她给谁读你的手抄？你这不是让她睹物思人嘛。"

"手抄是我写的，没来得及给他们。"森木正淳微微一笑，"权当给他们小两口留个念想。"

"你不准备见他们？"

"见，不如不见。"

"不见也好。"唐琳点点头，"顺其自然吧。明天我就找人收拾房子，尽快住进去，方便帮你做些力所能及的事情，比如留意一下'幽灵'。"

森木正淳说："'幽灵'确实在愚园路现身过。多一双眼睛，可能就多一次发现他的机会。"他想了想，"听说罗亭出来了，待她彻底安全后，我再去见她。"

"她能帮你做什么？"

"一、她做过一年幽灵，知道怎么找到其他幽灵；二、她在愚园路住了十年，一定能找到愚园路的最后一块拼图，进而找到'幽灵小组'名单上的人。"

~ 281 ~

时间：1943 年 4 月 29 日，星期四。
地点：上海，日占区，宫府，梅机关。

宫本芳子望着凌云洲的背影，心里感慨万千。以前，她以李致的身份出现在他面前，现在他以傅见山的身份与她相处，世事真的是一报还一报吗？

凌云洲不敢放慢脚步，因为他还不知道如何与宫本芳子相处。按照"极雾计划"设置，他要与宫本芳子以夫妻身份相处，但无论在心理上，还是身体上，他都没有做好准备。

他们走进西厢房餐厅。凌云洲指着满桌饭菜问："都是你做的？我记得你不会做饭啊。"

宫本芳子感慨道："在外面漂泊一年多，学会一门生存技能是很正常的。"她把凌云洲摁在椅子上，"你尝尝，满分十分，看看你能给我的生存技能打几分。"

凌云洲夹菜放入口中慢慢咀嚼，连连点头："满分，满分。"他望着宫本芳子，"尴尬不？"

"确实挺尴尬的。"宫本芳子拉出椅子坐下，"父亲要我嫁给傅见山，没想到阴差阳错地便宜了你这个有妇之夫。"

"离了，离了，我已经单身了。"凌云洲又恢复往日的痞相。

"你打一辈子光棍，我也不会嫁给你。我拒绝收购二手货。"宫本芳子调皮地眨眨右眼。

"那可麻烦了，同在一个屋檐下，我们以何种方式相处呢？"凌云洲狠狠地靠在椅背上。

"默默相爱、悄悄喜欢。"宫本芳子凝视凌云洲。

"太难了,太尴尬了。"凌云洲狠狠地抹了一把脸。

宫本芳子指着门外:"你还是回江公馆住吧。"

门外传来说话声,"少爷回来了","芳子在哪儿","在西厢房用餐"。

凌云洲放下筷子,走到餐厅门口,看到宫久急匆匆地走过来。

宫久走进西厢房,上下打量凌云洲,没有说话,径直走到宫本芳子面前,问:"他是有家室的人,你不知道吗?"

宫本芳子撇嘴道:"在家里还演戏,你累不累?这出戏,父亲瞒着我,肯定不会瞒你,对吧?我就想问一问,让我嫁给傅见山,是你的主意,还是父亲的意思?"

宫久回头看了一眼凌云洲:"我的意思。"

宫本芳子突然沉下脸:"理由呢?"

宫久一屁股坐在宫本芳子对面,拿起一个盘子,把想吃的菜往盘子里夹:"你早应该成家了。我已经这样了,千鹤也不想嫁人,我们家总得有一个人结婚生子吧?"

凌云洲走到宫本芳子身边说:"芳子小姐,我是不是来得不是时候?我告辞了,你们慢聊。"

宫本芳子向凌云洲使眼色,暗示他不要走。

宫久狼吞虎咽地吃完盘中餐,起身说道:"你们吃吧。"

东西厢房隔着池塘,有三十米距离。宫久走进东厢房,没有开灯,拿出单筒望远镜观察西厢房。

凌云洲忽然放下筷子,对宫本芳子说:"你犯了一个错误。"他说完,拿起茶碗狠狠地摔到地上,愤愤地喝道,"你是皇亲国戚,我是草民,你怎么会听我的话?"

"知道自己是草民,还敢如此跟我说话?"宫本芳子大声呵斥,"你以为你是谁呀?"她拿起茶壶向窗户掷去。

"哗啦"一声,玻璃应声而碎。宫本芳子瞧都不瞧,转身出去。

凌云洲愤愤地坐在沙发上,一副无所谓的样子。

宫本芳子抱来一床被子,从餐厅门口扔进去。

凌云洲走到门口，用脚尖挑起被子，踢到沙发上，然后猛喝三杯红酒，关灯睡觉。

宫久转身将望远镜扔到沙发上。

凌云洲毫无睡意，宫久的眼睛像地鼠一样，在他脑海中不停地消失、出现。

萧易寒手里的锋利小刀，闪着蓝光，刀尖滴着鲜血。

他像处理艺术品一样，小刀如笔，专注地在美国人胳膊上精准地割下薄厚相同的肉片。

美国人连声惨叫。

柴山哲也、苏菲和彼得洛夫坐在旁边，饶有兴致地看着萧易寒展现传说中的凌迟技术。

每割下一块肉片，萧易寒就问一声。美国人拒绝回答任何问题，只是像杀猪一样惨叫。

萧易寒从水缸里拿出白酒瓶，拧开瓶盖，将白酒倒在美国人外翻的皮肉上。

美国人疼痛难忍，开始回答萧易寒的问题。

"你要是在光绪年间遇到我，即便你撂了，我也必须把所有技术全部展现出来才能罢休！"萧易寒摇头冷笑，"既然你已经心服口服，咱也不闹腾了，有话就说吧。"

"我叫丹尼尔，共产国际成员。"

萧易寒把小刀抵在丹尼尔胸部："你不是'T先生'？"

"有人叫我'D先生'。"

"'T先生'，'D先生'。"萧易寒猛地扇了丹尼尔一记耳光，"你他妈的唬我！"

丹尼尔疼得直咧嘴："'D'是我名字第一个字母。"

"你是共产国际成员？"柴山哲也走到丹尼尔身前，用手指蘸着伤口的鲜血，放在鼻孔下嗅了嗅，"你来上海做什么？"

丹尼尔说："共产国际马上解散，我奉命回国，没有任务。"

萧易寒用小刀在丹尼尔脸颊上刮了两下："这么说，你已经是废物了。"

柴山哲也掏出手枪抵在丹尼尔太阳穴上："不，他有价值！"柴山哲也嘴角上扬，扣动扳机，弹头穿过丹尼尔头颅。

柴山哲也掏出手帕擦拭枪口："他——就是'T先生'。"

彼得洛夫叹口气，摇摇头。

柴山哲也提枪走到苏菲身边，扫视在场所有人："苏菲，'小拇指先生'，又叫'胖先生'。"最后他的目光落在彼得洛夫脸上，"这才是我掌握'H小组'内幕消息的原因。"

彼得洛夫难以置信地望着苏菲："你就是'胖先生'？"

苏菲点点头："现在你可以叫我柴山夫人。"

伴随"砰"的一声，德川拓人踹开审讯室门，阴着脸走到柴山哲也面前："不好意思，我不小心看到刚才精彩的审讯过程，解开了我心中的谜团。"

柴山哲也呵斥道："谁让你进来的？"

德川拓人环顾审讯室，冲柴山哲也耸耸肩："这里只是小小的梅机关，我想来就来。你们不会不知道，我父亲是宪兵司令部司令官，我老师是十三军司令官，我奉他们的命令，把'T先生'——不——丹尼尔押回去。现在你把他枪毙了，让我如何交差？最不可思议的是，你的夫人还是同盟国特工，你怎么解释？"

柴山哲也摇摇头："我不想解释。"

德川拓人点指彼得洛夫："我对你感兴趣。"他扭头盯着柴山哲也，"你想把丹尼尔变成'T先生'？"

萧易寒慢条斯理地走到德川拓人面前："'T先生'，美国战略情报局特工，只要是美国人，都可能是'T先生'，丹尼尔也不例外。"

"指鹿为马！"德川拓人从口袋里掏出上海日本宪兵司令部出具的提审单，摔到丹尼尔脸上。

~ 282 ~

时间：1943 年 4 月 30 日，星期五。

地点：重庆，珊瑚坝机场。

晨雾罩住江中的珊瑚坝，把它与重庆硬生生地隔离。

珊瑚坝是重庆南区长江水域内最大的沙洲，四周已经成为国民党军队的阵地，闲杂人等不得靠近。

珊瑚坝军用机场周边，驻扎着隶属国民党空军的美国志愿航空大队。这个航空大队还有一个震惊中外的名字——飞虎队。

沙洲东南一隅有个院落，里面有十余间房子。站在院中的竹楼上，江上一切一览无余。

唐横跟随安子铭走出院子、进入竹林，来到临江的水潭边。

安子铭负手站立，缓声问道："你很紧张？"

"一个计划，三个行动，一着不慎，全部失败。我不是诸葛亮，能不紧张吗？"

"只是一个计划而已嘛。"安子铭满不在乎地说。

"您能合三归一，学生做不到。"唐横谦卑地说，"把'极雾计划'一分为三，学生还能勉强理出头绪。"

安子铭仰望天空，吟诵道："老子有云，空生静，静生定，定生慧，慧至从容。"

"只有空心，才能谋得智慧。遗憾的是，学生六根不净，常被俗事羁绊。"唐横叹了口气，"唉！上有老头子，下有军统、中统、黑室，还有刚刚组建的中美特种技术合作所，学生想躲都躲不开。"

安子铭低下头，目光落在潭面上："我坚守上海那么多年，就是为了筹谋这个关乎国家兴亡的计划，绝对不会出错的。"

"犬养中堂死后,乌机关不应该作鸟兽散吗?"唐横低声问道。

"散不了。"安子铭摆摆手,"乌机关是犬养中堂留给日本隐蔽战线的宝贵遗产,日本人不会轻易放弃的。"

唐横愣住了,呆呆地望着安子铭。

安子铭盯着唐横的眼睛,一字一顿地说:"当年'红雨'失踪,戴遇侬勃然大怒,你替我顶雷。这么多年来,你一直不问原因,难怪老头子喜欢你。"

"为老师做任何事情,都是学生之福。"唐横颔首。

"'红雨'之所以能离开是非之地,是颜秋航暗中安排的。老头子让我调查,我只能想办法拖延。"安子铭摇摇头,"我欠颜秋航一个大人情,不能不还,不得不还!"

"人情债,根本还不清。"唐横嘀咕。

"当年若不是'红雨'击毙乔老三,中国岂能有今天这种困难局面?值得庆幸的是,日本人还不知道乌机关'鸟小组'全军覆灭。"安子铭得意地说,"乔老三过于迷恋他的龟密码,乌机关'鸟小组'只见密码不见人,我就反过来设计'极雾计划',不见密码只见人。"

唐横思忖一会儿,嚅动着嘴唇说道:"犬养中堂或许把乌机关特工名单藏在某个地方,一旦被日本人找到,'极雾计划'就危险了。"

安子铭伸个懒腰:"那就看中华民族的造化了。"

他们又闲聊一会儿,返回院子,远远看到戴遇侬站在院子里饶有兴致地望着正在起飞的飞机。

"东方欲晓,莫道君行早。踏遍青山人未老,风景这边独好。"安子铭走进院门,大声吟诵,"毛泽东的诗,言浅意深,不妨闲时读一读。"

"云卷云舒,读点闲书。"唐横摇头苦笑,"此刻的重庆高层中,看来只有老师有这份闲情雅致了。"

戴遇侬感慨道:"我也羡慕安主任能有处乱不惊的心态。"

"中途岛战役胜利,其根本在于,同盟国特工在隐蔽战线角逐中获得胜利。"安子铭走进竹楼,"中途岛战役后,轴心国不仅严防情报泄露,还不惜代价策反同盟国特工,以致瓜岛战役异常惨烈。这次同盟国在远东地区首次组建特工小组，是尝试合作，也是抓鬼行动。"

"如此麻烦，不如直接清除。"戴遇侬不耐烦地说。

"作为特工，不能轻言杀戮。"安子铭摇头苦笑，"重要的是，如果找到内鬼，可使用反间计，剪除轴心国远东情报网，这才是重中之重。"他说完，指着沙发做出"请"的手势。

唐横走到沙发前坐下，说："美国那边相信'T先生'，老师相信'太太'，所以怀疑对象只有彼得洛夫、长春皮货商、苏共情报员。苏菲，汉口特务机关国际课课长，法共情报员，他们都给盟军司令部提供过情报。"

戴遇侬坐到安子铭对面，问唐横："他们给盟军司令部提供过瓜岛日军军力部署情报？"

唐横点点头："苏菲表面上是英国军情六处特工，实际是侍六组特工，代号'越女'，奉老师之命潜伏在英国军情六处。"

安子铭补充道："'越女'还是我钉在日本海军情报处上海站的钉子。如果这枚钉子出现问题，我们设在日本海军情报处的阵地就会失守，'极雾计划'必然受到影响。"

戴遇侬想了想，说道："如此看来，'极雾计划'的每个环节必须慎之又慎。崇明岛诸事，我会叮嘱毛老二的。"

唐横说："有毛老二坐镇崇明岛，我们心里踏实很多。"

戴遇侬从公文包里掏出一封电报递给安子铭："让你看一件高兴的事儿。"

安子铭接过电报看了看："这个老四，应该是上海特工总部的陈恭如吧？"

戴遇侬点点头："浪子回头了。自'变色龙'失踪后，军统就无法掌控上海特工总部。这次老四能回头，确实利好！"

安子铭点点头："汪精卫命不久矣，南京政府要树倒猢狲散喽！老头子肯定能看到这步棋，有何指示？"

戴遇侬低声说："老头子再三交代，国共必有一战，因此上海隐蔽战线阵地绝对不能姓共。"

安子铭将电报还给戴遇侬："老四是悍将，好好利用吧！"

戴遇侬接过电报，问安子铭："你怎么看'红雨'？"

安子铭笑了笑："要说识人断事，我不及你十分之一。你怎么看'红雨'？"

戴遇侬摇摇头："说句实在话，我真看不透'红雨'。"

安子铭低声说："既然连你都看不透他，只能边用边看了。待'极雾计划'完成，就让他消失吧。不过，他是'极雾计划'中重要一环，不到万不得已，千万不能动他。"

第九章　测探与逆杀

~ 283 ~

时间：1943 年 4 月 30 日，星期五。

地点：上海，日占区，愚园路，上海日本宪兵司令部。

普乐天不仅要扮演好"红雨"和"东京"，还要演好自己。

当下，演好他自己的其中一件事，就是参与凌云洲和江澄子的离婚事件。在任何家庭，妹妹离婚，大哥肯定不能无动于衷。

早上，普乐天发现千叶枫悄悄地跟踪他，他佯装不知道，驾车来到愚园路，发现凌云洲的轿车，猛踩油门冲过去，别住凌云洲的轿车。

他来到凌云洲的轿车前，一把拽出凌云洲，薅着凌云洲的衣领，把凌云洲顶在车门上，连撞凌云洲腹部几膝盖，疼得凌云洲捂着腹部蹲下。

凌云洲缓过劲儿来，举拳打向普乐天面门。普乐天抓住凌云洲的拳头，转身使出过肩摔，把凌云洲摔出去，然后追上去，又朝凌云洲屁股踹了两脚。

凌云洲龇牙咧嘴地爬起来，喝问："江澄子让你找我的？"

普乐天抬手扇了凌云洲两记耳光，呵斥道："我妹妹可以任性，你不行，懂吗？说，你是不是在外面有人了？是谁？"

凌云洲捂着红肿的脸颊："大哥，我真没有，真没有啊，不信你到特工总部打听打听。"

千叶枫没想到普乐天的身手这么好,在众目睽睽之下,把特工总部副主任打得服服帖帖,不自觉地摸了摸自己的脸颊。

一辆轿车冲过来,停在普乐天轿车前面。江澄子从轿车里钻出来,径直冲到凌云洲面前。

江澄子指着凌云洲的鼻子问:"挨揍了?疼不?"

凌云洲一脸委屈地点点头:"疼!"

"活该!"江澄子像一只狗仗人势的京巴,对着凌云洲的脸,连吐几口唾沫。

凌云洲连唾沫都没擦,钻进轿车里,猛踩油门,驾车离去。

普乐天指着凌云洲的轿车骂道:"以后我见你一面打你一遍!"

千叶枫自言自语:"这两个人的演技,比他妈的专业演员还专业!凌云洲是条汉子啊,能被揍成孙子样?走,接着看下一场戏。"他嘀咕完,发动轿车直奔唐公馆。

普乐天见千叶枫不再跟踪自己,便扔下江澄子,驾车跟随千叶枫。

唐公馆原为洛公馆,是世界首位亿万富翁洛克菲勒建造。这里每换一个主人,名字就会改变,唯一不变的就是这栋洋房的奢华。

洋房在粗大的树枝中若隐若现。离洋房不远处,是一栋八层欧式公寓楼,里面住着保护唐公馆的官兵。

时年四十岁的唐正声,在院子里陪同唐琳散步、闲聊。他们聊着聊着,就聊到普乐天。

唐琳未婚生子,是唐家人羞于启齿的事。这么多年,就连与唐琳一奶同胞的唐正声,也没有问过唐琳把那个孩子送到哪里。没想到,普乐天因救罗亭出狱,竟然不惜暴露他的真实身份,唐正声才知道唐琳把孩子送给江仲阁。

如今普乐天左手是上海江家,右手是南京唐氏,顺理成章地成为南京唐氏少掌门,让唐正声不得不佩服唐琳的运筹能力。

唐正声见普乐天驾车驶入唐公馆大门,悄声对唐琳说:"我说没事儿吧,你还不信,他这不是回来了嘛!"

普乐天下车后,径直走到唐琳面前,亲昵地挽住她的胳膊。

唐琳拉起普乐天的双手，上下打量："孩子，你受苦了！"

"有您和舅舅关照，我不过是换个地方吃饭睡觉而已，苦不到哪里去。"普乐天嘻嘻笑道。

唐正声点指普乐天："这孩子，不愧生于名门、长于名门，说话就是中听。乐天，以后不论遇到什么事情，都不能如此冲动。"

唐琳附和道："你都是有家室的人啦，做事不能不管不顾，更不能因为女人乱了方寸。听说把你迷得五迷三道的罗亭，一年前死于汽车爆炸，现在又在狱中出现，她的身份一定非常复杂。进入唐家的人，身份一定要干净。"

唐正声纠正道："姐姐，你不了解罗亭。她是汪主席心腹，被安子铭和舒季衡陷害才入狱的。她还担任过大学校长、上海市警察局副局长，足以配得上乐天。乐天，今晚请罗小姐来家里吃饭，你跟她商量一下，问她能不能住到家里来，毕竟现在兵荒马乱的，一个女人在外面独住不安全。"

唐琳瞥了唐正声一眼："阿声，你从来没有如此夸奖过任何人。"

唐正声纠正道："她拒绝舒季衡，是不畏强权；她婉拒乐天追求十五年，是不图富贵。如此奇女子，实属罕见，堪比大丈夫！"

普乐天冲唐正声做个鬼脸，竖起大拇指。

趴在墙头上的千叶枫，举着望远镜，盯着唐正声三人聊家常，判断此行必无收获，就回到轿车里。

普乐天驾车离开唐公馆，直奔子夜茶楼。他刚把轿车停稳，千叶枫驾车来到他身边。他拉开千叶枫的轿车车门，坐到副驾驶位子上。

千叶枫瞥了普乐天一眼："村上将军给你派单活儿，处置一个人。"

"我可是刚从里面出来，就不能让我过几天消停日子吗？"普乐天满脸不高兴。

千叶枫满脸不屑："谁让你是'东京'呢。我提醒你，我是向你传达命令，不是和你商量。"

普乐天无奈地问："处置谁？"

"德川长运。"

"你还是处置我吧！"普乐天眉头拧成疙瘩。

"处置你，是早晚的事儿，别着急。你给我记住，下午 3 点你到枫商会，听从村上将军的安排。"千叶枫挥挥手，示意普乐天下车。

~ 284 ~

时间：1943 年 4 月 30 日，星期五。

地点：上海，日占区，上海日本宪兵司令部，好莱坞俱乐部。

上海日本宪兵司令部，德川长运办公室内，凌云洲与德川长运密谈。

德川长运开门见山地问道："前天你答应我的事儿，办成了吗？"

凌云洲面露难色："这两天我身体欠佳，注意力很难集中，还望将军再宽限几日。"

"你不会忘记是什么事儿了吧？"德川长运瞟了凌云洲一眼。

"将军吩咐的事，我哪敢忘记！"凌云洲满脸虔诚，"我一定能让将军满意。"

德川长运和凌云洲一问一答，看似轻松平常，实则暗藏杀机。凌云洲一句话回答不对，他前期所有努力必然付之东流。

以凌云洲置换傅见山的过程中，毕竟出现了意外。面前这个人，到底是凌云洲还是傅见山，没有人敢确认，包括一介武夫德川长运。

凌云洲也知道德川长运在验证自己，但他不明白的是，为什么是德川长运给自己出题。

"你去枫商会，除掉这个人。"德川长运从抽屉里拿出一张照片放到凌云洲面前，"村上云昔，海军情报处上海站站长，与我有杀子之仇。"

凌云洲接过照片看了几眼，把照片还给德川长运："时间，地点。"

"下午 3 点，枫商会。"

凌云洲起身告退。

德川长运干咳一声，村上云昔从套间里走出来，在凌云洲坐过的椅子上坐下:"感觉如何?"

德川长运摇摇头:"静水流深。"

村上云昔思忖几秒钟,说道:"资深特工向来不会多说一个字。通过对话找出破绽,似乎不太可能。你与凌云洲打过交道,他俩说话风格一样吗?"

德川长运叹气:"凌云洲话多,但没有几句有价值的,其实这是他对自己的另一种保护方式。傅见山话少,也是滴水不漏,应该知道言多必失。唉,甄别的活儿,根本不是我这种武夫做的。"

凌云洲离开德川长运办公室,一路上不停地琢磨:"德川长运要暗杀村上云昔,葫芦里卖的是什么药?这两个资深特工都戴着多层面具,自己稍有不慎,就会被他们还原出真相,自己就会陷入万劫不复之地。"

"你已经不是凌云洲,而是傅见山!"一个声音在凌云洲耳畔响起,"你必须把自己变成真正的傅见山!"

一个敢只身刺杀中国元首的特工,还有他不敢杀的人吗?

凌云洲虽为特工,但不到万不得已,他不会嗜血杀人。在他看来,很多人都是政治牺牲品,没有必要赶尽杀绝。

遗憾的是,战争把凌云洲变成傅见山,他只有变成嗜血成性的魔鬼,才能完成保家卫国的任务。

凌云洲脑海里忽然闪现出德川拓人的面孔。他和德川拓人联手办过几起案子,一起打过几次麻将,不过每次都是凌云洲故意输给德川拓人一笔钱。

凌云洲用公用电话联系德川拓人,约他到愚园路的豪华赌场好莱坞俱乐部玩几把。德川拓人爽快答应。

在好莱坞俱乐部包间里,凌云洲和德川拓人隔桌坐好,荷官给他们发牌。

凌云洲连输三次,有些沮丧:"我感觉自己手气不错啊,怎么还能输呢?"

德川拓人笑道:"可能是你的人品太差了。"

凌云洲示意荷官出去。

待荷官出去后，凌云洲附在德川拓人耳边说："我人品就没好过。你父亲给我出了一道难题，我可能找不到答案，愁得肝疼。"

德川拓人捻捻手指："治病得花钱啊。"

凌云洲把自己的筹码全部推到德川拓人面前："你父亲与村上云昔有杀子之仇？"

德川拓人说："老家伙害死了我兄弟。怎么着，我父亲让你去讨这笔血债？"他打量凌云洲，"看来我父亲找对人了。"

"你应该知道暗杀将军意味着什么！"凌云洲盯着德川拓人，"你就不能给我一点儿合理的建议？"

德川拓人示意凌云洲站到自己身边。待凌云洲站好后，他狠狠地拍打凌云洲的屁股："屁股这么小，一张卫生纸就能擦干净，你担心个屁！"

凌云洲点指德川拓人："记住你说的话！走吧，去兑换你的筹码。"

他们走出包间，迎头碰上从隔壁包间走出来的陈恭如和林森木。

"林处长初来乍到，我带他熟悉一下环境，方便日后开展工作。"陈恭如主动向凌云洲阐述他来赌场的理由。因为特工总部明文规定，特工总部员工不得参与任何形式的赌博。

凌云洲尬笑："别解释了，我们今天没见过面。"他掏出一沓钱塞到林森木手里，指着陈恭如说，"男人嘛，必须有点儿赌性。既然到了这里，你就陪陈队长玩个痛快，去吧。"

待陈恭如和林森木走远，德川拓人指着他们的背影说："这两个人不正常！"

凌云洲笑道："社会都不正常，人还能正常？包括你我。"

"不管什么人，只要到了特高课，都会正常的，包括你我。"德川拓人冷冷地说。

凌云洲摆摆手："特工总部的事儿，就不麻烦特高课了。"

德川拓人冷笑："特工总部马上就要成为历史名词了。你还是想想自己的退路吧。"

~ 285 ~

时间：1943年4月30日，星期五。
地点：上海，日占区，愚园路，枫商会。

凌云洲驾车来到枫商会。此刻，在他看来，枫商会就像一个巨大的坟墓——可能是埋葬他的坟墓。

在上海，别说杀掉日本将军，就算杀掉一个日本浪人，都会掀起轩然大波，在上海的日本相关部门的责任人都会受到惩戒。保护日本人在上海各种利益的上海日本宪兵司令部司令官德川长运，即便与村上云昔有血海深仇，也不会让村上云昔死在他的辖区内。

可是，德川长运为何逼迫自己去暗杀村上云昔呢？

自己可以拒绝德川长运吗？不可以，傅见山只知道服从命令，从不质疑命令。

好在宫本芳子愿意在暗中配合他执行这次危险任务。

此刻，身穿紧身衣的宫本芳子，手持狙击步枪，隐藏在枫商会对面四层居民楼的楼顶，俯视愚园路，寻找可疑之人。

凌云洲进入枫商会院内，发现院内异常寂静，意识到不好，便哈着腰，贴着厢房窗台来到北楼楼门口。

一辆轿车停在枫商会院门口。江澄子从轿车里钻出来，径直走进院门。

宫本芳子看到江澄子，移动狙击步枪，通过目镜查看江澄子来时的路，确定无人跟踪后，才将狙击步枪枪口对准枫商会北楼。

凌云洲来到北楼二楼楼梯口，听到走廊里有轻微的脚步声，便贴着墙壁蹑手蹑脚地往上挪动，眼睛紧紧地盯着前方。

走廊里，普乐天手持带有消声器的手枪，移到楼梯口，突然现身，把枪口对准凌云洲。

几乎在同一时间，凌云洲也把枪口对准普乐天。

他们看清彼此，都愣住了。

普乐天后退一米。凌云洲蹿到二楼走廊，面向楼梯口，与普乐天背靠背站立。

凌云洲低声问："你怎么来了？"

普乐天低声说："你怎么来的，我就怎么来的。这里是坑。"

伴随脚步声，江澄子出现在凌云洲的视野中。

"谁？"普乐天问。

"澄子。她怎么来了？"凌云洲指指楼下，示意江澄子赶紧离开。

就在江澄子往回走时，楼门口、三楼楼梯口涌现出大批日本宪兵，从两端堵住凌云洲三人，纷纷用日语喊着"不许动"。

三个日本宪兵上前缴了他们的枪。

松井久太郎慢悠悠地出现在三楼楼梯口，喝道："统统抓起来，押回去审讯！"

江澄子面向松井久太郎，喊道："松井司令官，你不认识我吗？"

松井久太郎吼道："支那人都是骗子，不可信！"

江澄子喊道："千叶会长约我来谈生意，你不信可以问问他。"

松井久太郎不再理会江澄子，猛地一挥手："带走！"

日本宪兵将凌云洲三人分别塞进三辆轿车中。每辆轿车中，均有一个司机、两个日军兵长。

凌云洲即将进入轿车前，先向枫商会对面的居民楼楼顶望了一眼，然后冲江澄子努努嘴，示意宫本芳子要设法营救江澄子。

三辆轿车行驶到江苏路路口，竟然向不同方向驶去。

两个日军兵长把凌云洲夹在后排座中间，并没有给凌云洲戴手铐。

轿车来到无人处，凌云洲向左右看了看："我们一起抽支烟吧。"

不等日军兵长回答，他从口袋里掏出烟盒，抽出两支烟一起点燃。他猛吸几口后，把烟头分别塞到身边两个日军兵长的衣领里。

两个日军兵长手忙脚乱地找烟头。

凌云洲挥动左右肘,狠狠地撞击身边两个日军兵长的眼睛。

司机听到两个日军兵长惨叫,扭头想看看什么情况时,被凌云洲掐住脑袋,扭断脖子。

在轿车即将失控的时候,凌云洲打开一侧车门,踹出一个日军兵长,随后他也滚出轿车。

轿车疾速撞向电线杆,翻车。

江澄子也被两个日军兵长夹在轿车的后排座位上。

两个日军兵长似乎知道江澄子的身份,像两尊泥菩萨似的,目不斜视,也不理会江澄子叫骂。

一辆轿车疾速行驶,不断地挤靠押解江澄子的轿车。

司机猛踩刹车停下,骂骂咧咧地下车后,看到举着梅机关证件的宫本芳子,立即立正敬礼。

宫本芳子说:"车里的人,是梅机关情报课跟踪多日的嫌疑人,把她交给我处理。"

司机颔首:"属下只服从十三军长官的命令。"

江澄子用左手背轻轻拍打她左手边日军兵长的脖子:"你下去看看怎么回事儿!"

"不许动!"江澄子右手边的日军兵长喝道。

"好的,好的!"江澄子一边示弱,一边把戒指戴到右手中指上,然后反手撞击右手边日军兵长的大腿。

几秒钟后,两个日军兵长的脑袋便耷拉下来。

江澄子打开车门爬出来。

司机见江澄子爬出轿车,意识到车内出现情况,立即掏枪。

宫本芳子率先开枪,击毙司机。她把江澄子扶到自己的轿车内,驾车驶出三十米后,拿着狙击步枪下车,把司机塞到押解江澄子轿车的副驾驶位上。

她驾驶押解江澄子的轿车,碾净路上的鲜血,然后把轿车停在距离路边大树十几米的地方。

她推开轿车门下来，用狙击步枪猛顶油门踏板。轿车前蹿，右侧撞向大树后侧翻，油箱露出来。

她把一颗手雷夹在油箱与车架中间，用细线拴住销钉，走到安全地带，猛拉细线。手雷爆炸，油箱被炸烂，汽油熊熊燃烧。

江澄子看到宫本芳子的一系列操作，惊讶得张大嘴巴，大脑一片空白。

宫本芳子像什么都没发生一样，淡定地驾车前行："这条街上到处是日本人的眼线，你跑到这里干什么？"

江澄子喘了几口气："我是被千叶枫和黑川梅子骗来的，他们说要廉价转让枫商会。我哪知道这里是大坑啊。"

宫本芳子白了江澄子一眼："赚钱不要命！"

押解普乐天的轿车中，也有一个司机、两个日军兵长。

普乐天把双手抱在脑后，往后一仰，双臂自然伸出，双手把两个日军兵长的脑袋搂到胸前，狠狠地撞击几下，两个日军兵长昏死过去。

普乐天拔出日军兵长的手枪。

司机回头，看见一个黑洞洞的枪口对准自己。

"停车！"普乐天用日语喝道。

司机立即把轿车停在路边。

普乐天搜出司机的手枪后，笑着说："你回去告诉松井久太郎，让他到唐公馆找我。"他晃动手枪，"下车，马上！"

待司机下车后，普乐天驾车来到上海日本宪兵司令部。他以唐正声副官身份，以与军需部门商量军粮运输事宜为由，轻松走进上海日本宪兵司令部大门。

他大摇大摆地来到德川长运办公室，把手枪抵在德川长运额头上。

"'东京'，你是不是过分了？"德川长运低声喝道。

普乐天放下手枪，盯着德川长运："我不喜欢任何人视我的生命为儿戏。"

德川长运打量普乐天:"军人的天职是服从命令。'东京',祝贺你通过这次考试。"

普乐天佯装糊涂:"'东京',什么'东京'?考试,什么考试?"

德川长运说:"如果你不是'东京',我现在已经躺下了。你脱离我们的视线太久了,我们必须擦拭自己的眼睛,望你理解。"

小红楼里,村上云昔拉开房门,一把手枪便顶在他的头上,逼着他退到沙发前坐下。

凌云洲眼里冒着杀气,冷冷地盯着村上云昔:"你猜,接下来我会做什么?"

村上云昔面无惧色:"你应该比我清楚。"

"如果你认为我是凌云洲,我肯定要开这一枪,然后投靠德川将军;如果我是傅见山,就不会开枪,与你一同效力天皇。"

"我好像无权干涉你的选择。"村上云昔面对枪口,还能拿起茶几上的烟盒、烟斗,一丝不苟地装烟、点烟,慢悠悠地吸了几口。

凌云洲猛地扣动扳机,并无弹头射出。

凌云洲吹了吹枪口,坐在村上云昔对面,把手枪放在茶几上。

村上云昔点点头:"不得不承认,傅见山向来不按常理出牌。"

凌云洲指指自己的鼻子:"我,凌云洲,向来循规蹈矩。"

村上云昔哈哈大笑:"对,对,你就是凌云洲。凌云洲,这次六名日军兵长的抚恤金、安葬费,你多少得承担点儿吧?"

凌云洲耸耸肩:"如果我杀人就要赔偿的话,估计我早就破产了。"

村上云昔瞟了凌云洲一眼:"杀人后,为何还要炸车呢?那是帝国的财产!"

"没办法,习惯性动作而已。"凌云洲摊开双手,满不在乎。

村上云昔起身从办公桌抽屉里拿出一沓照片扔到茶几上。照片上,是凌云洲、江澄子、宫本芳子和普乐天杀死日军兵长的画面:"他们——也是习惯性动作。"

凌云洲说:"德川长运命令我杀你,我只能执行命令。"他看看村上云昔,"你有那么容易被杀掉吗?这点儿自知之明,我还是有的。"他拿起一张宫本芳子炸车的照片,"宫本芳子,是我请来协助我执行任务的。"他拿起江澄子的照片,"这是凌云洲的媳妇,肯定学过自卫功夫。至于她为什么出现在那里,我真不知道。"

村上云昔说:"你不知道就不要说了,我也不想知道。现在,我想知道关于乌机关'鸟小组'的事情,你不会也不知道吧?"

凌云洲思忖几秒钟,说道:"最初乌机关'鸟小组'只有三个成员,代号'荆棘鸟'的乔家元任组长。由于我加入,犬养中堂便把'鸟小组'更名为'鬼鸟小组',我代替乔家元担任组长,主要负责收集情报、行动策划。我之所以不执行具体任务,因为我是王宠畴义子。"

村上云昔点点头:"犬养中堂如此安排,也在情理之中。另外两个成员是谁?"

"'青鸟'德川拓直;'黄鸟'苏醒,曾任汪精卫私人医生,令我无法理解的是,现在她竟然投到宫本正仁麾下。"凌云洲眼中又闪现出凶光。

村上云昔瞥了凌云洲一眼:"你要除掉她?"

"我想听听你的建议。"凌云洲把皮球踢给村上云昔。

"我的建议是,让苏醒留在宫本正仁身边。"村上云昔说完,起身走到办公桌前,拿起一个徽章交给凌云洲,"从今日起,你就是'支点行动'小组成员了。"

"'支点行动'?具体让我负责什么?"凌云洲貌似蒙圈了。

村上云昔的表情突然变得严肃:"'支点行动',以龟机关与乌机关联手执行的一项重要任务。目前,大本营已将乌机关并入龟机关,暂时由我负责,我命柴山哲也担任乌机关'鹤小组'组长。'支点行动'第一步,以中村宇都为支点,铲除同盟国组建的'H小组'。遗憾的是,未等我们开展工作,中村宇都就死了。"

听到这里,凌云洲意识到,晴气武夫之所以能获得"支点行动"的相关情报，其实是柴山哲也故意泄露给晴气武夫的。

村上云昔继续介绍："'鹤小组'成员，包括'白鹤''灰鹤''丹顶鹤'。目前我只知道柴山哲也是'白鹤'；'枫小组'成员，包括'火枫''红枫''铁枫'。目前我只知道'铁枫'是田中村之。"

凌云洲补充道："'火枫''红枫'隶属乌机关欧美局，他们应该在美国活动。"

村上云昔摇摇头："他们可能在东京，可能在上海，可能在世界任何地方。犬养中堂擅长实施障眼法，我们不能被自己的眼睛和耳朵欺骗了。"

"我们连自己看到的、听到的都不能相信，还能相信什么呢？"凌云洲表示不认可村上云昔的说法。

"可以相信我们最亲近的人啊。藤田也夫是我的儿子，他花费四年时间，才在皇宫里发现乌机关架构，可惜资料不全。他虽然担任龟机关机关长，也无法领导乌机关每个小组开展工作。"说到这里，村上云昔看了看凌云洲，"你在特工总部有何发现？"

凌云洲说："我发现一张中村宇都和一个德国女人的合影。"

村上云昔说："那个德国女人叫苏菲，柴山哲也的夫人。那张照片，不算秘密。"

凌云洲问："我接下来的任务是什么？"

村上云昔说："目前我们最应该做的，就是内部人放下政见分歧、统一意见。当然，这是我要做好的工作。至于接下来的任务，你等我通知吧。"

~ 286 ~

时间：1943 年 4 月 30 日，星期五。

地点：上海，日占区，上海市政府，愚园路。

杨枢在舒季衡枪下死里逃生，只能说他命不该绝。

他康复之后，想从此隐姓埋名，不再为重庆方面卖命。自从杨毓香和万墨翰死后，他的信仰就崩塌了。

他的名字，在重庆方面的特工名单中，已经被画上方框，再也没有人顾及他的行踪。可是，与生俱来的仗义，让他无法无视在死亡边缘行走的凌云洲和罗亭。

既然放不下，那就回到他不甘心如此退场的隐蔽战线。他决定把自己死而复活的消息，告诉周佛麟。

周佛麟得知杨枢劫后余生，认为杨枢大难不死必有后福，就把杨枢安排到市政府招待所，然后给汪精卫发电报汇报杨枢的奇迹。汪精卫立即给他发来密电，要求他妥善安排杨枢。

次日晚上，周佛麟命人把杨枢带到密室。

周佛麟再次见到杨枢，依旧有些激动，上下左右打量杨枢后，嘴里念念有词："我正愁身边无人可用呢，此乃天助我也！"

"我现在无组织无纪律，还能做什么？"杨枢问。

"组建'锥子情报组'。"

"李墨群会同意吗？"

周佛麟故作玄虚地说："政治嘛，就是相互制衡。汪先生深谙此道，岂会让李墨群一家独大？现在的你，比以前更有优势：一是没有人知道你还活着；二是你熟悉特工总部的运作模式。你正是汪先生需要的人。"

杨枢苦笑："看来我还因祸得福了。"

周佛麟颇有深意地拍了拍杨枢的肩膀，示意杨枢跟他走。

二人离开密室，穿过一条走廊，抵达市政府会议室。

杨枢看到坐在会议室的罗亭，愣住了。

周佛麟坐下后，看看罗亭，看看杨枢，感叹道："二位大难不死，将来必然会有一番大作为。"

罗亭说："我们与组织失去联系一年，按照组织程序要求，把我们审查清楚之后，再给我们委派任务。"

周佛麟一脸不屑："组织程序是给外人看的，你们是外人吗？现在是国家用人之际，我们就不要给自己找麻烦了。你们的情况，我已经如实向汪先生汇报了。汪先生给予你们的评价是，'忠于南京政府，堪当我辈楷模'。"

罗亭起身鞠躬："感谢汪先生信任，感谢周市长提携。今后您有用到罗亭之处，罗亭必将赴汤蹈火，万死不辞！"

周佛麟摆手示意罗亭坐下："我和汪先生交换了意见，汪先生建议，罗亭官复原职，不，官升一级，出任上海市警察局局长。"

罗亭难以置信："这样安排不合适吧？现任局长怎么办？"

周佛麟说："现任局长是我的侄子周鹤，能力还不错，可惜天妒英才啊。三天前，他被一伙来历不明的人暗杀了。现在局长位子空缺，望罗局赴任之后，好好彻查此案。"

罗亭起身敬礼："请周市长放心，我一定缉拿凶手，告慰周局在天之灵。"

周佛麟看看杨枢："杨枢嘛，我另有安排，你先替我把罗局的婚事办好。"

杨枢看看罗亭："你——结婚？和谁结婚？"

"普乐天，才子佳人嘛。"周佛麟大大咧咧地说，"普乐天不惜钱财、不惧生死，救出罗局，罗局以身相许也是应该的。汪先生再三交代，罗局的终身大事必须放在第一位。别人操办我不放心，只能麻烦你了。"

罗亭笑着说："有机会，我一定当面感谢汪先生。"

周佛麟看看表："不好意思，今天我还要主持两个重要会议，就不留二位吃饭了。改日我做东，我们再详聊。"

罗亭、杨枢立即辞别周佛麟，离开市政府，并肩走在大街上。

杨枢对罗亭说："我可能要离开上海了。"

罗亭向左右看了看，指指前面的轿车。

杨枢驾车来到郊外树林边，见四周无人，便把轿车停下。

"周佛麟要组建一个秘密特务组织，代号'锥子'。"杨枢说，"这个特务组织受汪精卫直接领导。"

"先有舒季衡组建警察局，现在周佛麟又弄出一个'锥子'，看来汪精卫并没有真正相信李墨群。这种局面，对重庆方面却是好事。"

"'锥子'！"杨枢摇摇头，"很形象，太小气，难成大事。"

"南京乃是非之地，是非之人比蚂蚁还多。"罗亭满脸忧虑，"你一定注意安全。"

杨枢伸出右手，满口醋意："还是祝福你新婚快乐吧，这比什么都有意义！"

"只有好好活着，一切才有意义！"罗亭握住杨枢的手，迟迟不愿松开。

在上海，周佛麟代表政府，唐正声代表军方。罗亭作为即将上任的警察局局长，没有理由拒绝唐正声的邀请。

为了表示对罗亭的尊重，唐正声率领普乐天、唐琳、丫鬟阿离、管家关叔早早地站在大门口恭候。

罗亭下车后，把礼盒交给关叔，向唐正声鞠躬："唐司令如此礼遇，折煞我也！"

唐正声做出"请进"的手势，与罗亭并肩往院里走。

唐正声低声对罗亭说："周市长已经给我打过电话，传达汪先生对你的安排。'忠于南京政府，堪当我辈楷模'，你能获得汪先生这十二个字评价，我都有些嫉妒了！"

罗亭说："汪先生谬赞，唐司令过誉，让我着实接受不了啊。"

唐正声白了罗亭一眼："怎么着，到家里你还叫我唐司令？"

罗亭立即改口："叔叔！"

唐正声哈哈大笑："乐天这个臭小子，不知道哪辈子修来的福分，竟然娶到你这样冰雪聪明的女子，哈哈！"

普乐天对罗亭说："叔叔担心你住在外面不安全，要求你从现在起，必须住在家里。"

唐正声指指东面那栋楼："里面驻扎一个加强连的兵力，院子周围轻重武器交叉配置，上海应该没有比这里更安全的地方了。罗亭，你不搬过来住，我肯定担心的！"

罗亭点点头："我肯定不会让叔叔担心的，明天我就搬过来。"

饭后，罗亭和普乐天并肩站在唐公馆二楼露台上，俯瞰霓虹灯闪烁的愚园路。

普乐天不知道说什么好，默默地陪伴着罗亭。

"尴尬不？真夫妻还得扮假夫妻。"罗亭问普乐天。

"比起那些已经牺牲在战场上的人，我们还是幸运的、幸福的。"普乐天淡定地说。

"我们会让所有中国人都幸福的。"罗亭一脸坚毅的表情，"为了下一代不像我们这样分分合合，我们做出任何牺牲都是值得的。"

普乐天点点头，默默地注视着远方。

安顿好罗亭，普乐天便回到宋公馆。

宋格噘着嘴，坐在沙发上看画报。看着看着，她突然将画报摔到地上，起身踹了几脚。

"有那么难看吗？"普乐天进门把大衣挂在衣架上，捡起画报翻了翻，"是不是觉得这些大明星比你好看？"

宋格指着门口，喝道："滚，我不想看到你！"

"我是你老公，你让老公滚到哪里去？"普乐天说完躺在地毯上翻滚。

宋格起身拉起普乐天，按到沙发上，心疼地说："我让你干啥你就干啥啊？"

"必须的！"普乐天做个鬼脸，然后一本正经地说，"我和她已经离婚了。"

"你们是十几年的恩爱夫妻、革命伴侣，现在又要以夫妻身份相处，我接受不了！"宋格愤愤地说。

"这是麻烦选择了我，不是我选择了麻烦。如果你实在不放心的话——"普乐天拿起桌上的剪刀，"你帮我剪掉裆下三寸不祥之物吧。"

宋格气得抡起粉拳，连连捶打普乐天的胸口，然后偎依在普乐天的胸前，喃喃地说："我知道这是你们不得不执行的任务，可是一想到你们本是真夫妻，却要扮演假夫妻，我心里就难受。"

"一切都会好起来的。"普乐天抚摸宋格的脸颊。

第十章　谍海孽缘

~ 287 ~

时间：1943 年 4 月 30 日，星期五。
地点：日本，东京，宫本府邸。

有时候，宫本千鹤游荡在东京大街上，会不由自主地想到香港的街景。

日军铁蹄踏入香港之前，她就时常往返于维多利亚港和东京湾之间，享受着英式和日式的灯火酒绿生活。

她是日军占领香港的功臣，"花开行动"[1]核心骨干，引领日军兵不血刃地占领香港。

香港的至暗时刻，却是宫本千鹤登上权力巅峰之时。权力的诱惑力，远远高于财富和婚姻。

迷恋权力的宫本千鹤，现年三十六岁，依然单身。

东京城内，一座巍峨恢宏的日式官邸，坐落在樱花树丛中。身穿和服的宫本千鹤站在府邸前，看见宫本正仁下车，笑容满面地迎上去，挽住宫本正仁的胳膊，显得非常亲密。

---

[1] 1941 年 12 月 8 日，日军侵略香港，行动代号为"花开，花开"，与偷袭珍珠港几乎同时进行，从而拉开太平洋战争序幕。12 月 25 日，香港沦陷，接受日军三年零八个月管治。

"你母亲呢？"宫本正仁面无表情地问。

"觐见天皇。您在皇宫没有见到她吗？"

"没有。"

"您从机场直接去觐见天皇，应该没有吃晚饭吧？"宫本千鹤指指院内，"裕仁、雍仁得知您回来，都想过来陪您呢。"

宫本正仁脸上没有丝毫高兴的表情："让他们等我的消息吧。"

宫本正仁的府邸，是纯日式建筑风格，假山矮松池塘，处处透着精致。

餐厅陈设也是纯日式风格，古朴雅致。宫本千鹤跪在餐桌前，服侍宫本正仁用餐。

宫本正仁连喝三杯清酒后，问道："千鹤，你母亲在信中说，你喜欢一个男人，是谁？"

"唉，您那么忙，母亲怎么什么事儿都对您说呢？"宫本千鹤嗔怪道。

"女儿终身大事，母亲能不操心吗？与你同龄的人，都生娃了吧？"宫本正仁白了宫本千鹤一眼，"你母亲去宫里，多半是为了这件事。"

"我现在只想在家陪伴你们。"宫本千鹤给宫本正仁倒酒，嘀咕道，"优秀的男人都在战场上，我看不上留在国内的男人。"

宫本正仁摆摆手："无论你嫁给谁，必须我同意才行。这件事就说到这里。你和藤田也夫是怎么回事，和佐尔格又是怎么回事？"

宫本千鹤低下头，支支吾吾地说："'绝杀计划'失败，'鬼鸟小组'覆灭，东条首相要裁撤龟机关。藤田也夫认为，他只有做出点儿成绩，才能让东条首相收回成命，所以我就——就在佐尔格身上做了一些工作。"

她说到这里，脑海中浮现出她与藤田也夫在龟机关见面的场景。

她敲开房门，四十岁的藤田也夫一把将她拽进房内，贪婪地拥吻她，她也极度地迎合着。

激情退去后，藤田也夫拉着她走到一幅油画前："这个月我创作的作品，你觉得如何？"

她认真地端详油画，不停地点头："水平确实见长。"

藤田也夫一脚踹翻画框，扯下画布，几把撕碎后扔到一旁。

她一脸不解地望着藤田也夫："挺好的作品，你怎么——"

"作品只能完美，不能挺好。"藤田也夫愤愤地吼道，"近卫首相是贵族，懂得欣赏艺术；东条首相嘛——我懒得说！你父亲知道我们俩的事儿了吗？我觉得他会嫌弃我的出身卑微，不会接受我的。"

"你不是村上家族的人嘛，他怎么会嫌弃你呢？"

藤田也夫狠狠地抽了自己一个耳光："我只是藤田家族羞于启齿的私生子。更何况，我只想把自己的精力用在艺术上，而不是战场上。藤田家族却逼着我成为我讨厌的军人、龟机关机关长！"

她严肃地问道："你想知道怎样做才能让我父亲心甘情愿地把我嫁给你吗？"

藤田也夫点点头。

她说："我父亲对中山功感兴趣，你若能揭开他的真面目，我父亲必然会非常欣赏你。"

藤田也夫听她这么说，立即进入龟机关机关长角色："佐尔格涉谍案告破，涉案人员身份悉数确认，唯有中山功的身份无法定性。我思来想去，可能是我的调查方向错了，中山功可能不是佐尔格小组成员。"

"如果你能确定中山功的真实身份，找出他是日共铁证，我父亲一定会给你打高分的。"宫本千鹤从坤包里拿出一个信封，"这是我从巢鸭监狱档案室里发现的一封信，感觉它是调查中山功的重要线索。"

藤田也夫展信一看，上面只有一行日文，缓缓念道："向西去。"他不解地望着宫本千鹤，"什么意思？"

"支那在西面，延安也在西面。"她分析道。

藤田也夫摇摇头："这句话可以有很多种解释，根本不能成为铁证。"

她提醒藤田也夫："看看落款。"

藤田也夫重新看落款："白川次郎？我在东京警视厅任职时，多次调查白川次郎，却没有找到他的任何线索。"

"藏得越深，价值越大。"宫本千鹤肯定地说，"找到白川次郎，一切问题就会迎刃而解。"

~ 288 ~

时间：1943 年 4 月 30 日，星期五。

地点：上海，日占区，愚园路。

得知苏菲是日本特务，惊出凌云洲一身冷汗。

他把他与苏菲接头过程中的对话复盘三遍，感觉虽然没有直接暴露他的身份，但也无法猜测苏菲如何断定他的身份。

幸运的是，日本特务机关高层已经认定凌云洲葬身黄浦江中。

向来不怀任何侥幸心理的凌云洲，还是担心苏菲把江澄子当成突破口。

为了确保万无一失，他必须提醒江澄子做好应对准备。

村上云昔、德川长运和松井久太郎联手验证凌云洲，还把江澄子拉进来，必然不会轻易放过她。于是，他通过宫本芳子转告江澄子，要江澄子到镇宁路江家冷库与他见面。

江家冷库原来是镇宁路上最热闹的场所，现在却变得门可罗雀。

凌云洲从冷库后门进入，绕过假山，便看到宫本芳子和江澄子站在凉亭中。

江澄子看见凌云洲，径直迎上去，刚想挽住他的胳膊，扭头看看宫本芳子，转身走向凉亭。

宫本芳子知趣地说："你们聊，我去门口看看。"

凌云洲制止宫本芳子："这件事儿很重要，你帮助我们参考一下。"

江澄子有些失望，却没有说什么。

凌云洲将村上云昔、德川长运、松井久太郎联手验证他是不是傅见山、村上云昔邀请他加入"支点行动"小组、柴山哲也是乌机关特工、苏菲是日本特务，简要地告诉了江澄子和宫本芳子。

宫本芳子听到这些信息，也是难以相信："没想到柴山哲也是乌机关特工,看来宫久也是。宫久以前几乎不回家,现在天天回家,他是不是监视你呢?要不——你搬出去?"

凌云洲说:"我刚刚获得村上云昔信任,现在无故搬出宫府,他必然怀疑,我就无法继续调查'支点行动'的内容了。"他问江澄子,"你为何要去枫商会?"

江澄子说:"原因有二:一、华邦实业公司为了确保把货物顺利运出上海,必须并购一家日本商会;二、黑川梅子告诉我,千叶枫想转让枫商会,让我去枫商会找千叶枫商谈。"

凌云洲纠正道:"枫商会是村上云昔的老巢,千叶枫没有资格转让。看来黑川梅子和千叶枫联手欺骗你。以后你不能轻信他们的话。"

江澄子点点头:"我哪有那么好骗的!对了,我在报纸上看到'T先生'死在梅机关的报道,他死前会不会出卖了你?"

凌云洲说:"'T先生'死了,我也'死'了,不管发生什么事儿,现在都已经死无对证。"他冲宫本芳子努努嘴,宫本芳子知趣地离开凉亭。他附在江澄子耳边低声说,"你是'无名指先生','T先生'是'大拇指先生'。女校门口接头,是村上云昔设计的圈套。真正的'T先生'是日本人,死掉的'T先生'是替死鬼。"

江澄子挠挠头:"怎么这么复杂呢,我有点儿转不过来。"

"很简单嘛,彼得洛夫是'食指先生',苏菲是'小拇指先生',他们都是同盟国'H小组'成员。我现在是'无名指先生'。"

江澄子更糊涂了:"你怎么变成'无名指先生'了?"

凌云洲说:"这是我给村上云昔出的主意,他同意让我扮演'无名指先生'。"他说完冲宫本芳子招招手。

宫本芳子回到凌云洲面前。

凌云洲对宫本芳子说:"村上云昔让我扮演'无名指先生',你和澄子要配合我把这场戏做足。"

~ 289 ~

时间：1943 年 4 月 30 日，星期五。

地点：上海，日占区，愚园路，梅机关，宫府。

宫久提着食盒，兴冲冲地来到兆丰邨。

来到房门口，他却踌躇起来，几次想敲门，却又把手放下。

房门突然打开，黑川梅子出现在门口，对宫久做出"请进"的手势。

宫久进屋后，从食盒里取出精致的小菜摆在桌上。黑川梅子帮忙摆盘时，他们的手碰到一起。

宫久像触电一样，迅速把手抽回去，向黑川梅子颔首："对不起，我不是故意的。"

黑川梅子大大咧咧地说："我的腰、我的——反正都被你摸过了，你应该说几句对不起呢？"

宫久的腰几乎弯成九十度角："帮你疗伤时，我若有不当之处，还望你见谅！"

"君子，我喜欢。"黑川梅子指着满桌菜肴，"你做的？"

"你身体虚弱，需要补一补。"宫久示意黑川梅子坐下，"我给你订了鸡汤，会送到门口。"他拿起筷子递给黑川梅子，"不想晚饭的事情了，赶紧把这顿饭吃了。"

他们边吃边聊，不知不觉地就聊到凌云洲。黑川梅子告诉宫久，凌云洲是她就读东京大学时的同班同学。但是无论如何，她都不相信凌云洲会死掉。她一直认为，凌云洲与猫一样，有九条命。

"不论你信不信，凌云洲已经死了，因为高层认定他已经死了！"宫久又补充一句，"我只能言尽于此。"

"高层认定凌云洲已经死了？"黑川梅子百思不得其解，又不敢再问，便默默地吃饭。

饭后，宫久称有要事需要处理，便起身告辞。

对女特工一见钟情是要命的事情。宫久为了安全起见，想对黑川梅子做全面了解，便去询问萧易寒。

萧易寒告诉宫久，黑川梅子命运多舛，坎坷的经历让她成为蛇蝎女人。特工生活，让她无爱无恨，心中只有一个接一个的任务。

了解了黑川梅子的过去，宫久对她心生怜悯，感觉她与他同是天涯沦落人。

宫久辞别萧易寒，又去梅机关见柴山哲也。他下车后，看见黑川梅子从办公楼里慢慢地走出来。

黑川梅子非常吃力地走下台阶。

宫久疾步上前搀扶黑川梅子。

黑川梅子打量宫久："你怎么来了？"

宫久见黑川梅子的伤口溢出血，直接把她抱到轿车里，拿出急救包给她包扎好。

"等我几分钟，我送你回去。"宫久不等黑川梅子答应，就向办公楼跑去。

宫久来到柴山哲也办公室，直接说出乌机关密语。确认柴山哲也确实是乌机关特工后，他直接问道："傅见山的身份确定了？"

"算是确定了。"柴山哲也说，"不过考官是村上云昔，对于他的手艺，我保持怀疑态度。"

"两天之内，我再给你提供一个验证结果。"

他们交换了乌机关"鸟小组"的情报后，宫久便辞别柴山哲也，载着黑川梅子离开梅机关。

夜幕降临，街道幽暗，宫久时不时地打量后视镜里的黑川梅子。

"停车。"黑川梅子喊道。

宫久靠边停车，一脸迷茫地看着黑川梅子。

黑川梅子下车，坐到副驾驶的位子，直截了当地问宫久："你是不是喜欢我？"

宫久支支吾吾地说："我——"

"喜欢就是喜欢，不喜欢就是不喜欢，确认这种感觉很难吗？"黑川梅子直勾勾地盯着宫久，故意把高耸的胸脯挺了又挺。

宫久却像羞涩的小女孩，扭过头去，不敢直视黑川梅子的眼睛。

"那就是不喜欢！"黑川梅子起身要下车。

宫久一把拉住黑川梅子："我——真的喜欢你，但是——不知道如何喜欢。"

黑川梅子靠在椅背上，双臂抱在胸前，沉默，眼圈泛红。

"如果你不高兴，就当我什么都没说，好吗？"宫久像犯错的小学生，等待老师责罚。

黑川梅子说："一旦成为特工，我们的生命、生活就不再属于自己。我来上海多年，每天晚上都向天照大神祈祷，求他保佑我能见到明天早上的太阳。作为女人，我也渴望自己能像其他女人一样，恋爱、结婚、生子，但是我不知道自己配不配谈一场恋爱，能不能爱一个人。"说到伤心处，她抽泣起来。

这些话，直接触及宫久内心柔软处。他掏出手帕递过去。

黑川梅子却把脸递过来。

宫久轻轻地给黑川梅子擦拭眼泪。黑川梅子一把抓住宫久的手，紧紧地贴在脸上："你不要负我，可以吗？"

宫久重重地点头。

宫久为了证明自己的诚意，把自己的身世告诉黑川梅子。他是爱新觉罗皇族后代，清朝灭亡后，父亲流亡日本，娶天皇妹妹为妻后，改姓宫本。他的日本名字叫宫本久里。

英雄难过美人关，宫久也是如此。

黑川梅子想起四个小时前，她接到村上云昔下达"利用宫久监视傅见山"的命令，心里很不是滋味。宫久真挚地爱着她，她却把这种纯真的爱廉价典当。

"你有双重皇家贵族身份，我只是一介草民，我配不上你的爱。我收回我刚才说的话，可以吗？"

第十章 谍海孽缘

"如果爱还分应不应该、可不可以,那还叫爱吗?"宫久一把搂住黑川梅子,贪婪地吻着。

黑川梅子半推半就,享受着宫久的无私给予。

仿佛过去一个世纪,宫久才恋恋不舍地坐直身子:"你伤愈后,我们就结婚,如何?"

黑川梅子羞涩地点点头。

"走,去我家!"宫久驾车驶入夜幕中。

在宫府门前,宫久刚按响喇叭,凌云洲和宫本芳子便并肩从大门里走出来。

异常兴奋的宫久,把黑川梅子扶下车,主动向宫本芳子介绍:"妹妹,这是我女朋友黑川梅子。"

宫本芳子上下打量黑川梅子:"你倒是不挑食!说,你是怎么把我哥哥勾引到手的?"

黑川梅子羞涩地躲到宫久身后。

宫久愤愤地对宫本芳子说:"你会不会说话?是我追求她的!"他不再理会宫本芳子,指着凌云洲向黑川梅子介绍道,"这位是凌云洲,特工总部副主任,我的主管长官。"

凌云洲只是礼节性地冲黑川梅子点点头。

黑川梅子见到凌云洲,心跳不由自主地加速。无论世事如何变迁,她面对深爱过的初恋,都会有一种特殊的情感。

然而,面前的凌云洲表情木然,面对她,就像面对路人甲,让她心里疑云密布:"清除龟机关潜伏特工——难道他不是凌云洲?"

宫久冲凌云洲、宫本芳子摆摆手,拉着黑川梅子返回轿车内,驾车驶入大门。

宫久把黑川梅子带到东厢房,为她换药、包扎,服侍她躺下。

黑川梅子拍拍身边的床:"我从来没有睡过这么舒服的床,有些不适应。你再陪我说几句话,好吗?"

宫久俯下身子,轻吻黑川梅子的额头:"只要你愿意,我可以整夜守在你身边。"

黑川梅子想了想："我认识凌云洲，他向来温和儒雅，对谁都很热情。今天他是怎么了？我感觉他有点不太对劲儿。"

宫久轻杵黑川梅子的鼻子："不愧是高级特工，感觉非常准。刚才那个人，根本不是凌云洲，而是傅见山，乌机关'鸟小组'组长，是我们的头儿。"

黑川梅子佯装不解，怔怔地望着宫久。

宫久不但没有解释，反而问道："你是'青鸟'还是'黄鸟'？"

"'青鸟'。"黑川梅子爽快承认，"傅见山是我的组长？我怎么觉得他是凌云洲呢？"

"你为什么这么认为？"宫久不解。

"你妹妹和凌云洲谈过一场轰轰烈烈的恋爱，他们差一点儿就结婚了。"黑川梅子说，"你妹妹望着他的眼神里，是满满的爱意。这绝对不是装出来的。"

"这仅仅是你的个人感觉而已，能说明什么问题呢？"宫久问，"不过，我相信你的第六感觉。只要我们找到乌机关特工名单，就能证明你的感觉对不对。"

黑川梅子想了想："凌云洲和江澄子是夫妻，可以从她身上入手查证。如果这个人不是傅见山，江澄子的肢体语言是无法隐瞒的。"

"这件事交给我吧，你负责养伤。"宫久为黑川梅子掩好被子，熄灯，离去。

黑川梅子把被子蒙到脸上，眼泪止不住地流下来。

她心里暗想："我不是'青鸟'，不了解傅见山，怎么判断他呢？我不是'青鸟'，我又是谁呢？拓直，你就这样狠心抛下我走了，我所做的一切还有意义吗？"

西厢房内，凌云洲和宫本芳子也很焦虑。

凌云洲来回踱步:"黑川梅子和宫久走到一起,绝对不是因为爱情。她近距离接触我,难道她怀疑我的身份?从江公馆到这里,黑川梅子一直咬住我不放,这里面一定有事儿。"

"你怀疑她另有目的?"宫本芳子盯着凌云洲,"她有什么目的呢?"

"猜不到。"

"猜不到就别猜了。兵来将挡,水来土掩。"宫本芳子强装轻松。

~ 290 ~

时间:1943 年 4 月 30 日,星期五。

地点:上海,日占区,枫商会;公共租界,江公馆。

三十五岁的潼川,身穿长袍马褂,戴圆眼镜,取出金灿灿的怀表看了看,径直走向枫商会大门。

守门特务向他敬礼。他斯斯文文地道谢后,径直走向灯火通明的小红楼,来到村上云昔办公室。

村上云昔的办公室房门大开,炉子上的茶壶冒着热气。

村上云昔起身,示意潼川坐下喝茶。

潼川在村上云昔对面坐下。

"你应该先去江公馆。"村上云昔给潼川倒了一杯茶,目光从眼镜框上边射出,"江家在美国的公司亲共,应该属实吧?"

"我负责的香港公司也亲共。"潼川说,"江仲阁声称自己保持政治中立,其实他的骨头一直是红的。"

村上云昔说:"对内你是海军情报处上海站行动一课课长,对外你是江家香港公司经理,你一定要注意身份转换。我们的着力点,不在于江家是否亲共,而在于江家能否为帝国服务。"

潼川颔首。

"如果江家能为帝国服务，我们在美国的隐蔽战线就会无限扩大战果。"村上云昔压低嗓门，"原宝轩死了，他掌控的共生证券公司，失去松井、德川和岩井庇护，已处于风雨飘摇状态。我希望海军情报处能接替松井、德川和岩井的角色，获得江澄子信任，然后慢慢地渗入江家在美国的公司。"

潼川再次颔首。

"江澄子离婚了，你娶她，是掌控江家的捷径。"

潼川又是颔首。

潼川向村上云昔汇报了一些无关紧要的工作后，便离开枫商会，乘坐黄包车转了几条街，确定无人跟踪后，才回到酒店大堂，给江澄子打电话。

二十分钟后，江澄子驾车把潼川接到江公馆。

老何见到久违的潼川开心不已，把行李送到1号楼客房后，又去张罗饭菜。

3号楼客厅内，江澄子与潼川并肩坐在沙发上。

江澄子埋怨道："表哥，你应该把你到上海的时间告诉我，我去码头接你。"

潼川说："有几个客户要见我，我在家里不方便，就在饭店住了几天。处理完生意上的事情，我看时间还有富余，才给你打电话。"

江澄子说："表哥太敬业了，怪不得我父亲那么信任你。好不容易回来一趟，你就多住几天吧。"

潼川向左右看了看："云洲还没有下班？唉，他在特工总部也赚不了多少钱，真不如到香港和我做生意。"

"我们——离婚了。"江澄子支吾着。

"果果都快上学了，你们怎么还能离婚呢？谁提出来的？"潼川满脸愤怒，"放着好好的日子不过，你们瞎折腾什么呢？是不是他外面有人了？"

"宫本芳子回来了。他们是彼此的初恋。"江澄子喃喃地说。

潼川盯着江澄子："你告诉我实话，你想不想和凌云洲复婚？"

江澄子低着头不说话，眼泪"吧嗒吧嗒"地掉在拖鞋上。

"上海就没有江家摆不平的事儿！"潼川愤愤地说，"抽空我和凌云洲谈一谈，给他两个选择，要不和你复婚，要不在上海消失。"

"你千万别这样做，毕竟他还是果果的父亲。他和宫本芳子走到一起，肯定也是有苦衷的，毕竟宫本芳子是宫本正仁的女儿。"江澄子哀求道。

"你理解他，他理解你吗？如果他是被逼无奈与你离婚，肯定会找机会与你复婚的。这样，我添把柴火，看看能不能烧开凌云洲这壶凉水。"潼川胸有成竹地说。

"添什么柴？"江澄子一头雾水。

"散布消息，就说你要嫁给我。如果凌云洲是一时冲动与你离婚，必然回来求你复婚。"

"这样好吗？万一他不回来求我怎么办？"江澄子迟疑地问。

潼川说："他回不回来，各占百分之五十。我赌他能回来。你是上海江家大小姐，只要他脑袋里装的不是大粪，就会考虑他要为自己的任性付出什么样的代价！"

第十一章　天局与搅局

~ 291 ~

时间：1943 年 4 月 30 日，星期五。

地点：上海，法租界，霞飞路，宋公馆。

十里洋场有多繁华，宋格心里就有多悲伤。

她站在露台上，夜总会的喧嚣声如潮水般涌来，她竟然毫无感知，只觉得浑身发冷。

别人无比羡慕的上海，好像与她无关。

爱一个人，会爱一个城市；恨一个人，会恨一个城市。

普乐天没有选择，罗亭没有选择，她也没有选择。国破家亡，山河凋敝，没有选择才是生活应有的样子。

宋格望向楼下的街道，看见一辆轿车缓缓停下，萧易寒从轿车里钻出来，靠在车门上吸烟。她立即转身离开露台，向一楼客厅走去。

她走到楼梯拐角，看见普乐天坐在沙发上发呆，于是放慢脚步，缓慢地往下移动。

普乐天扭头望向宋格，勉强挤出一丝笑容。

宋格快步走到普乐天面前，摇晃他的肩膀："别难为自己了，笑得比哭还难看。"

"我给你哭一个看看?"普乐天开玩笑。

"天塌下来,你都不会哭。"宋格挨着普乐天坐下。

普乐天的身子不自觉地往旁边挪动十厘米,又觉得不妥,把上身向宋格倾斜。

宋格起身坐到普乐天对面:"你是因为工作需要,才与我结婚的;我是因为真心爱你,才与你结婚的。尽管我们的婚姻很奇葩,但我依旧想好好经营。至于那个罗亭,我不会想太多。"

普乐天低下头,沉默。

他心里有很多话想对宋格说,但又觉得说出来也是苍白无力的。

宋格也不说话了。他们之间的空气,仿佛凝固一般。

最后还是宋格忍不住了:"在很多方面,我没有罗亭那么大的格局。她为了成全我,主动和你离婚。这一点,我无论如何都做不到。"

"生在这个糟糕的时代,我们就必须逼迫自己扛起根本扛不起的东西,否则我们只能被人肆意摆布。"普乐天盯着宋格,"你能理解、接受、支持我们的,对不对?"

宋格眼含热泪,轻轻地点点头。她指向窗外:"萧易寒在门口,是不是监视你?"

"我家门口的狗太多了,不差他这一条。"普乐天起身,"我出去看看。"

萧易寒把烟头弹出去,掏出钢制酒壶,连喝三口。

他仰望天空,喃喃自语:"苍天有眼啊,萧家后继有人了!"

一束刺眼的灯光射过来,让他不自觉地把手遮在眼前。看清车牌号后,他拉开车门钻进去。

一辆轿车在不远处停下。陈恭如把头探出车窗打量宋公馆。

普乐天从后门绕到大门口,藏身墙角,悄悄地观察大门口的情况。

萧易寒疾速倒车,车尾结结实实地撞到陈恭如轿车的车头。

毫无准备的陈恭如,后脑勺儿狠狠地撞到车窗框上。

萧易寒下车走到陈恭如的轿车门前，见陈恭如龇牙咧嘴地捂着后脑勺儿，打趣道："妈呀，怎么是你呢？刚才我车后面没有车啊，你啥时候来的？抱歉，抱歉，流血没有？"

陈恭如猛地推开车门，车门把萧易寒撞得连退几步，脚后跟卡在马路牙子上，一屁股坐在地上。

萧易寒爬起来，一边拍打尘土一边走到陈恭如面前，咧嘴笑问："你这种行为，算不算故意伤害顶头上司？"

陈恭如拍打萧易寒的脸颊："你是梅机关的王八，不是特工总部的龟丞相。"

"梅机关的王八，能管特工总部的虾米！"萧易寒把陈恭如的手扒拉到一边，"姓陈的，你给我记住。只有你知道我和宋格的关系，如果再有一个人知道，我就凌迟你。以后，你与宋格永远保持一公里的距离，近一厘米我就阉了你！"

陈恭如瞅瞅萧易寒的裆下，哈哈大笑，点指萧易寒几下，驾车离去。

直至陈恭如的轿车消失在街头，萧易寒深情地看了宋公馆几眼，一边走向轿车，一边念白《贵妃醉酒》戏词："今日万岁爷同娘娘前往百花亭饮宴，你我小心伺候。香烟缭绕，想必娘娘来也……"

"宋格与萧易寒是叔侄关系？"普乐天一边嘀咕，一边向大门走。

~ 292 ~

时间：1943 年 5 月 1 日，星期六。
地点：日本，东京，宫本府邸。

作为爱新觉罗皇族后人的宫本正仁，不甘心祖宗打下的江山易主，不甘心日本人掠夺本属于他家族的财富。

虽然他和溥仪同为努尔哈赤子孙，但他非常鄙视溥仪。他想靠自己的运筹帷幄，恢复大清皇族的荣光。

他清楚地知道，易主的江山必须靠实力才能夺回来。他暂无实力，只能借力打力。在东条英机还是参谋本部的小课长时，他就已经开始筹划，既燎热锅，也烧冷灶。

他从上海回到东京，直接觐见裕仁天皇，靠他口吐莲花的口才，一小时便说服裕仁天皇，将内阁的龟机关变成大本营的龟机关。

他这种化腐朽为神奇的手段令晴气武夫深深折服，清早便到宫本正仁家里拜访，没想到进门就遇到宫本千鹤。

宫本千鹤见到老同学晴气武夫，却没有应有的热情。她与晴气武夫寒暄几句后，找个借口离去。

晴气武夫望着宫本千鹤纤细如握的腰肢、浑圆挺翘的臀部，不停地摸着嘴唇上的八字胡。

宫本正仁从书房里走出来，见晴气武夫直勾勾地盯着宫本千鹤的背影，便干咳一声。

晴气武夫回头看见宫本正仁，疾速走过去，躬身施礼。

"吃饭尚早，你先陪我随便走走吧。"宫本正仁向前走去。

晴气武夫唯唯诺诺地跟在宫本正仁身后。

宫本正仁停下脚步，也不转身，问道："当年我不同意你与千鹤来往，你不会恨我吧？"

晴气武夫颔首："您的决定是正确的，我确实配不上千鹤。"

宫本正仁转身问道："最近千鹤与藤田也夫来往密切，你了解他吗？"

"昭和十三年，我与藤田也夫打过交道。"晴气武夫一脸鄙夷表情，"这个人男不男女不女的，我特别讨厌他。"

"只会写写画画的人，军部竟然委派他指挥真正的军人，真乃天大的笑话！"宫本正仁摇摇头，"可是千鹤中了他的蛊，无药可解，头疼啊！"他突然转移话题，"参谋本部中国课课长人选，已经内定是你，同时让你兼任龟机关情报课课长。中国战场决定帝国国运，你掌控参谋本部中国课，便拥有了与藤田也夫掰手腕的筹码。但是，这种筹码有毒，你要善用、慎用、敢用。"

"谢谢您的栽培、提携。"晴气武夫躬身致谢,"千鹤的事儿,就包在我身上。"

"一阴一阳,乃生存之道。现在天皇需要浴火重生的龟机关,成为真正由皇家掌控的情报系统。"宫本正仁仰望天空,"山本五十六玉碎,是上天赏赐我们的机会。"

"山本五十六真的死了?"

宫本正仁轻轻点头:"4月18日,山本五十六在南太平洋被美空军猎杀。目前,此消息还处于保密阶段。"

"看来太平洋战场岌岌可危。"

"山本五十六被杀,与海军情报处脱不了干系。"宫本正仁转身向书房走去,"十二架飞机在所罗门群岛起飞拦截山本五十六的专机,应该是美国空军事先获得了山本五十六巡视南太平洋的情报。山本五十六的行踪,属于绝密级,美国空军是如何获得的?"

晴气武夫低声说:"联合舰队4月1日更换新版ZN25密码,山本五十六在4月18日被杀。这段时间内,新版ZN25密码一直封存在大本营情报课。如果不是美空军破译了新版ZN25密码,就是大本营情报课有内鬼。"

宫本正仁直勾勾地盯着晴气武夫,眉头紧皱:"大本营情报课?"

"我个人认为,美空军在如此短的时间内,根本无法破译新版ZN25密码。最大的可能,就是内鬼泄露出去的。"

"你觉得谁的嫌疑最大?"

晴气武夫鼓起勇气,肯定地说道:"除了所有密码研发小组成员,大本营情报课课长东条初音,也有接触ZN25密码的机会。"

"东条初音?东条川赖的女儿?"宫本正仁快速走进书房,一口气喝光杯中茶,呆呆地坐在书桌后面,半晌才说话,"东条川赖的女儿怎么可能是美国间谍?"

晴气武夫说:"我觉得,在足够大的利益面前,任何人都很难做到忠诚。"

对于晴气武夫的说法,宫本正仁只能在心里认同。

他转而说道:"东条川赖被杀后,东条英机逼迫我回国,要我承担所有责任。承蒙上天带走山本五十六,内阁中无人制衡东条英机。天皇担心东条英机朝纲独断,想尽快安排可靠的人填补山本五十六的位子,这也是天皇同意改组龟机关的原因。"

晴气武夫有些难以置信:"天皇要用龟机关监控内阁?"

宫本正仁摆摆手:"只可意会,不可言传。天皇让我推荐接替山本五十六的人选,我推荐了古贺一雄。"

"古贺一雄?"晴气武夫一头雾水,"他从未在联合舰队任职,又无显赫战功,如何执掌帝国海军?"

"帝国海军上下,不知道天皇,只认识山本五十六,天皇岂能容忍这种现象出现第二次?正因为如此,我才推荐古贺一雄。"

晴气武夫躬身颔首:"学生受教了。"

宫本正仁做进一步补充:"接下来,我会暗中帮助古贺一雄,同时为龟机关捞足政治资本。你负责监控内阁,不过要讲究方式方法。直接跟踪监视不妥,毕竟东条英机同时兼任首相、陆相和内相,集军政大权于一身。他想为难龟机关,就是一句话的事儿。"

"既然不能直接从东条英机那里切入,就在东条初音身上做文章。"晴气武夫揣摩宫本正仁的想法,"改直接监视为暗中调查。"

宫本正仁摆摆手:"不是暗中调查,而是邀请东条初音协同办案。"他见晴气武夫无法理解,起身狠狠地打了晴气武夫一拳,"拉近,才能打得到!"

晴气武夫再次躬身颔首:"学生受教!不知道老师要东条初音协同我们办什么案子,请您明示。"

"中山功的案子。中山功的共产党员身份,已是板上钉钉的事情。但是我们还没有弄清楚,他是哪国共产党员。如果他是美国共产党员,那么白川次郎是不是他同党、是不是潜伏在帝国的美国特工、是不是他泄露了山本五十六的行踪?"宫本正仁从书桌上拿起一张便笺递给晴气武夫,"这上面的每个字,你都要逐一查清楚。"

晴气武夫接过便笺展开细看,上面只有一行日文:

418935，山本五十六巡视所罗门群岛，白川次郎

"418935，4月18日9点35分，如此精准，一定是内鬼所为。"晴气武夫一脸惊讶，"白川次郎，这个名字我好像在哪里见过——上海——中山功家里，一封书信，'向西去'，白川次郎。"

"这个白川次郎又出现了！"宫本正仁从书桌上拿起一份文件递给晴气武夫，"天皇降旨，大本营中国课、情报课和龟机关联合审讯中山功。"

~ 293 ~

时间：1943年5月1日，星期六。
地点：上海，日占区，愚园路，枫商会。

凌云洲像钉子似的钉在村上云昔面前。

村上云昔专心致志地吃油条喝豆浆。

村上云昔慢条斯理地吃光盘子里的食物，用毛巾擦净嘴上的油渍，才抬头对凌云洲说："傅先生，我们昨天刚见过面，今天这么早又把你叫过来，你不会——嫌弃我磨叽吧？"

凌云洲躬身："为你效力，职责所在。"

"傅先生的职业操守，令我佩服。"村上云昔指着沙发，"请坐下说话。"

村上云昔倒了一杯咖啡，放在凌云洲面前："你对苏菲这个人——怎么看？"

"你认为苏菲有问题？"凌云洲问。

村上云昔端起大茶缸子，吹上面的茶叶末子。

"我可以让她有问题。"凌云洲的话，直接明了。

村上云昔盯着凌云洲："我进城的目的，就是想找一个有问题的人，替我办件事。"

凌云洲说:"这件事肯定不小。"

"山本五十六在南太平洋被美空军做掉了。"村上云昔面无表情,"海军情报处上海站负责环太平洋情报搜集工作,发生这么大的事情,他们难辞其咎。美空军能精准掌握山本五十六的行踪,肯定是有人泄露出去的。"

凌云洲认真倾听,好像不想错过一个字。

"发生这么大的事情,海军情报处上海站必须有人负责。我觉得苏菲最合适,毕竟她是双重间谍。"

"我这个人擅长执行,不擅长谋划。具体如何做,你指示就好。"凌云洲谦卑地说。

山本五十六被美空军精准猎杀,负责环太平洋情报搜集工作的海军情报处上海站,事前竟然一无所知,必须有人为此事负责。

村上云昔把黑锅甩给苏菲,只是临时起意。他的真实目的,是想在上海日本宪兵司令部内钉颗钉子。

"T先生"才是那口最合适的黑锅。

村上云昔已经知道"T先生"是美国战略情报局特工,曾窃取中途岛日军防御情报。当时在上海驻扎过的日军,只有日军第十三军的空军参加中途岛战役。

雅子是海军情报处上海站潜伏在日军第十三军的特工,并与空军少尉德川拓人发展成情人关系,进而能近距离调查"T先生"。

村上云昔千算万算,就是没有算到德川拓人在海战中受伤,被调到上海提监桥监狱任监狱长。

凌云洲走后,千叶枫就向村上云昔请示:"雅子问我,是否继续监视德川长运父子,我应该如何回复她?"

村上云昔不耐烦地反问:"这是她应该问的问题吗? 她是你的兵,你自己决定!"村上云昔感觉自己口气太重了,便转移话题,"这两天,花崎葵有消息吗?"

"有，是德国方面的消息。希姆莱[1]安排'杜先生'到上海担任盖世太保亚太区区长，与田中村之一起执行'田中骗局'。"

村上云昔皱起眉头："'杜先生'？代号？"

千叶枫点点头："应该是代号。"

村上云昔愤愤地骂道："盖世太保在远东地区水土不服，还他妈的眼高于顶！德国人难道忘记上任区长巴赫被军统毛老二活劈了吗？"他对德国情报系统没有好感，自然也就没有好评价。

他仰头盯着天花板，思索片刻，说道："通知花崎葵，必须尽快完成三项任务：一、盯死'杜先生'；二、找到毛老二，要活的；三、'H小组'成员集结上海，共逆肯定会来凑热闹，要她严密监视共逆电台。"

千叶枫躬身领首。

"潼川已经抵达上海，我对他不放心。为了实现帝国大东亚共荣伟业，我们不得不学会接纳、利用与控制。对于潼川这类人，我们只能边观察边使用。我已经给潼川下达任务，要他娶江澄子为妻。你方便时留意这件事的进展程度，随时向我汇报。"

电话铃遽然响起。村上云昔抓起话筒，一通"嗯嗯啊啊"后，放下话筒，对千叶枫说："华邦实业公司打着枫商会旗号修葺四行仓库。"

"江澄子这个支那娘们儿疯了吧？"千叶枫气急败坏地说，"我把她抓回来！"

"你凭什么抓她？"村上云昔盯着千叶枫，"别忘了，枫商会只是一个商会，你只是商人，在陆军部眼皮底下抓捕德川长运的财神爷，德川长运肯定会派人烧了枫商会。"

千叶枫一字一顿地说："江澄子这么做，就是报复我上次欺骗她，我必须过去看看。"

村上云昔摆摆手："你去吧，一定要注意分寸。"

---

[1] 全名海因里希·路易波德·希姆莱，在1900年至1945年期间，历任纳粹党卫队队长、党卫队帝国长官、纳粹德国盖世太保首脑、警察总监、内政部部长等要职，先后兼任德国预备集团军司令、上莱茵集团军群司令和维斯杜拉集团军群司令。

第十一章 天局与搅局

千叶枫离开后，村上云昔闭上眼睛，靠在宽大的椅背上用两个大拇指揉着太阳穴。

十分钟后，他突然坐直身子，拨通电话："过来一下，潼川到了。"打完电话，他又恢复到原来的状态。

半个小时后，柴山哲也走进村上云昔的办公室。

村上云昔指指办公桌前的椅子，示意柴山哲也坐下："苏菲——调查清楚了吗？"他看了看坐在沙发上的潼川。

"调查清楚了。苏菲不但是共产国际成员，还是法共党员。"潼川从公文包里掏出一张孕检单，起身递给柴山哲也，"她与中村宇都既是同党，又是情人。"

柴山哲也粗略地看完孕检单，问潼川："她怀孕了？"

潼川说："已经怀孕三个月。"

"我应该亲手枪毙中村宇都。"柴山哲也掏出打火机点燃孕检单，扔到烟灰缸里。

潼川向柴山哲也解释："春节后，苏菲从长春回武汉途中，在上海做孕检，恰巧被我的人撞见。"

村上云昔盯着潼川："我们有了这个突破口，执行'支点行动'的难度降低很多啊。"

潼川点燃一支烟："如果我们不及时破坏同盟国远东特工的首次合作，他们的合作势必有第二次、第三次……一旦他们坐大，对我们构成的威胁无法想象。我建议，以苏菲为突破口，挖出真正的'T先生'。"

柴山哲也点点头："'T先生'才是'H小组'的关键人物。据传，中途岛皇军防御情报、军力部署情况，就是'T先生'和支那特工'黑石'联手窃取的，导致皇军在太平洋上处处陷入被动。"

潼川说："我这次从香港回到上海，旨在挖出这个'T先生'。"

~ 294 ~

时间：1943 年 5 月 1 日，星期六。

地点：上海，日占区，梅机关。

"假计划出手了吗？"柴山哲也坐在办公桌后，双脚搭在办公桌上。

"卖出去了。"小河润二站在办公桌前，颔首，"宫本芳子安排莫康出手的，至于莫康卖给了谁，我还没有摸清楚。不过，属下认为，陆军部的这份计划做得太假了，根本没有欺骗性。"

"支那派遣军第十一军和南方军第三十三军，南北夹击攻打支那第六战区，连鬼都骗不了！"柴山哲也愤愤地说，"松井久太郎这段时间研读支那的《道德经》，说什么'大音希声''大象无形'，认为假得越明显，敌人越信以为真。"

小河润二小心翼翼地说："虽然这份作战计划漏洞百出，但重庆那群猪的智商有限，没准儿会中计的。"

"我不同意松井久太郎的做法。"柴山哲也猛地起身，"无论出于什么目的，无论作战计划真假，都不应该泄露出去。千万不可小觑支那人，如果他们识破这份假作战计划，反向推理，就等于真实的作战计划提前泄密，可惜我阻止不了刚愎自用的松井久太郎。"柴山哲也走到小河润二身边，拍拍他的肩膀，"谢谢你识破苏菲的身份。"

小河润二诚惶诚恐地颔首："属下失职，没有早点儿揭穿苏菲的真面目。"

柴山哲也摆摆手："苏菲是卧榻之贼，幸亏她没有给我们造成什么损失，不然柴山家族都得切腹向天皇谢罪。海军情报处的人早就盯上她了，她暴露身份是早晚的事儿。不过，凡事都有利弊，先不要惊动她，她身上还有可以利用的价值。"

苏菲到长春过春节时，暗中与中村宇都幽会，却被小河润二撞见。中村宇都暴露，杀伐果断的柴山哲也立即审讯苏菲。

为了保护中村宇都，苏菲一口咬定她与中村宇都见面，只是普通同学叙旧。

柴山哲也不相信，对苏菲使用酷刑。

苏菲受刑不过，承认她是苏共党员，想利用中村宇都，获得日德两军准备在印度会师的计划。

这个说法无懈可击，但柴山哲也不感兴趣，又动用酷刑。苏菲改口称，她想利用"H小组"的秘密做一笔交易。

她之所以供出"H小组"，是因为在她看来，同盟国远东特工联手合作，不过是身份不明、目的各异的五国特工在上海走秀而已，即便"H小组"被梅机关掌握，价值也不大。

万万没想到，她承受那么多次酷刑，处心积虑地找补，也没有救下中村宇都。表面上，柴山哲也貌似不再追究，实际上却对她进行全天候监视。

一直被严密监视的苏菲，感觉心累体乏。她见自己的小腹渐渐隆起，便想早日逃脱柴山哲也的魔掌。

宫本芳子提着暖水瓶，路过敞开房门的国际课课长室，看见苏菲摇晃暖水瓶，就走进去说："你身子不便，用我的吧。"她说完给苏菲倒了一杯水。

"谢谢！"苏菲把自己的暖水瓶交给宫本芳子，"如果宫本课长不忙的话，坐下聊聊？我们好久没有说体己话了。"

宫本芳子关上门，把空暖水瓶放在门后，坐在办公桌前与苏菲闲聊。她们聊着聊着，就聊到了苏菲与柴山哲也的关系。

宫本芳子问："你和机关长在汉口认识的？"

"是的。那时他任汉口竹机关机关长，非常敬业。"

宫本芳子关切地说："机关长调到长春，你没有随他过去，生活一定很辛苦。"

"四年啊，我都不知道自己是怎么熬过来的。"苏菲摇头叹气。

宫本芳子问："你不去长春看望机关长吗？"

"一年两次而已。即便我去长春看望他,他公务缠身,我们也是聚少离多。"

"现在你们都调到上海,都在梅机关工作,终于熬出头了……"宫本芳子没话找话,又聊了一会儿,才看看表,"呦,我们聊半个小时了,我得回去了。"

苏菲送走宫本芳子,关上门,坐在沙发上喝茶,不经意间发现沙发下面有副手帕,走过去吃力地掏出来。

手帕正面是手绘的上海地图,反面是缺少中指的黑手印。

"'中指先生'藏在梅机关?宫本芳子?"苏菲打量宫本芳子刚才坐的位置,"会不会是柴山哲也设置的陷阱?"

苏菲抚摸着微微隆起的腹部,在心里反复推导。最后她将手帕塞入坤包,开门出去。

宫本芳子从门缝里目送苏菲走下楼梯,转身问坐在办公桌前的莫康:"'2号作战计划'出手了吗?"

莫康点点头:"早就出手了,两条小黄鱼。"他掏出两根小金条放在办公桌上。

宫本芳子把金条推给莫康:"拿去当零花钱吧。"她用手蘸杯中水,在桌面上写下"彼得洛夫"四个字,"憋不住了,想杀人。"

吕栋被萧易寒叫到梅机关行动课课长办公室。

萧易寒把"2号作战计划"扔到办公桌上:"假的!"

吕栋拿起"2号作战计划"反复看:"怎么可能是假的呢?这可是你让我花两根小黄鱼买的啊。"

萧易寒诡异地笑了笑:"一、假的不会出大事;二、假的也值钱。"他扯过"2号作战计划"往办公桌上摔了几下,"我转手就能卖十条小黄鱼。这年头,啥都缺,就不缺大冤种。"

吕栋呆若木鸡,不知道萧易寒想干什么。

萧易寒拨通特工总部行动队的电话:"陈队长吗?梅机关萧易寒。我手里有一个目测值十条小黄鱼的东西，麻烦您掌掌眼。"他挂断电话，摊开双手，"没办法，冤种就是这么多。"

"咣当"一声，苏菲推开柴山哲也办公室房门，几步冲到办公桌前，将手帕拍在桌上："梅机关隐藏着同盟国特工！"

"胡说八道！"柴山哲也一脸嫌弃地骂道。

苏菲摊开手帕，指着反面的黑手印说，"这应该是'中指先生'留下的。"

柴山哲也拿起手帕细看："一个手印，一根手指，能说明什么呢？"

"按照'H小组'工作条例规定，如果中村宇都出事儿，'中指先生'就会联系我。"苏菲夺过手帕，指着中指断面中间点，"这里是接头地点。"

柴山哲也举起手帕，对着灯光看，只看到手帕上成片的墨迹。

苏菲走到墙上的上海地图前，指着苏州河北岸四行仓库的位置："就是这个位置。那里人迹罕至，是接头的好地方。"

柴山哲也打电话通知萧易寒，命他带领苏菲前往四行仓库。

第十二章　**一出好戏**

~ 295 ~

时间：1943 年 5 月 1 日，星期六。
地点：上海，日占区，极司菲尔路 76 号，闸北四行仓库。

特工总部会议室内，凌云洲主持会议。他扫视各位处长一眼，严肃地说："李主任来电告知，我们有了新对手、老朋友。"

陈恭如歪着身子，不停地吞云吐雾："啥意思？能不能直接说？"

凌云洲故作神秘："江处长除外，各位猜测是谁嘛。"

宫久在笔记本上写出"新对手，老朋友"六个字："共逆？不对，共逆是老对手啊。"

陈恭如盯着凌云洲："不会是周佛麟市长吧？"

林森木附和："我也认为是周佛麟市长。"

凌云洲点指各位处长："要不怎么说各位都是人中龙凤呢，全部猜中，特工总部的新对手、老朋友就是周市长。李主任说，周市长秘密组建一个代号'锥子'的情报组。这个'锥子情报组'已在上海、南京、香港设立分组。李主任的意思是，要我们秘密除掉'锥子情报组'上海分组。下面，各位处长分一下工。"

宫久说："我处负责搜集情报。"

陈恭如说:"我负责秘密抓捕。"

凌云洲强调:"李主任再三叮嘱,此事必须做到神不知鬼不觉,难度不小啊。"

宫久不假思索地说:"皇军兵临重庆,有军统忙的了。我们就以搜捕重庆方面间谍为由,秘密抓捕'锥子情报组'成员。"

凌云洲点点头:"这是好办法。"他扭头问江天来,"江处长,你刚才说四行仓库那边出事了?"

江天来说:"没啥事儿,就是江澄子带领三辆装满泥沙的卡车奔向四行仓库。"

凌云洲猛拍桌子:"胡闹!她不知道四行仓库是日本人划定的禁区吗?有俩糟钱也不能这么作啊,我去四行仓库看看。"

宫久起身:"我陪您去吧。"

宫久驾车载着凌云洲穿过苏州河桥。下桥拐弯时,宫久边打方向盘边看内视镜,见凌云洲闭目养神,心里暗想:"江澄子捅了马蜂窝,大祸临头,他怎么如此气定神闲呢?"于是他貌似自然地问道,"凌主任,你与江澄子夫妻一场,难道你就不为她担心?"

凌云洲问:"离婚就是路人,你会为路人担心?"

宫久说:"没想到凌主任如此是非分明。我不得不为宫本芳子担心了。"

"你不从中挑拨我和她的关系,我就谢天谢地了。"凌云洲盯着宫久的后脑勺儿,"你年纪也不小了,有喜欢的人吗?"

宫久点点头:"我喜欢黑川梅子,但我听说她喜欢你。"

"有时候,喜欢是工作的一种。"凌云洲一脸风轻云淡。

宫久驾车来到满洲路[1]路口停下。

凌云洲看到,与四行仓库一路之隔的满洲路西侧空地上,停着三辆装满泥沙的卡车。华邦实业公司员工正在往四行仓库墙上挂写有"枫商会四行仓库开工仪式"字样的条幅。

---

[1] 现在的晋元路。

兴奋的江澄子不停地指挥员工布置现场，时而还望向苏州河对岸。

苏州河对岸的垂柳遮住一艘小船，普乐天和宋格坐在小船上垂钓。

苏州河边有两辆轿车。凌云洲举起望远镜细看，发现苏菲和萧易寒各坐在一辆轿车内，意识到要有大事发生。

一辆轿车从西藏北路缓缓驶来，在苏州河边停下。小河润二坐在主驾位子上，两个日本特务夹着彼得洛夫坐在后排座。

上海日本宪兵司令部的轿车、卡车停在满洲路路口，荷枪实弹的日本宪兵纷纷从卡车上跳下来。德川拓人钻出轿车，阴着脸正了正军帽。

萧易寒准备下车时，看见宋格从河边悄悄地走到轿车前，立刻支开车内的梅机关特务，让宋格到车里说话。

宋格钻进车里，低声说："我是抗日的，你能猜到吧？"

萧易寒点点头。

"你怎么不抓我呢？"

"早晚的事儿。"

"那天晚上你与陈恭如的谈话，我都听到了。你们说的是真的假的？"

萧易寒说："你可以不信，但是我必须信。我之所以进入梅机关当汉奸，就是因为我想保护你。孩子，你父亲萧易水是我亲哥哥。我认为是哥哥把你交给我的，我别无选择。"

"宋帮主提及过我的亲生父亲，不过他不知道我还有一个叔叔。"宋格间接承认萧易寒所言属实，"但是我们选择的道路不同，我会连累你的前程，甚至会殃及你的性命。"

萧易寒苦笑："我只为自己和家人卖命。什么信仰、道路，都是扯淡的事儿。"

"你能放了苏菲吗？"宋格突然问道，转而又说，"你可以拒绝我。"

萧易寒指着前面的轿车说："我宁可让她死，也不会拒绝你。"

宋格下车，疾速走向垂柳下的小船。

一阵刺耳的急刹车声传来。一辆疾速驶来的轿车猛地停在满洲路路口。千叶枫从轿车里钻出来。

第十二章　一出好戏

这些人纷纷走向江澄子。

凌云洲紧走几步，来到江澄子面前："江澄子，这是什么地方，不允许你胡闹！"

江澄子瞥了凌云洲一眼，伸手比画道："这里是我家的土地，我在自家地上盖房子不行吗？"

宫久上前唱红脸："在自家地上盖房子，天王老子都管不着。"他指着苏州河说，"最好能盖几栋临河别墅，说不定能赚好多钱呢！"

"共生证券公司更名为华邦实业公司，全力推动上海船业发展。我拿出这块地给上海船业建造商会，名字都取好了。"江澄子转身指着条幅，"枫商会，你们觉得如何？"

德川拓人一边摆手一边走到江澄子身边："枫商会嘛，不好，太丧了！"

千叶枫怒视德川拓人："你再说一句！"

江澄子站到德川拓人和千叶枫中间，质问千叶枫："昨天，我约你在枫商会见面，商谈收购枫商会事宜，你不见我也就算了，为何下套害我？如果你不想把枫商会卖给我，可以明说嘛！"

千叶枫向江澄子颔首："昨天是我失礼了。如果你想收购枫商会，我可以给你优惠价格。"

"你能优惠多少？"江澄子指指身边的土地，"还能比我自建便宜？"

德川拓人冲江澄子竖起大拇指："土地是现成的，当然还是自己建造更便宜。"

江澄子爽快地说："德川课长可以入股嘛。"

德川拓人把口袋翻过来："我的口袋比脸还干净呢，入不起。"

江澄子指着日本宪兵说："人、枪，都可以入股的。"

二人一唱一和，气得千叶枫脸色发紫。

苏菲下车，向人群走去。

小河润二一直盯着苏菲，驾车缓缓跟随她。

此刻，满墙都是弹痕的四行仓库中，一支狙击步枪枪管从碗口大的窟窿里伸出来，瞄准彼得洛夫乘坐的轿车。

彼得洛夫感觉不好，把身体藏在日本宪兵后面。

一颗弹头穿过轿车车窗，射入日本宪兵的太阳穴。

小河润二见轿车内有人中弹，猛打方向盘躲闪。彼得洛夫打开车门，把中弹的日本宪兵踹到车外，他随后滚下车。

小河润二急忙踩住刹车。

枪响之后，四行仓库前，所有持枪的人纷纷向枪响之处射击。苏菲貌似惊呆了，站下四处张望。

一辆轿车穿过满洲路路口，停在苏菲身边。宫本芳子从车窗里探出头，向苏菲挥手。

苏菲拉开车门钻进去。一个日本特务举起步枪瞄准苏菲，却被萧易寒一枪击毙。

宫本芳子猛踩油门，轿车轰鸣着冲向北苏州路。

躲在四行仓库内狙杀彼得洛夫的人，是莫康和陈刚。陈刚见成群的日本宪兵冲过来，架起机枪扫射。

莫康见彼得洛夫跳进苏州河，掏出一把手枪，对陈刚说："我去追洋鬼子，你赶紧撤离！"

莫康从后门绕到苏州河边。

陈刚击毙两个日本宪兵后，被雅子一枪射中眉心。

机枪不再扫射，莫康担心陈刚的安危，又跑回来。

彼得洛夫不顾伤腿疼痛，一口气游到河岸。他刚爬上岸，头上就挨了一棍，顿感眼前发黑。

陈刚的尸体被日本宪兵拖出来。莫康躲在人群后面，紧咬牙关。

萧易寒认出陈刚："他是刺客联盟杀手陈刚，朝鲜人——"他还想介绍，小河润二跑过来拽了拽他的衣襟，"萧先生，彼——彼得洛夫——跑了。"

"跑了？谁放他跑的？"萧易寒向人群中张望，"苏课长，苏课长！"

没有人应答。

萧易寒冲梅机关特务吼道："苏课长有危险，快去找她！"

凌云洲几步走到呆若木鸡的江澄子面前，大声吼道："有俩臭钱，不知道东南西北了吧？你就作吧，作出事了吧？"他指着地上日本宪兵的尸体，"你知道他们的命有多值钱吗？你赔得起吗？"

德川拓人走到凌云洲面前："这是突发事件，与江澄子无关。"他转向江澄子，"帝国军人不能白白倒在这里。江董，你看这块地——"

江澄子连声说："明天我就把地契送到宪兵司令部。"

德川拓人满意地点点头。

江澄子绕到凌云洲面前："姓凌的，我们已经毫无关系，你对我说话客气点儿！"

凌云洲转身走出人群，驾车离去。

时间：1943 年 5 月 1 日，星期六。

地点：上海，日占区，郊外；公共租界，沙逊大厦。

每个联络站都有备用站，以备不时之需。

中共上海地下组织"31 号联络站"的备用站，设在郊外，是标准的农家院。院子里种植两株三角梅，两株三角梅中间摆放着一把躺椅。

冯壬山躺在躺椅上闭目养神，刚返回上海的王辛梓将装满水果的盘子放在冯壬山身边的石桌上。

"凌云洲是人精，他做事，不用我们操心。"冯壬山睁开眼睛，"同志们都在忙，我这么躺着算什么事儿！"

王辛梓白了冯壬山一眼："你还是养好伤再说吧。"

冯壬山站起来，感觉伤口处阵阵剧痛，险些跌倒。

王辛梓扶着冯壬山躺下。

门口传来一长两短的轿车喇叭声。

王辛梓打开大门，宫本芳子驾车径直驶入院内。苏菲从轿车里下来，蹲在地上干呕。

王辛梓问宫本芳子："苏小姐怎么了？"

"怀孕了，三个月。"宫本芳子说完，冲王辛梓摆摆手，驾车离去。王辛梓扶着苏菲进屋。

宫本芳子前脚刚走，凌云洲后脚就到了。

凌云洲下车后，王辛梓立即迎上去，低声说："苏菲怀孕三个月，无论她是敌是友，你都不能伤害她。"

凌云洲没有说话，让王辛梓带路。

苏菲见到凌云洲，直接问道："救我还是杀我？"

"要看你是什么人。"凌云洲拽过一把椅子坐在苏菲面前，拔出手枪，打开保险，放在腿上，"给我一个不杀你的理由。"

"凌云洲，森木玉树，喜欢宫本芳子……"苏菲轻声嘀咕，"这些都是中村宇都告诉我的。"

"世人皆知的事情，不用你重复。"凌云洲把手枪拿在手里。

"中村宇都向我提起过两个人，一个是你，另一个我不能说。因为我答应过中村宇都，至死不能向任何人说出你们的名字。"

凌云洲轻描淡写地说，"中村宇都就是'T先生'。"

"怎么可能？"苏菲摇摇头，然后叹口气，"你说他是他就是吧，反正他已经不在了。他是什么人，已经无关紧要了。"

"他不是'T先生'，因为他父亲是日本将军！"凌云洲又否定了自己的说法。

苏菲蒙圈了："你——开枪吧，别折磨我了！"

"德川拓人才是'T先生'吧？"凌云洲见苏菲沉默不语，又补充道，"德川拓人不但是'T先生'，还是'H小组'组长、'大拇指先生'。"

苏菲惊讶地望着凌云洲："你——你到底是谁？"

"'无名指先生'。"

苏菲喃喃地说："既然你是'无名指先生'，那就动手吧，我死有余辜，不该出卖'H小组'。"

"你出卖了'H小组'？"凌云洲举枪对准苏菲,"你就是内鬼！'H小组'内有轴心国特工,接头程序就是甄别程序。现在我可以确定你就是那个内鬼。"

"我不是内鬼！"苏菲摇摇头,"我出卖'H小组',只是想保护中村宇都、我和他的孩子。"她说完指指自己隆起的腹部,接着说,"原宝轩是'佛手',他已经不在了,无法核实。"

凌云洲把手枪别在腰里,向苏菲深深鞠躬。

江澄子独自坐在空荡荡的客厅里,不知不觉地睡着了。在梦里,她眼前白茫茫一片,什么都看不到,唯有儿子的笑声无比清晰,却不知道儿子在哪里。

她连声呼喊儿子,也得不到儿子回应,急醒了。

她翻身坐起,拿起装有儿子照片的相框,轻轻地抚摸着,想起四行仓库的场景。

四行仓库是罗亭精心策划的一出好戏,首先是江澄子带人到四行仓库这个敏感地方胡闹,然后宫本芳子利用手帕给苏菲传信,最后把苏菲引到四行仓库。

任务完成得很好,只是代价有点儿大。

"想儿子了吧？"潼川捧着一束鲜花走进客厅。

江澄子振作精神,狡辩道:"我在想收购枫商会的事。和日本人打交道,太难了,今天他们在我的土地上死了几个人,就把我的土地没收了,根本不讲道理。"

潼川问:"时局如此,我们只能认命。既然日本人如此难缠,你怎么还想收购枫商会？"

"共生证券公司幕后大股东撤离后,更名华邦实业公司,也是不得已而为之的事儿。"江澄子一边将鲜花插进瓶里,一边向潼川解释,"枫商会有日本军方背景,收购它,再送给有实力的人股份,华邦实业公司就有倚仗了。"

"搞那么麻烦干吗？你直接入股枫商会不就行了嘛。"潼川建议。

江澄子说："走一步看一步吧，都是没有办法的办法。"她看看表，"我让吴妈把饭做好了，你自己吃吧，我要出去一趟。"

江澄子驾车来到沙逊大厦。

共生证券公司更名华邦实业公司，各个办公室也更换了铭牌。

罗亭坐在董事长办公室内，百无聊赖地翻看《蜀山剑侠传》。

江澄子推门进来，扑到罗亭怀里撒娇："姐，你害我伤心一年多，你得赔我感情！"

罗亭像抱婴儿似的抱着江澄子，捏了一下她的鼻子："小时候你在我怀里撒尿，你怎么赔我？"

江澄子做个鬼脸，翻身坐起来："我现在单身，可以帮你做任何事情，不要工资，可以了吧？现在你就给我布置任务。"

罗亭连连摆手："算了吧，免费都是最贵的，我可不敢用。利用四行仓库做文章救走苏菲、光明正大地收购鬼子情报站，估计这种冒险的事，只有你能做得出来。"

"老家让我调查枫商会，我就用简单粗暴的办法，把枫商会买下来，让那些日本人给我打工，不是更方便调查嘛。"江澄子说，"据我目测，千叶枫没有看出我的真实动机，我表哥好像猜出我的目的，建议我把收购换成注资。"

"收购变注资，也是好主意。"罗亭缓缓地点头，"澄子，你打入枫商会，远比调查有价值。"

时间：1943 年 5 月 1 日，星期六。

地点：上海，日占区，梅机关，百老汇大厦。

宫本芳子回到梅机关，看见莫康站在角落里向她招手，便将轿车驶到他身边。

第十二章 一出好戏

莫康钻进轿车里，哽咽地说："刚子——走了。"

"谁干的？"宫本芳子感觉心里堵得慌，肝区剧烈疼痛。

"还能是谁，狗日的鬼子！刚子总是说，等你结婚有人照顾后，他就返回汉城，过平凡的日子，远离打打杀杀的生活。"莫康盯着宫本芳子，"课长，有一句话，我说出来可能不太合适，但我又不能不说。我们为了那个凌云洲，付出这么大的代价，真的值得吗？"

宫本芳子摇摇头："什么叫值得，什么叫不值得？在刺客联盟那段时间，我们觉得自己的行为是伸张正义为民除害，事实上我们被金十、土肥原当作杀人工具使用。人活一辈子，就是一个笑话接着一个笑话。刚子的事儿，先挂账，找机会加倍讨回来。"

宫本芳子向车窗外瞟了一眼，看到黑川梅子推开办公楼二楼的窗户："她——怎么在这里？"

莫康顺着宫本芳子的视线，也看到了黑川梅子："柴山哲也取消了特高课二课，把她调回来了。"

"不管这个灾星了，我去柴山哲也那里领罪，你留意一下刚子的尸体，最好托人火化。我相信，总有一天，我们能送他回到汉城。"宫本芳子说完，下车走向办公楼。

苏菲、彼得洛夫在四行仓库失踪，八个日本宪兵被打死，结果只得到陈刚的尸体。如此惨重的损失，气得柴山哲也暴跳如雷。

他点指站成一排的小河润二、萧易寒、宫本芳子不停地谩骂："三个大课长，都是干什么吃的，怎么连两个人都看不住？"

"四行仓库的确是帝国的不祥之地！"萧易寒讲起宿命论，"我现在就把四行仓库炸了。"

柴山哲也指着萧易寒的鼻子吼道："混蛋！现在你应该回答我的是，逃跑的两个人怎么办！"

萧易寒支吾着说："全城搜捕。"

"废话！"柴山哲也指着小河润二，"你说！"

小河润二不敢直视柴山哲也，支支吾吾地说："死者是刺客同盟成员，以前想加入梅机关，貌似被宫本课长拒绝了。他是职业杀手，他做这件事只有两个解释，一是有人雇他杀人，二是他报复宫本课长。至于苏菲、彼得洛夫趁乱逃走，只是这件事中的小插曲。"

对于小河润二的分析，萧易寒马上提出反对意见："如果有人雇用陈刚杀人，目标会是八个宪兵吗？绝对不可能！如果陈刚报复宫本课长，他不会傻到选择成功概率基本为零的四行仓库。现在我们要查清楚，彼得洛夫和苏菲为什么会出现在那里，什么人事先知道他们会出现在那里。"

小河润二用肘部轻轻撞了萧易寒一下，又冲柴山哲也努努嘴。

萧易寒意识到，知道彼得洛夫和苏菲去四行仓库的人，只有柴山哲也和小河润二。

柴山哲也怒视萧易寒："我安排彼得洛夫去四行仓库指认一个人，有错吗？"

萧易寒连连点头："这种安排肯定没错，但是您做如此安排的消息，都有谁知道呢？"

小河润二忽然像想到什么似的，立刻向柴山哲也汇报："我们离开梅机关时，恰好遇到宫本课长。"

宫本芳子怒视小河润二："从梅机关到四行仓库，你不止遇到我一个人吧？你怀疑我泄密，请拿出证据。"

柴山哲也见三个课长相互指责，再闹下去必然激化矛盾，就点指萧易寒和小河润二："你们——出去。"他又点指宫本芳子，"你——留下。"

萧易寒和小河润二出去后，宫本芳子提醒柴山哲也："土肥原将军交代过，任何人不能妄议刺客同盟，如果有人妄议，后果是很严重的。"

"小河君也是为了分析案情嘛，这件事到此为止。"柴山哲也示意宫本芳子坐下，"宫本课长为何也出现在四行仓库？"

宫本芳子坐到沙发上："我出去办事，途经西藏路路口时听到枪声，以为有敌情，就下车察看，结果看到苏课长钻进一辆轿车。"

"那辆轿车是谁的？看清车牌号了吗？"

宫本芳子摇摇头。

第十二章 一出好戏

"看来苏菲和中村宇都一样，都是共产国际成员。"柴山哲也摇头叹息，"苏菲在我身边隐藏这么久，我居然毫无察觉！"

宫本芳子起身说道："苏菲只是跑了，不是死了。只要她还活着，还在上海，我一定能把她挖出来！"

"如果苏菲负隅顽抗，就地击毙！"柴山哲也愤愤地说。

下班后，宫本芳子回到百老汇大厦，遇到等候多时的凌云洲。他们没有说话，一前一后进入1101房间。

陈刚的死，让宫本芳子心如死灰，一句话都不想说。她给凌云洲倒了一杯白开水，便站到窗前，目光呆滞地望着远方。

凌云洲感觉自己说什么都苍白无力，毕竟是他请求宫本芳子、莫康、陈刚出面帮忙的。

"对不起！"凌云洲走到宫本芳子身后，深深鞠躬。

"战争嘛，牺牲的人不是你就是我，谈不上谁对不起谁。"宫本芳子转过身，"我不应该擅自给莫康下达刺杀彼得洛夫的任务，否则陈刚也不会牺牲。"她走到桌前，从坤包里拿出手抄版"2号作战计划"递给凌云洲，"这是中国派遣军参谋部制作的赝本。梅机关负责散布消息，柴山哲也安排我到黑市售卖，有人出高价买走了。"

凌云洲认真观看"2号作战计划"，指着最大的疑点说："作战地点肯定不在常德，确实是赝本。"

"军部制作赝本的目的是什么？作战时间是5月5日，可信吗？"宫本芳子连问两个凌云洲无法回答的问题。

"军部肯定不会利用这种东西增加收入。"凌云洲皱着眉头，敲打手中的赝本，"哪一方对这份作战计划最感兴趣？当然是重庆方面的特工。"他似乎确定自己的判断，"军部想利用这个赝本，引诱重庆方面特工露面。"

"现在梅机关、宪兵司令部的注意力，全部集中在'H小组'上。据说该小组有重庆方面的特工'无名指先生'。"宫本芳子字斟句酌地说。

凌云洲盯着宫本芳子："谁是'无名指先生'呢？"

宫本芳子说得模棱两可："不会是江澄子吧？"

凌云洲立即否认:"江澄子应该不会赚这种掉脑袋的钱。"

"向来谨慎低调的你,这次一反常态,把自己推到刀尖上。你之所以这样做,唯一的解释就是保护江澄子。所以我认为江澄子极有可能是'无名指先生'。"

凌云洲摇摇头:"一个人太了解一个人,一点儿都不好玩。"

宫本芳子也摇摇头:"一个人在另一个人的心头站久了,心会疼,心会冷的。"

凌云洲反问:"有人说,爱与恨是手心与手背的关系,那个心疼、心冷的人,会不会把手翻过来?"

"不会!"宫本芳子肯定地说,"爱一个人,就会爱他的一切,包括他的任何选择。"

~ 298 ~

时间:1943 年 5 月 1 日,星期六。

地点:上海,公共租界,江公馆,年华时装店。

江公馆 3 号楼客厅里的电话铃响一声之后,房间又陷于沉寂。

江澄子和潼川同时向电话望去。潼川扭头盯着江澄子:"我猜是凌云洲打来的。"

江澄子摇摇头:"我们离婚后,他就没打过电话,肯定是有人拨错号码了。"

潼川似乎难以置信,但又十分笃定地说:"他还会拨错的。"

电话铃响一声,是凌云洲与江澄子约定的暗号,以讨论孩子抚养权问题为由,到 31 号联络站见面。

现在潼川坐在江澄子身边,她必须找一个合适的理由离开。

电话铃响一声,她就离开,潼川肯定会怀疑。于是,她起身去卧室坐了一会儿，下楼对潼川说，她要去红叔家，与凌云洲商量孩子抚养权的事情。

潼川看看表："时间太晚了，世道这么乱，你只身出去太危险，我陪你去吧。再者说，若论胡搅蛮缠，你根本不是凌云洲的对手，毕竟他是特务出身。"

江澄子见潼川如此诚恳地关心她，也不好强行拒绝，只好答应潼川陪她去。

他们步行到年华时装店。

年华时装店与江公馆只隔着北京东路，沿着苏州河边走到南京路商业街，再绕过河南路路口就是年华时装店。

潼川远远看见凌云洲和宫本芳子站在年华时装店门口，便对江澄子说："你看，凌云洲还带帮手来了，看来我陪你来此是对的。"

江澄子一脸不高兴："无论他有几个帮手，我都不会妥协的。为了让他心服口服，我一个人对付他。"她说完，紧走几步，想甩开潼川。

潼川紧紧地跟随江澄子，来到凌云洲面前。

江澄子率先向宫本芳子发炮："呦，这不是宫本芳子大小姐嘛，三更半夜的陪伴我前夫，辛苦辛苦！"

宫本芳子微微一笑："纠正一下，前夫不是夫，但初恋永远是初恋。"

潼川把手搭在江澄子肩上："我叫潼川，澄子表哥，我们——订婚未遂。"

凌云洲一声不吭，转身走进年华时装店。

江澄子挣脱潼川的手，也进入年华时装店。

潼川想跟进去，被宫本芳子拦住："你作为表哥瞎掺和啥？无论劝分还是劝合，你都是猪八戒照镜子——两面不是人。"

潼川瞟了宫本芳子一眼："我好歹也是江澄子表哥，你算老几？"

宫本芳子掏出证件，在潼川眼前晃了晃："梅机关情报课课长，你说我算老几？"她怒指潼川，"你的废话太多了，我很生气。在我消气之前，你哪里都不能去！"

潼川面对怒不可遏的宫本芳子，真的不敢动了。

凌云洲和江澄子被红叔带到密室。

红叔约莫五十岁年纪，是上海知名裁缝，人们都尊称他"红叔"。

年华时装店是中共上海地下组织31号秘密联络站，红叔是交通员，一直没有启用，所以没有受到梅机关、特工总部关注。

红叔说："31号联络站从今日起正式启用。老家交代，31号联络站是独立联络站，鉴于'佛手小组'人手不足，暂时协助'佛手小组'工作，任命江澄子为31号联络站站长。"

江澄子指指自己的鼻子："我？行吗？"

"你潜力无限，可以胜任。我们抓紧时间说正事儿。"接下来，凌云洲简要地讲述日本军部炮制攻打第六战区假作战计划一事，将"2号作战计划"赝本交给江澄子，叮嘱道，"这份赝本涉及中缅印战区，今天晚上必须告知重庆方面，这是假作战计划。"

江澄子接过"2号作战计划"赝本："这种作战计划，欺骗性非常强，还需要重庆方面查证。对了，让我付出那么大代价救出来的苏菲，现在怎么样了？"

凌云洲说："苏菲的身份已经核实，她是法共党员，现在怀有中村宇都的骨肉。我们必须想办法送她离开上海。但是，她是梅机关和宪兵司令部的通缉要犯，从正常渠道很难把她送出去。"

江澄子说："实在没办法，就动用安子铭留下的侍六组秘密运输线。"

凌云洲迟疑了："一旦动用侍六组的秘密运输线，重庆方面必然知道，一定会追究你的责任。把苏菲送出去，再把你搭进去，得不偿失。"

江澄子着急了："这也不行，那也不行，还想不想把苏菲送出去了？"

凌云洲说："苏菲暂时安全，我们必须想个万全之策。"

第十三章　黑锅与替身

~ 299 ~

时间：1943 年 5 月 1 日，星期六。

地点：上海，日占区，火车站，愚园路；法租界，红十字会医院。

李墨群之所以信任林森木，是因为他把林森木从死神手里抢回来，赋予林森木第二次生命。

1940 年，汪精卫叛国的《日汪密约》原件曝光，殃及林森木，被南京政府秘密关押在南京老虎桥监狱，准备枪决。

武汉特工总部副主任被人暗杀，李墨群找不到合适人选接替时，一份南京老虎桥监狱死囚名单送到他手中。

这份名单，让李墨群找到灵感。与其在武汉特工总部中层选拔那些底子不干净的人，还不如任用已经被判死刑的特工。于是，他千挑万选，所有环节逐一调查、核实，最后认为林森木是最佳人选。

李墨群动用所有关系，花重金把林森木从死牢里捞出来，并与他结拜为异姓兄弟，赠房送车。救命之恩加上细致入微的照顾，又出任手握生杀大权的武汉特工总部副主任，林森木只能唯李墨群马首是瞻。

"大哥这么着急回去？"林森木驾车送李墨群到火车站。他见发车时间还早，就把轿车停在隐蔽处。

"上面像催命鬼，我不急不行啊！"李墨群把车窗帘挑开一条缝，看到车外有七八个特工总部的特工负责警戒，才稍稍放心。

林森木似乎不放心："要不我护送大哥吧，不然我也不放心。"

"不用，家里有事需要你去办。"李墨群把嗓门压到极低，"日军马上就要攻打第六战区了。"

"国民党那群屁蛋包，还敢打仗？这是您期盼的吧？"

"汪精卫发急电催我回去。"李墨群说，"驻扎江苏省的二十九师要随日军作战，我不得不回去。"

"'2号作战计划'敲定了吗？"

"下午我奉汪精卫之命，拜会松井久太郎。他告诉我，军部已经敲定'2号作战计划'，攻击目标是常德。"

林森木挠挠头："攻打常德，这是什么打法？不应该直接攻打重庆吗？"

"日本人什么时候按常理出过牌？"李墨群从公文包里掏出一个信封递给林森木，"我走后，你把日军十一军空军资料交给军统上海站。信上有联系方式。"

林森木展信观看，信纸上只有"好莱坞俱乐部203"一行小字，便把信纸烧毁："大哥，我有种预感，接头的可能是老熟人。"

"说说理由。"李墨群不动声色地说。

"这次戴遇侬如此积极主动，说明他很在意这份资料。"林森木说，"他想简化程序，必然使用我们熟悉的人。"

"伤害我们的人，都是离我们最近的人。"李墨群见发车时间快到了，就让林森木把轿车驶入站内。

林森木送走李墨群后，来到好莱坞俱乐部203包房。

果然如他所料，与他接头的人是陈恭如。

"货呢！"陈恭如见到林森木，既不奇怪，也不寒暄，"戴老板安排我出现在这里，就是想让李主任能感受到戴老板的诚意。"

林森木从公文包里取出密封的胶卷递给陈恭如："真没想到，陈队长能洗脚上岸。"

第十三章 黑锅与替身

"日本人有出气没进气,马上完犊子了,我这种吃百家饭的人,哪还有挑食的权利!"陈恭如把胶卷揣进口袋,"戴老板再三强调,只要货真价实,江苏诸事都可以商量。"

陈恭如虽然对军统上海站安排他接头十分不满,但也知道自己这么多年做了什么坏事。就算戴遇侬不计前嫌,但他亏欠军统上海站的累累血债,不是一句"对不起"就能一笔勾销的。

这次军统上海站派他代表戴遇侬与李墨群的代表接头,就是故意为难他。他本想向戴遇侬申述,怎奈他掌握的联系方式全部作废,无法主动与戴遇侬取得联系,只好接受军统上海站的安排。

"戴老板识人断事的能力,不亚于诸葛亮。"林森木说,"李主任这点儿心思,全被他琢磨透了。"

"我都把裤衩子脱了,林处长不想洗脚上岸?"陈恭如点燃一支烟,"戴老板命我今晚在法租界红十字会医院除掉梅机关行动课课长萧易寒,林处长能否搭把手?"

林森木当然知道,萧易寒没有那么好对付,但是现在他已经被李墨群、陈恭如架到火炉上,也就没办法说不了。

陈恭如来到红十字会医院门口,寻机钻进医用卡车里。

医用卡车驶入医院,停在林荫道上。车内,顾同与陈恭如面对面坐着。

陈恭如将密封胶卷交给顾同,抱怨道:"我死活都想不明白,戴老板为什么让我抛头露面,我在暗处不是更好吗?"

"让你接头,根本不是戴老板的安排,而是站长精心设计的。"顾同说。

"现在谁是站长?他妈的脑袋有包啊?"陈恭如愤愤地骂道,"这种人也能用?"

"军统七哥,他脑袋肯定没包。"顾同说。

陈恭如一怔:"装死多年的'红雨'复活了?"

"谁当站长,不是我这种小卒子考虑的问题。"顾同不耐烦地说。对于陈恭如这种有奶就是娘的人,他极其反感,甚至鄙视。他不想与陈恭如说废话,直接说道,"戴老板给你的任务是搞到日本军部制订的'2号作战计划'。"

"即便能搞到这种货,也运不出去。运不出去,就是几张废纸!"陈恭如说。

"能不能运出去,不是你考虑的问题。"顾同说完,扭头命令司机,"开车!"

陈恭如一直担心林森木能不能顺利得手,也不想与顾同争辩。

医用卡车驶出医院。陈恭如下车后在附近面馆吃面,一直等到天色暗下来。

陈恭如从自己的轿车里取出公文包,回到医院里的林荫道,远远看见萧易寒坐在长椅上闭目养神。他观察四周情况,确定安全后走到长椅前,挨着萧易寒坐下。

"陈队长的业务水平下降得可不是一星半点儿呀!"萧易寒摸了摸假胡子,"你安排杀我的那些人,除了林处长,其他人都被我处理掉了。"他干咳两声,两个"冷宫"特工押着林森木从暗处走出来,"我念及林处长刚到上海,不知道鄙人是谁,踹几脚让他长长记性。"

"放了林处长,有事冲我说。"陈恭如低声说。

"陈队长脸大,可以随便刷。"萧易寒示意"冷宫"特工释放林森木。

狼狈不堪的林森木,没有搭理陈恭如,快速离去。

萧易寒掏出钢制酒壶喝了一口酒:"小黄鱼呢?"

陈恭如将公文包放在长椅上:"我的买命钱?"

"你的命,呵呵,不值这个价!"萧易寒从长椅上拿起文件袋扔给陈恭如,"日本军部'2号作战计划',值十条小黄鱼吗?"

陈恭如不动声色地打开文件袋,抽出文件,见抬头写着"帝国十一军2号作战计划"日文,点点头。

"你倒手就能赚一倍,不过你赚多少与我没关系,我只要十条小黄鱼。我这个人,善良、诚实、可靠,以后我们联手发财如何?当然,你可以不与我合作,但是要付出不合作的代价。"萧易寒不等陈恭如回答,起身哼着京剧《定军山》选段,摇头晃脑地走了。

陈恭如一脸鄙夷地望着萧易寒的背影,狠狠地吐了一口痰。他拿着文件袋离开医院，驾车赶往愚园路，在匈牙利餐厅的包间里找到林森木。

"萧易寒的手太黑了！"林森木连连喝闷酒，"五个兄弟，还没有反应过来，就被萧易寒灭口了。你——以后要注意了。"他把一张便笺递给陈恭如。

陈恭如接过便笺一看，竟然是李墨群的手谕，"务必查实陈恭如真实身份，若是萧易寒同伙杀之"。

陈恭如点燃便笺，苦笑道："我和萧易寒是死敌，不共戴天那种。"

"口说无凭啊。你从李主任的心腹一下子变成戴老板的代表，别说李主任，我都接受不了。"

陈恭如愤愤地说："爹死娘嫁人，谁也不比谁高尚。我啊，现在多活一天都是赚的。"

"你可以高尚的。"林森木又掏出一张便笺递给陈恭如。

陈恭如拿起便笺一看，还是李墨群手谕，"尽快找到侍六组秘密运输线，将货物运往江苏"。他把便笺推给林森木："谁的任务？"

"我的任务。"林森木猛喝一杯酒，"但是从现在起，是你的任务。"

陈恭如冷笑："理由呢？"

"礼尚往来嘛！"林森木满脸堆笑，"你替我找到侍六组秘密运输线，我替你摆平李主任，你很划算的。"

陈恭如接过便笺烧掉："蒋文汉挖地三次都没有找到它，我比蒋文汉多几个鸟？"

"蒋文汉肯定不如你了解侍六组。"林森木冷冷地打量陈恭如。

陈恭如双臂抱在胸前："一旦我找到侍六组秘密运输线，安子铭必然不会放过我。到那时候，戴老板也保不了我。我啊，还是想想如何除掉萧易寒吧。只要我干掉萧易寒，便能证明我是清白的。"

林森木摇摇头："干活不由东，累死也无功。日本人马上就要歇菜了，萧易寒还能折腾几天？现在戴老板急需的，应该是第六战区的情报吧？你干掉一百个萧易寒，都不如找到侍六组秘密运输线。"

陈恭如勉强答应："我试试吧。即便我找到那条秘密运输线，至于能不能运货，我可不敢保证。不过，李主任的货，我肯定会想办法送到江苏的。"

~ 300 ~

时间：1943 年 5 月 1 日，星期六。

地点：上海，公共租界，黄浦江；日占区，愚园路，枫商会。

月光下，黄浦江泛起片片白光。

凌云洲从小船攀上货轮，径直走到一个集装箱前，掏出钥匙开锁，推开铁门。

精疲力竭的彼得洛夫吃力地爬出集装箱，一头摔倒在地。

凌云洲扶起彼得洛夫。

彼得洛夫打量凌云洲："你是特工总部的，为什么救我？"

凌云洲指指自己左手无名指上的戒指："因为我还是'无名指先生'。"他指着彼得洛夫腿上的伤疤，"这一枪，是我打的。"他又指指彼得洛夫，"这一棒子，是我安排人打的。"

"你还不算笨，能看懂我的提示。"彼得洛夫似乎放松警惕。

"我可没有你聪明，居然能骗过柴山哲也。"

"自负的人，认为别人都比自己笨。"彼得洛夫得意地笑了。

凌云洲把彼得洛夫扶到小船上，驾船驶向岸边。上岸后，凌云洲指着巷口对彼得洛夫说："你到巷口稍候，有人送你去安全的地方。"

彼得洛夫辞别凌云洲，步履蹒跚地走到巷口。

黑暗里闪出一个人，手里拿着简易电棍，狠狠地捅向彼得洛夫后背。

伴随"嗞嗞"的电流声，彼得洛夫一头栽倒在地。

枫商会的小红楼里，村上云昔站在窗前，一边注视着走进院子的凌云洲，一边点燃烟斗。

凌云洲走进村上云昔办公室，看见茶几上放着剪好的雪茄，说："我抽不惯这种洋玩意儿。"

村上云昔示意凌云洲坐下："你不会是怕我下毒吧？"

"我连活着都不怕，还能怕死？犬养中堂走了，让我生不如死啊！"

"犬养中堂的时代已经过去了，忘记他吧。"村上云昔盯着凌云洲，一字一顿地说，"记住，你现在属于龟机关，我才是你的上司！"

凌云洲拿起雪茄点燃。

"这就对了，到哪个山头唱哪家山歌嘛。"村上云昔坐到凌云洲对面，"苏菲失踪，背锅的人不在了。"

"苏菲不是最佳人选。"

"你有最佳人选？"

"苏菲是法共党员，不关心太平洋战事，让她背黑锅有些牵强。"凌云洲说，"彼得洛夫是苏联人，他比苏菲合适，但是您为何偏偏选择苏菲呢？"

村上云昔沉思几秒钟："我不选择彼得洛夫，是因为他的真实身份无法确定。"

"他还有其他身份？"

"我怀疑他就是'猎户'。"

"您怎么不早说呢？"凌云洲连拍大腿，"昨天四行仓库虽然很乱，但我还是抓到了彼得洛夫。我告诉彼得洛夫，我是'无名指先生'，就把他放走了。"

"他跑不了的，随时都能抓回来。"村上云昔笑了笑，"既然你喜欢钓鱼，'佛手'和'老夫子'这两条大鱼，你就一并钓了吧。"

"利用彼得洛夫为诱饵，抓捕'佛手'和'老夫子'——"凌云洲冲村上云昔竖起大拇指。他又想了想，"这趟活儿可不小啊。"

"我安排一个人帮你。他叫潼川，海军情报处上海站行动一课课长。他是江澄子表哥，你可以利用这层关系。"

凌云洲摆摆手："我毕竟不是凌云洲，和江澄子亲戚经常接触，我担心我会出现纰漏。"

"你自己做这趟活儿，我也担心存在疏漏啊。"村上云昔诡异地眨眨眼睛。

～ 301 ～

时间：1943年5月1日，星期六。

地点：日本，东京，樱花酒屋，宫本府邸。

夜幕降临，东条川赖的女儿、日本大本营情报课课长东条初音，穿着紧身皮衣，走进小酒屋四下打量，只看到一个已呈醉态的男子。

东条初音走到醉醺醺的男子身旁，轻声问道："江口上尉，你喝多了吗？"

江口上尉色眯眯地盯着东条初音胸部："初音小姐，请坐！"

东条初音不停地在鼻子前挥手，坐在离江口上尉最远的位子："情报呢？"

"这么着急干吗？"江口上尉想往东条初音身边凑，怎奈腿脚不受控制，一屁股坐在地上。他拍着胸脯说，"我——江口——大本营陆军上尉，却被一个姑娘迷得七荤八素——耻辱，军人的耻辱！"

"江口上尉——"

"叫我江口君！"

"江口君，你喝多了。"

"'2号作战计划'昨天刚到大本营，我就偷了——不——翻拍了。"江口上尉起身从公文包里取出一沓照片放在桌上，"你是情报课课长，为何不亲自查看，反而要我偷——不——不——翻拍，你——你肯定有什么不可告人的目的！"

东条初音呵斥道："你喝多了，别说胡话！"

江口上尉的脸几乎贴到东条初音的脸上："我甘愿为你犯罪，你——你——不会不知道为什么吧？"

"我知道！"东条初音躲开江口上尉，起身去拿照片。

江口上尉伸手按住照片："你知道个屁！我——我买了三次电影票，

第十三章　黑锅与替身

你——你一次都不陪我。"他把东条初音的手拉到面前想亲吻。

东条初音挣脱后，嗔怒："不要被人看见！"

"这是我家酒屋，今天歇业，不会有人进来。"江口上尉色眯眯地看着东条初音。

东条初音妩媚地望着江口上尉，悄悄地掏出一支装有消声器的微型手枪。

江口上尉喃喃地说："相信我，我一定会娶——娶你的。我娶了你，东条首相就——就会提拔我——"

东条初音把枪口对准江口上尉额头，轻轻扣动扳机。弹头钻入江口上尉额头。

东条初音掏出手帕，反复擦拭自己的手后，拿起那沓照片翻看，找出注有"支那战场2号作战计划"字样的照片。

东条初音把所有烈酒瓶打碎，出门后用打火机点燃一支烟，然后把打火机扔进酒屋。

酒屋起火，火势越来越旺。

东条初音逐一看完照片后，甩手把那沓照片扔进大火中。

东条初音戴上墨镜，跨上樱花树下的摩托车，绕过几条街，经过宫本正仁府邸时，停车向大门内望了几眼，便驾车离去。

此刻，宫本正仁正在抄录李煜的《虞美人》。宫本千鹤站在桌旁研墨。

宫本正仁把毛笔放在笔山上，满意地打量自己的书法作品，轻声吟诵："春花秋月何时了？往事知多少。小楼昨夜又东风，故国不堪回首月明中。雕栏玉砌应犹在，只是朱颜改。问君能有几多愁？恰似一江春水向东流。"

宫本千鹤望着刚劲有力的毛笔字："父亲是不是想家了？"

宫本正仁点点头："祖宗埋在哪里，哪里才是家啊。"

"想当年，华夏大地都是我们家的。唉，造化弄人，现在我们寄居在弹丸之地，想想就悲愤不已，感觉对不起列祖列宗。"宫本千鹤满脸忧伤地说，"父亲，我们与其推动中国战事，拿下川蜀做西南王，还不如接管东北，毕竟那里才是龙兴之地。"

宫本正仁摆摆手："短视！我们与其掌控东北，不如掌控日本情报系统，做个隐形摄政王。"他拿起毛巾擦手,"可笑的是,村上云昔想吞下乌机关,可惜他还是慢了一步。"

"这一步,就是他与您的实力差距。"宫本千鹤满嘴恭维话。

宫本正仁得意地说:"犬养中堂驾鹤西去后,我就盯上乌机关。犬养中堂敢绕过内阁,绝对不敢绕过天皇。所以,我断定乌机关的资料一定在皇宫内,就安排你去寻找。不料你也晚了一步,乌机关特工名单不见了。眼下,只能让村上云昔父子帮我们扫雷后,我们坐享其成。村上云昔到死都不会明白,他在中国,只能做我的马前卒。当然,也包括藤田也夫。"他望着宫本千鹤,"你知道村上云昔和我的差距在哪里吗?"

宫本千鹤略微思忖:"境界、手段、视野——"

宫本正仁摆摆手:"我们真正的差距在于,我有一个精通政治的女儿,他有一个精通艺术的儿子。这就注定村上云昔不是我的对手,哈哈!"

宫本千鹤羞涩地说:"您这么说,折煞女儿了。有一点我想不明白,白川次郎在您的剧本里,属于什么角色呢?"

宫本正仁轻声说:"白川次郎在我的剧本里,是虚构的角色。他可以有,也可以无,中山功说不清楚,尾崎秀树也说不清楚,所以调查白川次郎,就等于去太平洋里调查一条鱼。只要利用龟机关吞噬日本情报系统,我便能做日本隐形摄政王喽!"

宫本千鹤躬身颔首:"为了实现父亲的夙愿,我愿意牺牲一切!"

宫本正仁轻轻地扳着宫本千鹤的肩膀,凝视她的脸:"利用好晴气武夫、藤田也夫、中山功,便能找到我们需要的东西,以及我们需要的人。对了,你还要和东条初音走得近一些。"

宫本千鹤不情愿地说:"我很讨厌她——"

"政治嘛,就是擅长和自己讨厌的人打交道。你记住,她是东条川赖的女儿、犬养中堂的心腹,还是大本营情报课课长。直觉告诉我,她与乌机关有着千丝万缕的联系。"

~ 302 ~

时间：1943 年 5 月 2 日，星期日。
地点：重庆，珊瑚坝机场别院。

重庆珊瑚坝机场别院西南角有一片竹林。竹林边木亭里的石桌上有一个茶台。茶台旁微型炭火炉上，紫砂壶壶嘴喷着水蒸气。

在躺椅上闭目养神的安子铭，听到竹林边传来脚步声，慢悠悠地坐起来，慢悠悠地提起紫砂壶倒茶。

戴遇侬和唐横走进木亭。唐横将档案袋递给安子铭。

安子铭瞟了两个人一眼："你们凑在一起，肯定没有好事。"

戴遇侬坐下，面露难色："确实有一件比较棘手的事，我想请你定夺之后，我再向老头子汇报。"他说着，也递给安子铭一个档案袋。

安子铭从两个档案袋里各抽出一份文件，见两份文件除用纸不同外，内容竟然相同。他望着唐横，轻轻地敲打两份文件。

唐横说："'黑石'提供的。"

安子铭打量戴遇侬。

戴遇侬说："陈老四提供的。"

安子铭问："戴老板怎么看？"

"日军东线南下，锁住洞庭湖，合围常德，作战计划比较常规。第六战区在长江上游构筑坚固防线，那点儿日军不足为惧。"戴遇侬端起茶杯，喝了一口热茶，"我纳闷的是，横山勇一直盯着宜昌上游对岸的平善坝、石碑两地，即西线国军防区。两股日军目标不一致，是不是有问题？"

唐横补充道："主任，'黑石'特意交代，这份作战计划是假的，是鬼子释放的烟幕弹。"

安子铭问唐横："'黑石'还说什么？"

唐横说："'黑石'交代，必须时刻关注日军南方军动向。"

安子铭点点头："'黑石'看明白了，日军南方军才是关键。日军从南北两个方向夹击第六战区，这就意味着日军南方军放弃东南亚，中缅印盟军就会大举反攻，日军便无法与德军会师。寺内寿一[1]会如此冒险吗？我判断，日军在中缅印战区可能有大动作。"

戴遇侬说："我即刻通知东南亚各地军统站调查日军南方军动向。"

安子铭叮嘱戴遇侬："还要搜集香港和昆明两地情报。"他扭头吩咐唐横，"给陈长官发电报，让他留意日军南方军第三十三军动向。"

唐横点点头，又问："常德方面如何部署？"

戴遇侬说："军统武汉站传来消息，日军第三师团的确往安乡方向移动。"

安子铭说："军事上的事情，就交给孙长官处理吧。"他看看唐横和戴遇侬，"我已经起用'昙花'，在日本大本营调查日军南方军的真实作战意图。"

戴遇侬不动声色地问："'昙花'潜伏在日本大本营？"

安子铭得意地说："军统东京站发展迅猛，收获颇丰，侍六组岂能毫无作为？"

戴遇侬冲安子铭竖起大拇指："你能把'昙花'安排在日本大本营，他的能量不亚于军统东京站。我听说，昨天晚上，梅乐斯[2]去了南山，代表罗斯福总统向老头子表达谢意，感谢我们提供山本五十六巡视所罗门群岛的情报。"

安子铭说："说到老头子——"他望着唐横，"你向老头子汇报时，如果他问起远征军方面的事情，你便建议老头子给陈长官下令，命远征军向北移动二十公里驻扎，密切观察日军动向，尤其关注盟军反攻基地。"

"盟军反攻基地？"戴遇侬恍然大悟，"我把这条信息通知中美特种技术合作所。"

"戴老板，上海应该也有中美特种技术合作所的情报站吧？"安子铭貌似

---

[1] 寺内寿一（1879—1946），甲级战犯。1941年任日军南方军总司令官，率军占领菲律宾、马来西亚等国。

[2] 梅乐斯（1900—1961），美国海军情报官员，美国战略情报局远东协调主任。1942年出任美国海军驻华顾问组组长和驻华使馆海军观察员，任中美特种技术合作所副主任。

闲聊地问戴遇侬。

戴遇侬摇摇头："我们确实准备在上海建立情报站，只是目前还没有找到能担任站长的合适人选。安主任，你熟悉上海的隐蔽战线，要不你给我推荐一位？"

安子铭思忖几秒钟，问戴遇侬："你觉得侍六组的'老夫子'如何？"

唐横附在戴遇侬耳边轻声说出一个名字。

戴遇侬冲安子铭抱拳拱手："感谢安主任鼎力支持！"

安子铭得意地问："他在上海，上海就是重庆的上海。不过，我把丑话说在前面，夫人不出面，'老夫子'绝对不会接受这个苦差事。戴老板，日军第十一军空军的资料会通过侍六组秘密运输线'丝路'送过来，届时你可以利用这个机会面见夫人。"

戴遇侬双手合十："还是你想得周到。"他转向唐横，"李墨群现在折腾什么呢？"

唐横说："出卖他的日本主子。"

戴遇侬问安子铭："李墨群是你的老对手，你怎么看待他的反常行为？"

安子铭说："李墨群想唱戏，我们就送给他一个戏台嘛。我个人认为，他与周佛麟不同，很难为党国所用。"

戴遇侬皱起眉头："难道他想学蒋干盗书？"

安子铭点点头："可能盯上'丝路'了。"

戴遇侬低头喃喃自语："李墨群也盯上'丝路'？难道与他在上海囤积的军火有关？"他抬头问安子铭，"周瑜的戏码是什么？"

安子铭笑了笑："这得问黄盖啊！"

"黄盖——周佛麟——他确实应该烧掉汪精卫的破庙了！"戴遇侬盯着安子铭，"你送我这么大的人情，我是不是应该派人帮你的'越女'一把？"

"暂时还不需要。"安子铭微微一笑。

戴遇侬醋意盎然："侍六组的人，都是天子门生，个个恃才傲物。"

安子铭摇摇头："那也抵不上戴老板这把国府佩剑啊。侍六组本来就没有几个人，'琴''棋''书''画'已经折了，只剩下'红白雾，越女石，太子花'，差不多都是边角料。"

第十四章　家贼难防

~ 303 ~

时间：1943 年 5 月 2 日，星期日。
地点：上海，日占区，宫府，百老汇大厦。

宫久在大革命时期就接触共产主义学说。那时他年轻，迷信武士道精神，崇拜天皇，因此义无反顾地去了中国。

他以爱国学生身份打入中共上海地下组织内部，然后辗转半个中国潜入延安。因为博学多才、吃苦耐劳、善于交际，他被推荐到延安高层领导身边工作。

有一次，他给"1号"首长服务时，无意间听到"2号"首长对"1号"首长说，"上海特工总部有我们的同志中共'31号'"，便把该消息传到梅机关和上海特工总部。

没想到，上海特工总部和梅机关多次查找、验证，都没有找到真正的中共"31号"，宫久却暴露了，不得不逃回上海。

村上云昔用傅见山替换凌云洲，本是精妙的设计，没想到在替换过程中，出现难以解释的现象，谁都不敢断定死掉的人，到底是凌云洲还是傅见山。

宫久回到上海接受的第一个任务，就是辨别现在的凌云洲，是不是过去的凌云洲。

按理说，现在的凌云洲是傅见山。傅见山是久经沙场的资深特工，什么坏人都见过，用普通的办法肯定无法辨别。

于是，宫久想到用近距离"话聊"的办法。他通知宫本芳子，周末他在家里安排董兴川火锅，宴请凌云洲和黑川梅子。

宫本芳子见宫久主动为凌云洲安排家宴，自然非常高兴；凌云洲断定这是鸿门宴，又无法拒绝宫本芳子的盛情邀请，便勉强赴宴。

餐厅里，一个镌刻"川"字的大铜锅下面，炭火烧得正旺。

宫久指着大铜锅对众人说："董兴川火锅，现在闻名上海。当初我刚到上海时，老板董兴川还在无锡宰羊呢，现在却成为大财主，我还是当初的我，造化弄人啊。"

凌云洲说："现在你是特工总部情报处处长，随时可以拿捏董兴川，让他一夜之间还去无锡宰羊。"

黑川梅子做出"暂停"的手势："吃饭不谈工作。"她对面是凌云洲，她悄悄地观察凌云洲的所有肢体语言，并与她记忆中凌云洲的言行举止习惯一一比对。

凌云洲给宫久倒酒时，随口问道："你是沈阳事变（九一八事变）后来到上海的？"

宫久说："我在沈阳事变前离开上海的。"他说完给凌云洲敬酒，"在座各位都不是外人，我就称你傅先生了。"

"随便吧，一个称呼而已。"凌云洲向宫本芳子和黑川梅子举杯后，一饮而尽。

宫久放下酒杯，把手搭在黑川梅子肩上："在座各位已经是一家人，我就不说两家话了。听说上海各条隐蔽阵线都在疯传乌机关，其实没有人比我了解乌机关。"

凌云洲怔怔地望着宫久，似乎没有听懂他说什么。

宫久指着凌云洲说："傅见山，乌机关'鸟小组'组长，代号'刺鸟'。"

凌云洲依旧装傻。

宫久指着自己的鼻子说："我也是乌机关特工。"他指向黑川梅子，"她也是。"

凌云洲看看宫久和黑川梅子："你们——隶属哪个小组？"

黑川梅子不假思索地说："'鸟小组'，'青鸟'。"

凌云洲摇摇头："我不信。"

黑川梅子问："理由呢？"

宫本芳子轻声说："因为我才是'青鸟'。"她看了看黑川梅子，"这个理由如何？"她不等黑川梅子说话，进一步解释道，"我义父创建乌机关，必然让我加入。"

宫久不动声色地说："这种玩笑，好像一点儿都不好笑。"

宫本芳子转过身，大大方方地撩起旗袍，露出腰部的三羽乌文身。

宫本芳子的腰部为什么突然出现三羽乌文身呢？

原来，黑川梅子住进宫府后，令凌云洲感到不妙。因为傅见山所在的"鸟小组"成员"青鸟"已经死了，现在所有人都可能说自己是"青鸟"。

一旦有人冒充"青鸟"，指证凌云洲不是傅见山，凌云洲想证明自己是傅见山就太难了。

凌云洲一时想不出解决办法，就来到百老汇大厦1101室，对宫本芳子说出自己的担心。

"既然任何人都能变成'青鸟'，我也可以的。"宫本芳子淡定地说，"只不过我的腰部缺一个三羽乌文身而已。走，马上就有了。"她拉着凌云洲进入卧室，从床下拿出文身工具，"动手吧。"

凌云洲翻看文身工具："你怎么有这玩意儿？"

"梅机关没收的，我觉得好玩，就留下了。"

"据说文这玩意儿，很疼的。再者说，我的手艺也不行啊。"凌云洲有些犯难了。

宫本芳子拿出准备好的三羽乌剪纸："你把它贴在我腰部，用钢笔沿着边缘画下来，然后随便弄吧，肯定不难看。"她打开留声机，播放《刹那芳华》曲子，"听着音乐，你会放松些。"

她脱下旗袍，只穿着内衣，趴在床边。

凌云洲迟迟没有动手。

宫本芳子翻过身："大哥，我让你文身，不是让你欣赏，赶紧的。"说完，她冲凌云洲做了一个鬼脸，又趴在床上。

凌云洲咬咬牙，按照宫本芳子所说的方法，在她腰部文出一个活灵活现的三羽鸟图案。

宫本芳子背对着梳妆镜，扭头看腰部的文身，感觉非常满意，冲凌云洲竖起大拇指："你啊，与其做偷鸡摸狗的特务，还真不如开一家文身店。"

没想到，凌云洲和宫本芳子的准备，在两天后就派上用场。

宫本芳子点指凌云洲、宫久："你们身上也有这样的文身，但不一定有我的文身好看。"

黑川梅子摇头："一个文身能说明什么问题呢？"

凌云洲对宫久说："宫老弟隶属'鹤小组'，组长柴山哲也，你不是'灰鹤'就是'丹顶鹤'。"

宫久坦然承认："我是'灰鹤'。"

凌云洲对黑川梅子说："你的老师是土肥原，犬养中堂同意你加入龟机关，就不可能让你再加入乌机关。"

黑川梅子尬笑："我确实不是'青鸟'。"她对宫本芳子说，"你也不是'青鸟'。德川拓直才是。"她盯着凌云洲，"你应该读过蒋百里的《国防论》吧？"

凌云洲点点头。

黑川梅子说："大本营命犬养中堂启用'鸟小组'执行'绝杀计划'，首要目标就是蒋百里，且在昭和十三年（1938）得手。为何如此顺利呢？因为'青鸟'就潜伏在蒋百里身边。"

凌云洲听罢暗想："'鸟小组'成员德川拓直私自从重庆返回上海，'鸟小组'组长傅见山却不阻止，难道真是德川拓直暗杀了蒋百里？我若是傅见山，现在应该说什么呢？"

他化被动为主动，反问黑川梅子："我唯一感兴趣的是，你怎么知道这些。德川拓直擅自离开重庆后，我就对他失去掌控。"

黑川梅子大大方方地说："德川拓直与我在上海邂逅，他对我一见钟情。没办法，美貌具有征服力，他什么话都愿意对我说，哪怕是我不感兴趣的。"她说完，向宫久抛媚眼，"对不对？"

"不幸的是，德川拓直已经死了。"黑川梅子端起酒杯一饮而尽，"我只是一枚棋子，爱不爱谁，由不得我。"

宫本芳子说："可惜的是，德川拓直已经为帝国伟业献身了，你说什么就是什么，我们不得不信，包括你刚才说你是'青鸟'。"

"我说谎，是因为我想活着回到东京。"黑川梅子冷冷地盯着宫本芳子，"你——应该没有这个必要吧？"

凌云洲插话："芳子没有说谎。德川拓直擅自离开重庆后，犬养中堂就命令她取代德川拓直，成为第二只'青鸟'。"

黑川梅子嘴角一撇："看来，我也有机会成为第三只'青鸟'。"

宫本芳子生气了："黑川梅子，你诅咒我是吧？你啊，即使变成鸟，也飞不回东京的。"她指着宫久，"我就说嘛，你绝对不会无故请我吃饭。你到底想干什么？"

黑川梅子愤然离席。

宫久站起来说："我想请傅先生帮我找到'丹顶鹤'。傅先生，拜托了！"他说完起身追赶黑川梅子。

宫久追进东厢房客厅，见黑川梅子不但没有生气，还细心地煮茶。他心里稍宽，便挨着黑川梅子坐下。

黑川梅子把头靠在宫久肩上："德川拓直的事儿，我是可以瞒你的。"

宫久搂住黑川梅子的细腰："你我都是有很多故事的人，全部讲出来就没有意思了。在这个谁都不知道自己能不能见到明天早上太阳的时代，我们只能珍惜当下的一切。等你伤愈后，我们就举办婚礼。"

"婚礼就免了吧！"黑川梅子搂住宫久的腰，"一个很无聊的形式而已。"

宫久捧起黑川梅子的脸，深情地注视她："如此潦草地娶你，岂不委屈你了？"

黑川梅子深情地说："一个转身，就是两个世界。我们——就没有必要留下那么多让自己痛苦的记忆了。"

宫久把黑川梅子紧紧地拥入怀里。

不知道过了多久，黑川梅子起身坐到宫久腿上："我一直想不明白，傅见山在重庆被捕，为何关在提篮桥监狱？是不是重庆方面设计的大阴谋？"

"你还是怀疑傅见山的身份？"宫久问。

"不是怀疑，是女人的直觉。我总有一种不好的感觉，我们面前的人，不是傅见山，而是凌云洲。"黑川梅子温柔地抚摸着宫久的脸，"我这个'青鸟'是货真价实的，至少在村上云昔那里是。"

"资深特工村上云昔就那么相信你吗？"宫久盯着黑川梅子。

"没有村上云昔同意，我岂敢冒充'青鸟'？"黑川梅子说，"村上云昔是我的招募官，他知道我和德川拓直的违纪行为后，本想处置我，德川拓直以死要挟，他才把我发配到南京潜伏。后来，我策反了宋鸣谪，他才把我调入海军情报处上海站。后来，我奉命近距离调查凌云洲，被蒋文汉搅黄了，然后凌云洲就死了。"

宫久半晌没有说话。

"你在想什么呢？"黑川梅子搂住宫久的脖子。

宫久亲吻黑川梅子的脸颊后，问："我能不能控制海军情报处上海站？"

"天皇同意，自然可以。"黑川梅子似乎看出宫久的心思，"不过，你要想控制海军情报处上海站，必须先控制德川拓直在崇明岛创建的青铜特训营。"

"为什么？"

"青铜特训营培训出来的特工，业内称为'青铜战士'。"黑川梅子解释道，"每个特工出营前，要在青铜特训营里栽种一棵青铜树。"她撒娇道，"哎呀，我都帮你想办法，你也帮我想想办法，如何识别傅见山。"

宫久想了想："你可以用龟密码验证傅见山嘛。"

"确实是好办法，你怎么不早说呢！你摸摸，我的胸口都愁出两个大包了！"黑川梅子拉起宫久的手，按在自己的胸部。

~ 304 ~

时间：1943 年 5 月 2 日，星期日。

地点：上海，公共租界，江公馆；日占区，极司菲尔路 76 号。

凌云洲站在苏州河边的大树下，注视着江公馆。

江澄子站在江公馆门口，默默地望着凌云洲。

三分钟后，凌云洲向江澄子挥挥手，转身沿着河边向前走。

江澄子望着凌云洲的背影，泪水夺眶而出。她见左右无人，慢慢地走到大树下，站在凌云洲与她对视的位置，深深地吸口气。

江澄子见大树底下有一支完整的香烟，弯腰捡起，走回江公馆。

凌云洲躲在一棵大树后，看着失落的江澄子，顿感内心无比沉重。他目送江澄子进入江公馆后，到南京路商业街买了一盒蜂蜜蛋糕，赶往静安寺路茉莉咖啡馆。

宫本芳子坐在茉莉咖啡馆里靠窗的位子，双臂抱在胸前，凝望窗外。她见凌云洲提着蜂蜜蛋糕走进来，赶紧佯装喝咖啡。

凌云洲将蜂蜜蛋糕放到桌上，边打开包装盒边说："这是你最喜欢吃的蜂蜜蛋糕，你尝尝味道对不对。"

宫本芳子没有吃蜂蜜蛋糕，而是问道："你见到江澄子了？"

凌云洲摇摇头："离婚后，互不打扰。"

宫本芳子摆手喊来服务生，给凌云洲要了一杯咖啡。

两个人默默地喝着咖啡，心里都有很多话，却无从说起。

吧台电话铃响了，服务生喊凌云洲接电话。

凌云洲接完电话，回来对宫本芳子说："潼川到特工总部找我，见我不在，就把电话打到这里。我已经给陈恭如打电话，要他替我支应一会儿。"

宫本芳子叹了一口气："唉，真是阴魂不散！你先回去吧，我再坐一会儿。"

凌云洲驾车离去。

陈恭如走出办公楼,见潼川站在大门口,紧走几步迎上去:"潼课长大驾光临,有失远迎,罪过罪过!"

潼川摘下墨镜,故意问陈恭如:"凌主任呢?"

"他出去办事了。他打电话来,再三叮嘱我做好接待您的工作。"陈恭如谦卑地说,"要不——您到我办公室坐一会儿?他马上就到。"

潼川撇嘴:"他抛弃我表妹,故意躲着我吧?好,我就在这里等他。"他说完,负着双手在院子里来回溜达。

陈恭如站在原地,望着潼川。

凌云洲驾车进入特工总部院内,下车后径直走向办公楼。陈恭如走到潼川面前,指着凌云洲的背影:"他来了。我带您去他的办公室。"

陈恭如把潼川带到凌云洲的办公室。

陈恭如刚想介绍,凌云洲把一份文件扔到他脚下,大声骂道:"行动队的账目,还能再乱点儿吗?拿回去重报!"

陈恭如捡起文件,见上面写着"拟同意",瞥了凌云洲一眼,故意低头摆出接受批评的架势。

凌云洲骂道:"我就讨厌你这种到处装大尾巴狼的人,哪里都想插一脚。关心别人胜过关心自己,你怎么不对自己的事情上心呢?滚!"

陈恭如知道凌云洲在指桑骂槐,偷偷地瞥了潼川一眼,悄悄地退出去。

凌云洲示意潼川坐到沙发上,指着门口接着骂:"给脸不要脸的东西,什么玩意儿啊。呦,潼课长找我什么事儿?我都被这群王八羔子气糊涂了,你别介意。"

"凌主任对中共'佛手'感兴趣吗?"潼川上半身前倾,"还有重庆的'老夫子'——"

"不感兴趣。"凌云洲靠在椅背上,"我要是对他们感兴趣,他们就会对我感兴趣,最终不是我杀了他们,就是他们杀了我。无论结果如何,都不好玩儿。"

"凌主任看完这张照片，说不定就会对他们感兴趣了。"潼川从公文包里掏出一张照片放到办公桌上，"这个人就是'老夫子'。"

凌云洲瞥了一眼潼川，又瞥了一眼照片，最后拿起照片细看。他看见照片上的人是唐公馆管家关叔，担心潼川用照片试探他，便故意端详照片："怎么感觉这么眼熟？我好像在哪里见过这个人——"

"你对唐司令的管家关叔是否有印象？"潼川望着凌云洲。

"对，对，就是他！"凌云洲拍了两下额头，"妈的，我这记性，都不适合做这一行了。"

"他不是关叔，他是关叔的孪生兄弟、现任国立交通大学交通运输系主任关之杰。"

"关之杰？"凌云洲又拿起照片细看，"他还兼任上海市政府交通部部长呢，怎么可能是重庆方面的特工呢？"

潼川低声说："凡事无绝对，一切皆有可能。"

凌云洲盯着潼川："你确定他就是重庆方面资深特工'老夫子'？你有直接且过硬的证据？"

"帝国军队进驻香港前，关之杰曾在香港做过一笔生意。"潼川从公文包里又掏出一张发黄的单据递给凌云洲，"这批货物产自上海，却发往重庆。我查过所有车站和码头，均没有找到这批货物的出库记录。那么只有一种可能，这批货物属于禁运系列物品，他们是通过特殊渠道运出上海的。"

凌云洲见单据抬头是香港维多利亚港码头提货单，提货人是关之杰，佯装不懂："这能说明什么呢？仅凭这个就能确定关之杰是'老夫子'，这也太牵强了吧？"

潼川说："村上云昔认为关之杰就是'老夫子'，并要求你配合我执行甄别工作。"

凌云洲皱眉："海军情报处为何要插手陆军部的事情？犯忌啊。"他又改口道，"梅机关确实交代过，要我配合你工作。我们说好啊，特工总部仅仅配合你工作，不对结果负责。"

凌云洲见潼川说完这件事，还没有走的意思，就问道："你——还有什么事儿？"

潼川支吾道："我想知道，你为什么放走彼得洛夫。"

"放长线钓大鱼嘛。只要他不离开上海，就是我砧板上的鱼，放在哪里养都一样。"

"可是，有些鱼已经成为漏网之鱼了。"潼川说，"他是你放走的，你是不是应该把他找出来呢？"

凌云洲靠在椅背上，一脸无所谓的样子："我能抓他，就能放他。"

话不投机，气得潼川起身离去。

~ 305 ~

时间：1943年5月2日，星期日。

地点：上海，日占区，愚园路；公共租界，南京路。

唐琳接到延安方面的密电，要她领导的"佛手小组"主持苏联代表与重庆代表在上海商谈中国某地归属事宜。

她把"佛手小组"办公地点，设在子夜茶楼。

孟可进入阁楼向唐琳汇报："'猎户'同志已到上海，可恨的是，姓蒋的不但不感激我们攒局儿，还想乘共产国际解散之机派兵围剿老家。我们要不要给老家传个信？"

"老家的人岂能不明白姓蒋的小九九？"唐琳说，"不过，我们还得提醒西安的同志，留意胡宗南部的动向。"她从包里掏出一张《申报》递给孟可，"你看看这个。"

报纸上有一则被钢笔圈起来的交易广告：

东北皮货，质优价廉，急于出手。

有意者于28日8时豫园面谈。

"这是'猎户'同志发出的接头信息。"唐琳叹了口气,"唉,28日我遇到一点儿小麻烦,我8点半才赶到豫园,却看到彼得洛夫被梅机关的人抓获。我开始认为'猎户'同志在约定时间没有见到我,肯定会离开豫园,便启动第二次约见程序,却一直没有等到'猎户'同志的回音。我判断,彼得洛夫应该是'猎户'同志,他被困在梅机关,无法回应。"

孟可问:"梅机关知道彼得洛夫是'猎户'吗?"

唐琳肯定地说:"梅机关应该还不知道他是苏方会谈代表。"

"梅机关就是鬼门关啊。"孟可说。

"他逃出来了。"唐琳说,"江澄子大闹四行仓库,我们的'31号'同志趁乱救出他。"

"进入梅机关的人,脚下干净不了。"孟可想了想,"我替你见见'猎户'同志,看看他的成色。"不等唐琳反对,他接着说,"你还有更重要的任务。你要以大局为重,必须接受我的建议。"

唐琳无奈地点点头:"老简必须离开上海。中山公园里那么多人,恐怕他已经暴露了,你抓紧时间与老简谈谈这件事。"

唐琳走后,孟可把简子让叫到阁楼,代表组织向简子让传达要他撤离上海的命令。

简子让急了:"'佛手小组'人手本来就少,我怎么能在组织需要我的时候离开上海呢?老孟,我来上海是革命的,不是保命的!"

孟可劝道:"老简,这是组织的命令,你不能违抗。"

简子让说:"前线的同志,哪天不是面临生死?哪一仗没有危险?现在我疑似有危险就要撤离,我丢不起那个人。如果你非要我离开茶楼,没问题,但我不会离开上海。我的角色不重要,最适合蹚雷了。"

孟可见自己劝不了简子让,只好作罢。

"汪主席亲笔批示,忠于南京政府,堪称我辈楷模!"报童一边在人群中穿梭,一边举着报纸高喊。

站在街边看报的红叔，听到汽笛响，抬头看见江澄子、唐琳和罗亭从轿车里钻出来。

红叔笑呵呵地走到罗亭面前："罗小姐与唐氏少掌门喜结连理，恭喜恭喜！"

罗亭微微弯腰："谢谢红叔！"

唐琳和红叔是老相识，见他笑靥如花，揶揄道："我们相识这么多年，我还第一次见你这么高兴！"

江澄子笑道："罗姐姐结婚，红叔做婚服，有钱赚嘛，他怎么会不高兴呢？"

红叔笑道："江小姐说到点子上了，我也是第一次做这么贵的婚服。这里不是说话的地方，三位里面请！"

待三人进入店内，红叔挂出"今日歇业"的牌子，关上店门，把三人带进密室开会。

唐琳向众人介绍了中苏两方代表在上海会谈的来龙去脉后，说道："龟机关在中苏争议区设有情报网，我判断他们已经截获了这方面的情报，并在上海张网以待，不然丹尼尔同志和瓦西里同志牺牲就无法解释。"

江澄子问："既然中苏代表在上海会谈存在巨大风险，为什么不安排在别的地方呢？"

唐琳说："苏方代表坚持把会谈地点设在上海，我们只能配合。但是，我们也要审时度势，不做无谓的牺牲。骄傲自大的彼得洛夫，就是典型的例子。"

江澄子难以置信："难道彼得洛夫就是'猎户'同志？这个消息是不是应该让凌云洲知道？"

唐琳、罗亭、红叔表示同意。

江澄子接着说："凌云洲传来消息，我表哥潼川竟然是日本海军情报处上海站行动一课课长，铁杆汉奸。还有，同盟国远东特工首次合作不太顺利，美国方面称'H小组'里有日本间谍，开展合作之前必须查出内鬼。"

唐琳说："共产国际解散在即，同盟国远东特工合作具有划时代的意义。

这次合作，意味着同盟国隐蔽战线可以情报共享。老家指示我们，竭尽所能促成这次合作成功。"

江澄子点点头："苏菲怀孕了，必须离开上海。现在日本各方特工都盯着她，必须启用侍六组秘密运输线。"

唐琳说："启用侍六组秘密运输线，一定要慎之又慎。一旦被安子铭察觉，你的身份必然暴露，我觉得这样做有点儿得不偿失。"

红叔说："侍六组秘密运输线，是上海通往外边的安全通道，一旦被毁，很难重建。到那时候，军统就会与青帮、汉奸互通款曲，不知道那些鱼鳖虾蟹闹出什么笑话。"

罗亭建议，先不要轻易启用侍六组秘密运输线，先借助她与普乐天的订婚仪式送走苏菲。

唐琳、江澄子、红叔表示同意。

第十五章　审查风云

~ 306 ~

时间：1943 年 5 月 3 日，星期一。

地点：上海，日占区，极司菲尔路 76 号，愚园路。

事出反常必有妖。

在特工总部办公楼的走廊里，凌云洲遇到宫久。宫久的目光，一直锁在凌云洲身上，让凌云洲一时间手足无措。

凌云洲进入办公室，宫久随后跟进来。

"今天他怎么这样盯着我？"凌云洲走到办公桌后，一眼就看见桌上的火柴盒下面压着一封电报。

"这是什么电报？什么时候送进来的？现在自己看还是不看？"无数个问号挂在凌云洲心头。他扔给宫久一支烟，想转移宫久的注意力。

宫久掏出打火机点烟，视线依旧在凌云洲身上。

凌云洲感觉后脖颈儿冒凉风。

电话铃声遽然响起。凌云洲一把抓起话筒："喂，澄子？见面？我们还有必要见面吗？我的日记本？好，我这就去。"

凌云洲挂断电话，起身走到宫久面前："江澄子要提供凌云洲的日记本，里面应该载有凌云洲的私人秘密，我必须尽快拿到手。"

宫久却问道："你还回来吗？"

"我拿到日记本后直接回家。"

宫久略显失望地瞥了一眼桌上的电报，起身离去。

电话确实是江澄子打来的。她以送日记本为由，想把与"猎户"相关的消息告诉凌云洲。

凌云洲在法租界一个僻静的巷口钻入江澄子的轿车。

江澄子专心致志地驾车前行。凌云洲满腹心事，又不能言说。一纸离婚协议，似乎把他们的距离拉到无限远。尽管他们知道，这一切都是迫不得已。

三分钟后，江澄子才轻轻地说："彼得洛夫就是'猎户'。"

"谢谢。"凌云洲客气地说。

江澄子无奈地说："注意安全！"

凌云洲下车后，乘坐黄包车赶到愚园路江家冷库，推开铁门，看到普乐天站在大树下，无聊地踩着枯叶。

待凌云洲走到面前，普乐天便问："看到龟密码了？"

"重庆方面提供的资料不够全面。"凌云洲说，"德川拓直手下还有一个黑川梅子，他们之间很可能用龟密码联系。"

"处处少不了这个烂婆娘！"普乐天愤愤地说，"看来黑川梅子比你精通龟密码，一旦她使用龟密码验证你，你很容易露馅儿的。"

凌云洲说："我办公桌上突然出现一封电报，应该需要龟密码破译。当时宫久一直盯着我，我假装没看见电报。好在我的记忆力没有减退，记下电文。"凌云洲掏出写有八组四位数字的便笺，递给普乐天。

"在用你替换傅见山过程中，出现了几个不符合常理的现象，他们不可能轻易相信你。"普乐天接过便笺细看，思索一会儿，"电文是'我是共党，任务完成'。"

"看来还是黑川梅子了解我。这个女人太讨厌了，阴魂不散啊。"

"日本女人都中了军国主义的蛊，无药可救。她才是你的真正敌人。"普乐天顿了一下，"听说过'老夫子'吗？"

"你也在找'老夫子'？"

"军统上海站的积压任务，戴遇侬让我找找他。"普乐天将便笺点燃。

"巧了，这个人你应该认识。"凌云洲说，"国立交通大学交通运输系主任关之杰。"

普乐天难以置信："关叔的胞兄，怎么可能是'老夫子'呢？"

"日本人怀疑他是'老夫子'。日本人的情报向来很准的，八九不离十是他。"凌云洲说完，拍了拍普乐天的肩膀，"现在你的任务比我的任务艰巨，面对的敌人很狡猾，你必须处处小心。我还有点儿事，回聊。"

凌云洲辞别普乐天，找到公用电话亭，往梅机关打电话，约宫本芳子在百老汇大厦见面。

宫本芳子驾车来到百老汇大厦时，凌云洲未到，便在1101室坐等。

凌云洲开门进来，坐到沙发上，拿起一张纸，写下他办公桌上那封电报的电文，递给宫本芳子，"你试着译一下。"

宫本芳子看了看纸上的几组数字："这是日军废弃的红码，怎么还有人使用？"她仅用几秒钟便破译出来，"明日袭击特工总部"。

凌云洲见宫本芳子不费吹灰之力便破译出电文，且电文内容与普乐天用龟密码破译的完全不一样，立即明白黑川梅子和宫久并不相信他是傅见山，用这种下三烂的办法验证他。

想到此，他说："用龟密码破译，就是'我是共党，任务完成'。"

"同样的电码，译文不同。天啊，看来犬养中堂没少花心思。"宫本芳子感慨道，"你在哪里得到如此奇怪的电报？"

"应该是宫久和黑川梅子送给我的隐形炸弹。"凌云洲对宫本芳子说，"有你这样优秀的拆弹专家，我还有什么好担心的！"

~ 307 ~

时间：1943年5月3日，星期一。

地点：日本，东京，大本营。

东条初音驾驶摩托车缓缓驶入大本营大门时，一辆卡车从她身边冲过去，停在停车场。

四个荷枪实弹的日军兵长打开卡车后厢门，拽出两个头戴黑色头套、身穿巢鸭监狱囚服的人。

东条初音停下摩托车，目送两个囚犯被押进新设立的龟机关。

"东条课长！"一个日军兵长跑过来，"晴气课长请您去龟机关。"

东条初音直接把摩托车驶到龟机关门口，瞥了一眼刚刚挂上去的木牌，下车负着手走进去。

晴气武夫站在大厅中央，像下级见到上级一样谦卑，向东条初音微微躬身："东条课长！"

东条初音摘下墨镜："晴气机关长如此客气，我可受不了。"

晴气武夫站直身子："我现在是大本营中国课课长，兼任龟机关情报课课长。"

一身戎装的藤田也夫走进大厅，低声对东条初音说："今天大本营和内阁会审中山功。"

东条初音微微皱眉："刚才押进来的囚犯就是中山功？"

晴气武夫点点头："还有一个，尾崎秀树。"

藤田也夫做出"请"的手势："二位请。"

三人沉着脸，走进审讯室。

绑在刑架上的中山功和尾崎秀树，对视一笑，根本不把东条初音等人放在眼里。

藤田也夫站在尾崎秀树面前，上下打量。

尾崎秀树微微一笑："老朋友，没想到我们还能见面，非常感谢你来看望我。"

藤田也夫摇摇头："我不是来看望你的，而是来问候他的。"他指着中山功说。

晴气武夫走到中山功面前，大声说："中山功，我在上海待得好好的，可惜被你请回东京了。我能不能回到上海，就看你能不能支持我了。"

中山功看看左右的刑架框："我还能支持你？"

晴气武夫点点头："很简单，只要你如实供述，就算支持我。"

中山功摇摇头："很遗憾，我不善于撒谎。"

尾崎秀树盯着面前的三个人："你们要我证明中山功是日共？真可笑，我是共产国际成员，不是日共，怎么能证明他是日共？"

藤田也夫盯着尾崎秀树："那就请你告诉我，谁是白川次郎。"

尾崎秀树和中山功对视一眼，同时哈哈大笑。

中山功止住笑声，对藤田也夫说："白川次郎嘛，是我随意取的笔名。我就是白川次郎，白川次郎就是我。"

尾崎秀树说："确实如此。"

藤田也夫抓住中山功的头发："你写的'向西去'，是什么意思？"

中山功冷笑："中国在日本的什么方向？"

藤田也夫随口答道："西方。"

尾崎秀树补充道："去中国，不就是'向西去'嘛。大部分大和民族儿女，不都是向西去了嘛。"

藤田也夫冲中山功摇摇食指："不，不，你的'向西去'，是'去延安'的意思。"

中山功说："你们执意认为我是日共党员，我也没办法，随你们怎么想吧。"

东条初音有些不耐烦了："藤田机关长、晴气课长，东京警视厅审讯他俩一年多都没有收获，我们还要跟他们说废话吗？"

藤田也夫问晴气武夫："他们一心想死，我们救不了他们的。我看我们还是整理审讯记录吧。"

东条初音找个借口离开龟机关，走向大本营情报课。

她发现院子里停着一辆改装的军用卡车，便放缓脚步，向面前的大楼望去，发现每层楼都有一个房间紧闭窗户。

东条初音假装系鞋带，偷偷地看身后，发现站在龟机关楼门口的藤田也夫也在扫视院内。

"难道大本营启动了最高级别的监控程序？整个大本营的员工都被监视？为什么要这么做呢？一定与山本五十六之死有关。大本营处于一级战备状态，这种命令只有天皇才能下达。"

东条初音顿时意识到，龟机关已经变成天皇私人情报机关，"仁者"从传说中走到现实中。幕后操控手，应该是宫本正仁。

东条初音刚想到宫本正仁，就看到宫本正仁向她走来。

东条初音向宫本正仁立正、颔首。

宫本正仁沉着脸，低声说："我希望藤田也夫交出隶属内阁的龟机关，你交出隶属大本营的情报课，全部归属天皇重建的龟机关。"

东条初音不卑不亢地说："只要天皇降旨，我照办。"

"三天后，你应该能看到天皇的手谕。"宫本正仁冷冷地说，"我提醒你，天皇已经下旨，大本营进入一级战备状态，这里的人——只进不出。"

东条初音问："我去见首相也不行吗？"

"三天后，也许可以，也许不可以！"宫本正仁转身离去。

东条初音气得返回龟机关。她刚走进楼门口，就被晴气武夫请进会议室。她看见三个座位前都摆放着"中山功审讯记录"。

晴气武夫指着"中山功审讯记录"说："中山功的审讯记录，我已经整理好了，打印三份，二位看看还有没有遗漏。"

藤田也夫说："很多人希望中山功是日共，我们就满足他们的迫切需要吧。"

东条初音说："这次审查中山功是假，审查我们才是真吧？不然宫本正仁为什么命令我们三天内不能离开这里？他为什么要这么做？"

藤田也夫有气无力地说："都是因为白川次郎。"

东条初音问藤田也夫："你与白川次郎有什么关系？"

藤田也夫说："昭和六年，我在《朝日新闻》上刊登一篇名为《中国会不会亡国？》的文章，那时我还是记者，笔名就叫白川次郎。"

晴气武夫问："东京警视厅调查白川次郎时，为何没有找到署名白川次郎的文章？"

藤田也夫说:"当年'绝杀计划'失败,我被调到东京警视厅,负责调查白川次郎的人就是我。我自作聪明,销毁了所有报纸。万万没想到,皇宫里还保存着一份报纸。"

东条初音摇摇头:"没想到,宫本正仁连十年前的废报纸都能找到,看来他别有用心啊。"

藤田也夫拿起"中山功审讯记录",看看东条初音和藤田也夫:"不要妄议上峰,你们还是签字吧。"

东条初音和晴气武夫进入沉默状态。

藤田也夫把"中山功审讯记录"往面前一扔:"我就知道你们不会签字,就这么递上去吧。"

~ 308 ~

时间:1943 年 5 月 3 日,星期一。

地点:上海,日占区,上海日本宪兵司令部。

德川拓人站在窗前,想起他在香港经历的一幕。

一架轰炸机从维多利亚港的上方呼啸而过,数枚炸弹依次落入海里后,水柱冲天而起。

那架轰炸机被日军高射炮炮弹击中,顿时火光冲天,映红香港夜空。

德川拓人躺在小船上,望着轰炸机的残骸纷纷坠入海里,却感觉落到他的心头。

那架轰炸机为了掩护他和他手上的那份名单——潜伏在美国的日本特工名单,故意扑到日军的防空网上。

根据那份名单,美国战略情报局联合美国联邦调查局,一举摧毁日本设在美国的情报网。此役中,德川拓人贡献巨大,成为美国反谍英雄。

他成为英雄的代价,就是亲手将女朋友送上不归路。

此刻，身在上海的他，手里拿着女朋友的照片，情不自禁地落泪。照片上，是一个非常年轻漂亮的美国女人。他亲吻落满泪水的照片，推开窗户，点燃照片，注视着四处飞扬的灰烬。

雅子推门进来，见德川拓人站在窗前发呆，便站在门口。

德川拓人转身冲雅子点点头。

雅子走到德川拓人面前，低声说："八名宪兵在四行仓库玉碎。"

"这是战争的一部分，无法避免。"德川拓人冷冷地说。

"我们如何向德川将军交代？"雅子满脸忧虑。

德川拓人把双手搭在雅子的肩膀上："现在你最应该考虑的事情是，如何向村上云昔交代。"

"因为我爱你，所以我背叛村上云昔，但我对自己的选择并不后悔。"雅子眼中柔情似水。

"村上云昔贪得无厌，最不该把你安插在宪兵司令部做他的眼线。"德川拓人说，"我父亲见过太多的坏人，你的小伎俩岂能逃得过他的眼睛？好在昨晚你向我坦陈一切，我才在父亲面前为你作保。"

"你父亲准备怎么处置我呢？"

"一切照旧，你该做什么就做什么。"

雅子意识到，德川长运也要她做眼线。在她看来，只要能和德川拓人在一起，做什么都值得。她深情地望着德川拓人，偎依在他的怀里。

德川拓人亲吻雅子的同时，眼角余光瞥见江澄子走进院子。他附在雅子耳边轻声说："江澄子来了，你回避一下。"他说完，转身走到办公桌后面坐下，假装审阅文件。

雅子出去后，江澄子敲门进来。德川拓人示意江澄子坐到沙发上。

江澄子站在一幅画前，轻声问："如何独自留？什么意思？"

"人生欲白头嘛。"德川拓人缓缓起身，走到江澄子身后。

江澄子转身冲德川拓人竖起无名指，暗示她是"无名指先生"。

德川拓人冲江澄子竖起大拇指，暗示他是"大拇指先生"。

德川拓人与江澄子对视一笑，象征性地握手。

"'黑石'让我来见你。我要入股枫商会,开辟第二条通道,需要你配合。"江澄子坐到办公桌前的椅子上,示意德川拓人坐到办公桌后面。这样,他们才像洽谈生意。

德川拓人坐下后,轻声问:"我怎么配合你?"

"转让四行仓库地块,是千叶枫提出的条件。"

"你的股份占比是多少?"

"最后可能是百分之百。"江澄子从坤包里取出信封递给德川拓人。

"你是不是太贪了?"德川拓人笑着接过信封,随意地放在办公桌上,"不过也好,不贪就不能狠嘛。"

雅子进来通知德川拓人去会议室开会,江澄子起身告辞。

德川拓人整理好军装,把信封锁进抽屉,随手拿起文件夹赶往会议室。

他刚坐下,德川长运就进来坐到主位上,直接宣布道:"'2号作战'于后天发起,大本营命令沪、宁、汉三地严守情报阵地,严查城防漏洞,确保'2号作战'胜利。"

松井久太郎补充道:"'2号作战'行动,是大本营目前首要任务。原因嘛,在座诸位都清楚,帝国海军在太平洋战场接连失利,急需支那战场的胜利鼓舞国民士气。"

"支那战场从来都不是问题,问题在于我们内部,不然山本司令官上月殉国的事情就无法解释!"村上云昔嘬着空烟斗,阴阳怪气地说。

"肯定是我们内部有内鬼。"德川拓人将文件夹摔到面前。

村上云昔的脸变成猪肝色:"德川课长所言不虚。海军情报处美国站经过调查,证实向尼米兹[1]提供情报的人是苏联特工彼得洛夫。"

柴山哲也面无表情地问:"彼得洛夫有那么大本事?"

村上云昔盯着柴山哲也:"就像我们无法相信佐尔格窃取帝国太多情报一样,我们也无法相信彼得洛夫的神通广大。"

柴山哲也争辩道:"无论在长春,还是在上海,我都把彼得洛夫盯得死死

---

[1] 切斯特·威廉·尼米兹(1885—1966),美军五星上将,"二战"时任太平洋战区的盟军总司令。

的，他根本没有机会窃取帝国海军的情报，更何况山本司令官的行踪属于绝密级。"

村上云昔反问柴山哲也："你把他盯得死死的，他是如何从你手里逃走的？"

柴山哲也"呼"地一下站起来，狠狠地盯着村上云昔。

"你放走了杀害山本司令官的元凶！"村上云昔也狠狠地盯着柴山哲也。

柴山哲也猛地坐下，扫视在座的人："诸位，请相信我，我一定能让彼得洛夫马上归案。"

村上云昔撇嘴："你让我们看到他的尸体，就算你成功！"

松井久太郎赶紧插话，对德川拓人说："德川课长，抓捕彼得洛夫的事，就由你们特高课负责吧。"

德川拓人起身领命。

松井久太郎转向柴山哲也："柴山机关长，梅机关要确保'2号作战'情报安全无虞！"

柴山哲也点点头："我建议，'2号作战'情报只限于军部高层，不公布、不解释，确保该行动万无一失。"

德川长运双手下压："这个议题到此为止，下面讨论'H小组'相关事宜。"他冲村上云昔努努嘴，"村上将军，说说你的意见。"

村上云昔说："根据我们掌握的情报，重庆方面的'姜太公'筹划同盟国远东特工组建'H小组'，得到美英两国参谋长联合委员会支持，并交由'姜太公'全权指挥。"

德川长运说："这个'姜太公'，就是我们的老对手安子铭吧？"

村上云昔点点头："据说安子铭只信任'H小组'中的'T先生'。我们一直在查找'T先生'，遗憾的是，他一直不现身。我们现在能做的，只能是以静制静。"

德川长运说："看来，我们有必要清查上海的所有美国人。"

村上云昔说："将军高见。我们一定督促海军情报处上海站秘密清查所有客居上海的美国人。"

第十六章　拐　点

时间：1943 年 5 月 4 日，星期二。
地点：上海，日占区，极司菲尔路 76 号。

作为武汉特工总部骨干，林森木想到无论自己如何对日本人尽忠尽孝，都得不到日本人重视，心里无限感慨。莫名的打压、无情的否定，像盆冷水浇头，让他从头凉到脚。

既然自己做什么都不对，那就什么都不做。

"日本人布置任务，我就偷工减料地干，应付了事；日本人不布置任务，我就宅在家里，不吭声不惹事。"林森木说到这里，眼睛里透着莫大的委屈。

宫久说："林处长，你这样做就不对了啊。我们干的就是憋屈的活儿，赚的就是受委屈的钱。我们跟主子较真，就等于跟祖宗较劲。最后吃亏的，肯定是我们。"

凌云洲冲宫久竖起大拇指："还是宫处长看得通透！"

宫久摇摇头："凌主任过奖了，我只是感同身受而已。我们既然是骡子命，就别惦记传宗接代了。"

"哈哈！"江天来忍不住大笑，"我还以为自己是驴呢，没想到是骡子，悲哀啊！"

陈恭如点指各位处长："瞧瞧，你们这群牲口！"

他们在务虚会上闲聊一个多小时，把过场走完，各自离去。

宫久跟随凌云洲来到办公室，大大咧咧地坐在凌云洲的办公桌上，看到那封电报还在原来的位置，似乎没有动过。

"什么时候送来的电报？怎么都不打招呼呢？"凌云洲拿起电报看了几眼，"什么啊，太无聊了吧？"说完他把电报扔给宫久。

宫久接过电报看了看："我拿到电讯处，让他们破译？"

"这是用龟密码编写的电报，电讯处没有人懂的。不过，我不用密码本就能看懂——我是共党，任务完成。"

宫久说："真够无聊的，共党还没傻到满大街嚷嚷想干啥的地步吧？我估计这里面有诈，让电讯处查查它来自哪里？"

凌云洲摆摆手："不用查。能使用龟密码编写电文的人，只有我、普乐天、乔家元和德川拓直。乔家元四年前就死了，德川拓直已经玉碎，剩下的就是普乐天了。不过，普乐天是富家子弟，除了勇气啥都不缺，不可能是他。我怀疑是千叶枫所为。"

宫久说："刚才你说只有你、普乐天、乔家元和德川拓直能使用龟密码，不包括千叶枫啊。"

"别忘了，千叶枫是海军情报处上海站情报课课长，在他那里，谁都没有秘密可言。"凌云洲说。

就在凌云洲和宫久在办公室闲聊的时候，杨枢驾驶蓝色轿车驶到特工总部大门口，缓缓停下。

四个值岗的特务相互看了看，一个特务掏出手枪慢慢地走到蓝色轿车前。

一颗美式手雷从蓝色轿车里飞出来，落到特工总部大门口。

杨枢戴着墨镜，一手持短枪，一手持冲锋枪，一个点射，击毙靠近轿车的特务，紧接着一片弹雨扫向处于蒙圈状态的三个特务。

"轰"的一声，手雷爆炸，特工总部大门被炸掉。

不等院内的特务反应过来，杨枢驾车驶向前面的街口，拐到一条巷子里，换乘黑色轿车快速离去。

第十六章 拐 点

宫久率先站到窗前，看到大门口的惨相，扭头对凌云洲说："凌主任，有人偷袭我们。"

"他娘的胆子真肥！"凌云洲起身走到窗前，探头察看大门口。

宫久盯着大门口："能使用手枪、手雷、冲锋枪的人，肯定不是普通流氓地痞。"

凌云洲挥手："出去看看。"

凌云洲带领几个处长来到大门口察看。有特务向凌云洲报告，在不远处的巷子里发现作案车辆。

他们来到蓝色轿车前。

江天来打量蓝色轿车："蓝色轿车，上海极少。作案人是不是有毛病啊？使用这么有特点的作案工具。"

陈恭如用肘部撞了撞江天来，示意他不要说话。

凌云洲盯着陈恭如："陈队长，你认识这辆车？"

陈恭如支支吾吾地说："上海只有一辆蓝色轿车，登记在公共租界工部局总董李德尔名下。这辆轿车充公后，归李主任保管，大部分时间停放在愚园路1136弄的李公馆。"

"难道作案者盗用了这辆车？"凌云洲拉开车门，"让痕迹鉴定处的人过来，提取作案人的指纹。"

"万一是自家人干的怎么办？"林森木自言自语。

"凉拌！"凌云洲指着特工总部方向吼道，"赶紧找人把大门修好！真是丢人丢到家了！"

~ 310 ~

时间：1943年5月4日，星期二。

地点：上海，日占区，梅机关。

黑川梅子忐忑不安地走进苏菲的办公室。

房间里还残留着苏菲的生活痕迹。黑川梅子小心翼翼地查看，想找到与苏菲逃跑有关的线索。

她找了半天，一无所获，心事重重地站在窗前。

她怎么都想不明白，柴山哲也为何让苏菲出任国际课课长；她更想不明白，德川长运为何要放走苏菲。

已经矛盾重重的梅机关和上海日本宪兵司令部，还能相安无事，背后应该有一个人在暗中操控。

这个人是谁呢？

原来是犬养中堂，后来是宫本正仁，现在是谁呢？

她实在想不出来，回到桌前坐下，扯过一张纸，依次写出宫本正仁、宋鸣谪、德川拓直、凌云洲、中村宇都……

她将凌云洲和中村宇都划去，补充上宫久，盯着"宫久"二字看。

敲门声把黑川梅子的思绪拉回来，起身开门，见宫本芳子站在门口。

"请进！"黑川梅子非常客气地做出"请"的手势。

宫本芳子坐到沙发上，开门见山地说："傅见山说，用龟密码验证他太低级了。他让我转告你，龟密码和'紫码'都是在'红码'的基础上演变而来的。昭和十三年，乌机关'鸟小组'使用龟密码；昭和十四年，帝国军队使用'紫码'。傅见山说，既然'红码'是母本，他就按照'红码'破译电文，送给你和我哥。"她说完，把写有八组数字和译文的便笺递给黑川梅子。

"'红码'？"黑川梅子没想到龟密码也是"红码"的升级版，连忙走到办公桌前，用"红码"翻译八组数字，结果译出的电文是"明日袭击特工总部"。

宫本芳子见黑川梅子一脸诧异，补充道："一个小时前，特工总部遭遇袭击，四人遇害，大门被炸掉。"

黑川梅子大惊失色，转而强作镇定："也许是巧合。"她盯着宫本芳子，"傅见山怎么知道我在验证他？"

"一个敢刺杀支那元首的帝国特工，如果连这种雕虫小技都看不出来，他

第十六章 拐 点

还能活到现在？"宫本芳子冷笑，"梅子，像傅见山这号人物，岂能允许他的下级使用拙劣的手段，验证他的忠诚度？"

"是你怀疑我，还是傅见山怀疑我？"黑川梅子冷冷地问，"凌云洲是你的初恋，你们差一点儿就结婚了。现在他死了，我怎么看不出你有一点儿悲伤呢，你怎么这么快又和傅见山走到一起了呢？"

宫本芳子苦笑："按照你的逻辑，你与宋鸣谪睡了那么久，好像是真爱似的。天皇的召唤，你不会不懂吧？"

黑川梅子自觉理亏，不想再辩论这个问题："傅见山是特工总部的副主任，既然他知道有人袭击特工总部，为什么不予以防范？"

宫本芳子抓起桌上的便笺："你以为特工总部电讯处的人都是吃干饭的？他们已经调查清楚，这封电报是用你的专用发报机发出的。如果说你配合傅见山突袭特工总部，你怎么解释？"

黑川梅子愤愤地说："那就不解释！"

~ 311 ~

时间：1943年5月4日，星期二。
地点：上海，日占区，愚园路，百乐门。

上海江家义子、唐氏少掌门与上海市警察局局长订婚，必然是各家报纸的头版新闻。

普乐天和罗亭突然订婚，确实闪到很多人，毕竟普乐天在不久前迎娶了上海红帮千金宋格。

警方、军方和豪门三方势力完美嫁接到普乐天身上，任何人都会惊掉下巴。

有人高兴，就会有人悲伤。

宋格枯坐在轿车中，望着张灯结彩的百乐门心如刀绞，泪如雨下。

一辆轿车停在宋格的轿车旁。宋格擦净眼泪，下车径直走进百乐门。

女扮男装的苏菲从轿车里钻出来，熟练地打开宋格轿车的车门钻进去。

宋格坐在订婚仪式现场的角落里，一边大口喝红酒，一边听头牌歌女演唱《月圆花好》。

曲毕，在雷鸣般的掌声中，普乐天和罗亭携手走到舞台中央。

唐正声、唐琳、周佛麟、苏醒从舞台侧门走上舞台，依次站在普乐天和罗亭身后。

司仪讲完开场白，把证婚人唐正声请到话筒前。

唐正声作为主宾代表致辞："各位来宾，各位朋友，晚上好！普乐天先生和罗亭小姐缘分匪浅，十五年前他们在英国剑桥大学校园里留下青春痕迹、爱情的烙印；十五年后，他们结束漫长的爱情马拉松，终于携手撞线。下面，我们共同恭喜他们来到幸福的终点……"

宋格泪流满面，悲伤难抑，实在听不下去了，跑出百乐门。

二楼栏杆前，凌云洲和江澄子望着宋格落寞的背影，对视一眼后，又移开视线。

听到音乐声再次响起，凌云洲对江澄子说："我们——下去吧，离场时间太久不太好——"

江澄子纠正道："你是傅见山，跟他们都没有关系。"

凌云洲说："傅见山也懂人情世故。"

江澄子无奈地点点头："也是。"

他们往楼下走的途中，凌云洲问江澄子："你了解'老夫子'这个人吗？"

江澄子向左右看了看，低声说："侍六组秘密运输线总调度。不经过他协调，这条秘密运输线就是死路。但是，我不知道这个人到底是谁。"

凌云洲略微思忖："是不是交通部部长关之杰？"

"他只是挂空衔的交通部部长，没有实权，根本没有这么大的运作能量。"

"不是他就好。"凌云洲往楼下走，"订婚仪式结束后，我送苏醒回去，和她商讨'休止符'的事儿。"

第十六章 拐　点

订婚仪式在各方祝福声中结束，凌云洲驾车送苏醒去华懋饭店。

长街幽静，路灯昏暗。坐在后排座上的苏醒，从坤包里拿出小瓶子，倒出一粒药丸塞入嘴里。

"生病了？"凌云洲盯着内视镜。

"抑郁了。"

"主任把你逼得太狠了。"

苏醒摇摇头："他也是身不由己。刺杀汪逆，是老头子五年来不曾改变的决定。当年，老头子安排'军统十八罗汉'刺杀汪逆，同时安排唐横实施'卧榻计划'。"

凌云洲问："然后呢？"

"表面上使用舒季衡的'卧榻'情报线，暗中使用我这条潜伏线。"苏醒陷入回忆中，"当年，我以私人医生身份接触汪逆，本想利用他的病除掉他，结果被《日汪密约》曝光事件殃及，我不得已来到上海。"

"《日汪密约》原件曝光，是不是与'红雨'有关？"

"可能吧，因为'红雨'在《日汪密约》原件曝光后就失踪了。他的失踪，也可能与'卧榻计划'有关。主任三次建议终止'卧榻计划'，老头子都没同意。现在主任不在上海，我一个人苦苦支撑，真不知道什么时候是个头。"苏醒说到此处，有些哽咽。

"刺杀汪逆是大工程，不可能一蹴而就，等你养好病再说吧。"凌云洲停顿一下，"你——这次回上海做什么？"

苏醒说："静等花开。"

"什么意思？"

苏醒把车帘拉开一条缝，向外望去："昙花开放就会惊艳东京，那时的你我，才是真正的乌机关特工。枫商会分会已经遍布世界各地，中国、日本、新加坡、缅甸、越南、菲律宾，甚至连德国、法国都设置分会。主任指示，我们的首要任务是，在上海除掉千叶枫。"

"我早有此意。"

"除掉千叶枫，如同断了村上云昔的臂膀，摧毁青铜特训营就少了一分阻力。"

凌云洲点点头："确实应该给这群混蛋画上'休止符'了。不过，你需要一些帮手才行吧，不然太危险了。"

苏醒说："'越女'已经抵达上海，他是一个得力帮手。"

凌云洲问："你认识'越女'？他手上的活儿咋样？"

苏醒摇摇头："主任私藏宝贝，我怎么会认识？'越女''老夫子''昙花'，我都不认识。"

凌云洲听到这里，心里泛起无数疑问。

"老夫子"是不是侍六组特工？

戴遇侬为什么命令军统上海站调查侍六组特工？

这是不是重庆方面的权力游戏？这种游戏，会不会给"老夫子"带来麻烦？

自己能不能利用重庆方面的内斗和内耗，找到"老夫子"？

～ 312 ～

时间：1943年5月4日，星期二。
地点：上海，日占区，苏州河，四行仓库。

宫本芳子驾车来到苏州河边的大树下，摇下车窗，举起望远镜观察日本宪兵在桥下设置的卡口。

片刻后，她放下望远镜，转头看了看后排座上的狙击步枪。

此次，她要护送苏菲离开上海。

护送被梅机关和上海日本宪兵司令部同时通缉的外国人离开上海，不仅要有专车护送，每个卡口还要安排专人掩护。

护送苏菲离开上海，即便动用中共上海地下组织的全部力量，人手还是不够。罗亭和普乐天举行订婚仪式，江澄子无法抽身。凌云洲只好请宫本芳

第十六章 拐 点

子和莫康在两个重要卡口负责掩护工作。

宫本芳子又举起望远镜,看到萧易寒从卡口岗亭里走出来,敷衍地巡视四周,伸个懒腰后又返回岗亭。

宫本芳子了解了卡口日本宪兵的人数和武器配置后,从驾驶位爬到后排座,端起狙击步枪,瞄准卡口。

宋格驾车载着戴鸭舌帽的苏菲来到卡口。

一个日本宪兵上前盘查,宋格将证件递过去。

日本宪兵看完宋格的证件,正要盘查苏菲时,萧易寒走过来,看到宋格,紧走几步挡在日本宪兵面前。

日本宪兵捧着宋格的证件递给萧易寒,去检查其他行人。

萧易寒将证件扔给宋格,打量苏菲一眼:"回去吧!"

宋格嗔怒:"回哪儿去?"

萧易寒沉着脸:"从哪儿来回哪儿去!"他瞥见小河润二从岗亭里走出来,低声对宋格说,"今天不行,赶紧回去!"

宋格看见小河润二向她的轿车走来,立即想倒车掉头,却被小河润二制止。他见苏菲可疑,要苏菲下车接受检查。

站在小河润二身后,且比小河润二高出一头的萧易寒,掐住小河润二的头,生生拧断小河润二的颈椎,然后扶着小河润二,不让他倒下。

宫本芳子见到这一幕,快速爬到驾驶位,驾车插到宋格轿车旁。

宋格掉转车头,快速离去。

萧易寒把小河润二塞进宫本芳子的轿车后排座,随后钻进去。

一个日本宪兵见宫本芳子的轿车不走,径直走过来。

萧易寒冲那个日本宪兵挥挥手。宫本芳子用日语说了一句"执行特殊任务",便驾车冲过卡口。

宫本芳子驾车来到郊外的树林边,和萧易寒一起把小河润二埋在乱石岗。

精疲力竭的宫本芳子倚靠车门点燃一支烟,大口地吸着。

萧易寒与宫本芳子并肩站立半晌,看了看宫本芳子,自言自语:"有些事儿,我不能说。不过你放心,我不是抗日分子。"

- 227 -

宫本芳子轻声说:"你是我的家人。"

她没有来由的一句话,让萧易寒有点儿蒙圈,直瞪瞪地看着她。

宫本芳子说:"我们在卡口做的活儿太糙了,小河润二莫名失踪,柴山哲也必然会怀疑你我,你不能回梅机关了。"

萧易寒点点头:"此处不留爷,必有留爷处。"他指着佘山方向,"做个打家劫舍的土匪也不错。柴山哲也不会善待'冷宫'的老人,我先给他们找个吃饭的地方吧。你呢——能回东京就回东京吧。"

宫本芳子点点头,将香烟盒和打火机递给萧易寒,然后驾车离去。

夜幕下的四行仓库,宛如巨大的坟墓。

黉夜时分,凌云洲沿着苏州河边走到四行仓库前方,在大树后观察半个小时,确定四周无人,才蹑手蹑脚地走到四行仓库前,从破洞钻进去,打开手电筒,找到地下仓库的入口,沿着梯子走下去。

他来到地下一层。靠在墙上、手里拿着简易电棍、摆出攻击架势的德川拓人,出现在手电筒的光圈内。

"还是这么谨慎。"凌云洲靠近德川拓人,"彼得洛夫在哪里?"

"地下三层。"德川拓人收起电棍。

"彼得洛夫是苏共'猎户'。他就是一颗定时炸弹,必须赶紧扔出去。还有,雅子上道了吗?"

"上道了。"德川拓人说,"她拿走东西,你的冒险之旅开始了。"

"我不脱层皮,村上云昔是不可能相信我的。你的美国女朋友沃克小姐还好吗?"

德川拓人说:"我已经把她送进监狱了,我怀疑她是日本特工。"德川拓人说,"我的感觉从未欺骗过我。美国战略情报局为了我的安全,就把她关进监狱。"

凌云洲看看表:"你赶紧走吧,我去归置彼得洛夫。"

"小心!"德川拓人掏出钥匙扔给凌云洲。

第十六章 拐 点

凌云洲接过钥匙,目送德川拓人上楼后,来到地下二层。

地下只有两层,第三层是地窖。

地窖深约四米,四壁长满苔藓,滑不唧溜的。

凌云洲走到地窖口,见里面没有动静,打开窖门,用手电筒向里面照射。

满身泥污的彼得洛夫蜷缩在角落里睡觉。

凌云洲找来木梯,送进地窖口,将手电筒挂在木梯上,转身离去。

阴暗的地窖里突然出现光束,彼得洛夫一下子坐起来,看到搭在地窖口的木梯,意识到有人来救他。

他等了一会儿,发现外面没有动静,走到梯子前又等了一会儿,才快速爬上木梯,关闭手电筒,贴着仓库的墙移到一个大窟窿前,确定外面无人后,才慢慢地钻出去。

没想到,他往外钻的过程中,左袖口挂在钢筋头上。"刺啦"一声,整条袖子被扯下。

他顾不了那么多,钻出窟窿快速向黑暗处跑。

凌云洲从另一个窟窿里钻出来,看了看赤裸左臂的彼得洛夫,转身向挂着断袖的窟窿望去。

~ 313 ~

时间:1943年5月5日,星期三。

地点:上海,日占区,愚园路,卜内门,枫商会。

一阵清爽的晨风,吹进西班牙风格洋房的卧室里。

雅子收回露在被子外面的双脚,转身想把手搭在身边男人身上,却落在床上。

她猛地睁开眼睛,看到千叶枫站在窗前沉思,起身走到他身后:"想什么呢?"

千叶枫转身拥抱雅子:"我在想江澄子入股的事儿。"

"一张地契换百分之二十的股份,肯定不划算。"雅子说。

"确实不划算。"千叶枫说,"但是,这一仗,自昭和十二年打到现在,枫商会早就被军部榨空了。若不是成为海军情报处情报联络站,枫商会早就关门了。两个月前,我哥哥在新加坡被英国人暗杀,现在的枫商会更是举步维艰。"

"你想利用江家和唐氏的资本挽救枫商会?"

"以前我就有和江家、唐氏合作的打算,碍于村上云昔猜忌,才一直搁置到现在。"千叶枫说,"现在江澄子主动找我合作,我肯定不会放过这个机会的。"

雅子叮嘱道:"我怀疑德川拓人和江澄子之间有什么交易,你要提防他使诈。"

千叶枫走到床头柜前,从抽屉里掏出一沓照片递给雅子:"这些照片,都是在德川拓人办公室拍到的?"他见雅子承认,继续问,"原件在哪里?"

"在德川拓人办公桌的抽屉里。"

"这是一个重大发现。等你把原件弄到手,就不要去宪兵司令部了。我准备收网了。"

"德川拓人会相信我吗?"雅子有些犹豫。

"你的坦诚,会让他觉得自己很聪明。"千叶枫揽住雅子的腰,亲吻她的耳郭,"一个人一旦觉得自己比任何人都聪明的时候,就会失去警觉性。更何况,他对你一直有好感。走,我们出去吃早饭,饭后我去见江澄子。"

吃过早饭,千叶枫步行到枫商会大门口时,看到江澄子从轿车里钻出来,紧走几步迎上去:"江董,来得这么早啊!"

江澄子说:"不是担心你今天没考虑好嘛。我早点儿来,还能挤出一点儿时间消除分歧。"

千叶枫摆摆手:"我们之间怎么可能有分歧呢!走,去我办公室谈。"

他们对视一笑,并肩走进千叶枫的办公室。

千叶枫从保险柜里取出三份协议递给江澄子:"欢迎江家入股枫商会。"

第十六章 拐 点

江澄子接过协议大致看了一遍，觉得各项条款还算合理，便问千叶枫："没想到你如此守信，我也爽快点儿，我们可以签字盖章了吗？"

千叶枫摆摆手："不好意思，你还要稍等一下，待那位新股东到场后，三方共同签字。"

"还有新股东？"江澄子直瞪瞪地望着千叶枫，"谁？"

"我！"唐正声推门进来，指着满脸惊讶的江澄子哈哈大笑，"上海滩有实力入股枫商会的，除了唐氏，还能有其他公司吗？"他大大咧咧地坐到沙发上，"昨晚乐天的订婚仪式上，千叶会长邀我入股枫商会，回家后我想了想，觉得这是一件好事儿，今天我就过来了。"

千叶枫拱拱手："感谢唐司令抬爱。"

唐正声摆手："什么爱不爱的，真正入股的人不是我，而是普乐天。乐天，进来吧。"他冲门口大声喊道。

唐正声的话音未落，普乐天便推门进来。

千叶枫立即迎上去："少掌门，欢迎，欢迎！"

"今天枫商会很热闹啊，我不来凑热闹，就显得我不近人情喽！"德川拓人推门进来，直接走到千叶枫的办公桌前，双手拄着桌面，"千叶枫，德川家族也要入股枫商会。"

千叶枫白了德川拓人一眼："你当枫商会是六合彩售卖店啊，谁想买点儿就买点儿？"

德川拓人拔出手枪，指着千叶枫的脑袋："德川家族能不能入股，应该看德川家族人的心情，而不是你的脸色！"

村上云昔快步走进来，伸手压住德川拓人的持枪手："大家都是天皇子民，有话好好说！"

"他抢了我的地契，怎么着也得给我一个说法！"德川拓人收枪，手指千叶枫，"小子，你给我弄清楚，这里是上海滩，不是崇明岛！"

村上云昔往后推德川拓人："木已成舟，你们还是直接谈条件吧。只要你们都不吃亏，没什么大不了的。"

德川拓人盯着村上云昔："我的条件，你也能满足的。我要'支点行动'

的指挥权，不过分吧？"

"'支点行动'指挥权？"村上云昔后退一步，上下打量德川拓人，"你回去问问你爹，谁有权力把'支点行动'指挥权交给你？我告诉你，别说我，就连大本营、内阁都无法指挥'支点行动'！"

"抓捕'H小组'成员的指挥权总可以吧？"德川拓人改变口气，缓声对村上云昔说，"我愿意做你和柴山机关长的马前卒，你能否赏个脸呢？"

"我答应你，条件是你马上从我面前消失！"村上云昔冲德川拓人挥挥手。

"回聊！"德川拓人作个罗圈儿揖，趾高气扬地走出去。

三方签完协议，江澄子、普乐天、唐正声离去。

千叶枫得偿所愿，心情大好，就向村上云昔说掏心窝子话："昨晚订婚仪式上，傅见山和江澄子在二楼露台上私聊很久，我觉得这个傅见山应该是凌云洲。"

"在支那人眼里，他就是凌云洲啊。如果我们以此为证据审讯傅见山，他有八百句话等着你。"

千叶枫躬身说："不怕一万，就怕万一。为了青铜特训营的安全，请你批准我再次调查傅见山，暂且叫他傅见山吧。"

"起用普乐天和傅见山，就是走钢丝的行为，不得已而为之。"村上云昔说，"这两个人都是不让人省心的主。我能答应你的是，你可以放手去调查，但不能以海军情报处上海站的名义，明白吗？"他见千叶枫点头，继续说，"傅见山心狠手辣，什么事情都做得出来，你要加倍小心。"

千叶枫还是坚信自己的判断："凌云洲很少杀人的。"

村上云昔见千叶枫如此固执，一边向外走，一边摇头叹气。

他慨叹千叶枫太年轻太幼稚，直到现在千叶枫还没有看出来，仅凭他现有的权力，怎么可能营救、起用傅见山呢？他是得到裕仁天皇的亲弟弟雍仁亲王授予的尚方宝剑后，还得鬼鬼祟祟地进行。

至于雍仁亲王为何要营救、起用傅见山，他不得而知。这是绝密级任务，他不能问，也不能说。

第十六章 拐 点

他与傅见山有私仇，所以死掉的人是凌云洲还是傅见山，他并不在意。现在，千叶枫又想难为不知道是真是假的傅见山，也是他求之不得的事情。

村上云昔刚回到办公室，潼川就拿着一沓电报和资料走进来。

"您看看这个。"潼川将那沓电报递给村上云昔。

村上云昔接过那沓电报，看见最上面一封电报的译文是，"盖世太保'杜先生'，近日抵沪，全力除之"。他抬头看了看潼川。

潼川解释道："这些电报和资料，是在四明别墅内搜到的。别墅主人是英国人迈克尔。"

"迈克尔是'T先生'吗？"村上云昔接着看下面的电报，轻声念道，"5月8日寻人启事，刊登'杜先生'照片"。

村上云昔吩咐潼川："马上给花崎葵发电报，询问'杜先生'情况。"

"我已经问过了，他那里也没有'杜先生'的信息。"潼川将资料递给村上云昔，"英国人都是屎蛋包，抓住迈克尔一审便知。"

"抓捕'H小组'特工的指挥权，我已经移交给德川拓人。"村上云昔放下电报，一边翻看资料一边说，"你作为海军情报处上海站代表，参与抓捕'H小组'特工行动，不能让德川拓人专权。"他看完资料，还给潼川，"把这些玩意儿一并交给德川拓人。"

第十七章　暗藏杀机

~ 314 ~

时间：1943年5月5日，星期三。

地点：上海，公共租界，赛马场；法租界，锦香茶室。

"3号！3号！"

"5号！5号！"

"追上它！"

"妈的，老子身家性命都押在这个畜生身上了！"

"5号！3号！"

卡尔登大戏院对面的赛马场里，六匹马沿着赛道奔跑，看台上的赌客疯狂地喊叫。

顾同冲着邻座高喊"畜生"的胖子嘀咕："相信畜生，你不也成畜生了！"

胖子根本听不见顾同的声音，只顾高喊："3号，你他妈的给老子快点儿跑！"

普乐天猫着腰走到顾同身边坐下。

顾同附在普乐天耳边说："陈恭如要动用侍六组秘密运输线，真他娘的不知天高地厚。"

普乐天也附在顾同耳边说:"他刚上岸,急于洗掉脚上的泥,可以理解。这件事,你去问问戴老板,戴老板和他私交不错,我们最好不做评判。第六战区战事将起,戴老板还指望他弄到有价值的情报呢。"

"戴老板特意交代,上海的事情,我们要多长几只眼睛。"

"我他娘的又不是马王爷!"普乐天低声骂道。

"戴老板还叮嘱,如果得到关于'老夫子'的任何信息,哪怕发现他一根头发丝,都要立刻向他汇报。"

"戴老板没有提供和'老夫子'有关的线索吗?"

"戴老板只在密电中提供这个代号。"

普乐天瞥了一眼顾同手里的马票:"3号?你手气太差了,4号赢了。"

顾同起身,果然看到4号马率先冲过终点,气得把马票撕得粉碎。

普乐天将一张马票塞进顾同手里:"这张有用,千万别撕。"

顾同见马票上写着"4号",乐不可支地冲普乐天连连作揖。

赛后,顾同兑换完奖金,打电话约陈恭如到锦香茶室喝茶。

"李墨群使用我们的秘密运输线,运送他藏匿在上海的军火,是对我们老板的信任。"陈恭如边喝茶边劝顾同,"要想让李墨群这条老鲶鱼咬钩,不下点儿饵料肯定不行的。"

"那条运输线,不是军统的,是侍六组的!"顾同纠正道,"关键是饵料不在我们手里。"

"能不能跟唐横商量一下?"

"谁跟他商量?你还是我?"顾同摇摇头,"你不是不知道,戴老板和唐横的关系非常微妙,唐横坐镇军统总部,明为帮办,实为督军。你让戴老板去求唐横,不等于让他送人头嘛。不过,只要我们把李墨群的军火运到重庆,戴老板肯定高兴。"

"戴老板是高兴了,李墨群还不要我的命?"陈恭如白了顾同一眼,想了想,"好像也没有什么好法子,就这么办吧。"

"你这么爽快地答应,我怎么有点儿不放心呢?"顾同盯着陈恭如。

"你几个意思?"陈恭如眼露凶光。

"四哥别生气！"顾同立即给陈恭如斟茶，"军统的家法，你是知道的，万一这条秘密运输线出点儿麻烦，我肯定是吃不了兜着走的。"

"给我交个实底，你知道这条秘密运输线上的联络站吗？"

顾同摇摇头："侍六组的事儿，我可不敢过问。"

陈恭如往后一靠："好吧，这事儿就当我没说。"

"你听我一句劝，千万别打那条秘密运输线的主意。"顾同说，"至于李墨群的军火嘛，我们还得想办法运到重庆。这么大的功劳，一辈子都没有几次机会的。"

陈恭如想了想："我能联系戴老板吗？"

"你是忘了军统的规矩，还是对我不放心啊？"顾同不再怯声怯气，"切断你与戴老板的联系通道，是戴老板指示七哥落实的。一山不容二虎，这个道理你应该懂啊。你啊，千万别难为我这个跑腿的。你放心，你的话我会一字不落地转告戴老板。至于那条秘密运输线嘛，我真是一点儿线索都没有。"

陈恭如不想与顾同较真，因为他早已跟踪顾同查到侍六组秘密运输线上的联络站。日军第十一军空军的资料，就是顾同送到九鼎典当行的。

作为归林的倦鸟，自然要跟踪带他返回森林的同类——顾同。

实际上，陈恭如掌握的侍六组秘密运输线上的联络站，远比顾同知道得多。他判断，日军第十一军空军资料送到九鼎典当行后，必然会有人来取资料。他继续跟踪取资料的人，就会找到总调度。

最后他发现，侍六组秘密运输线的总调度，竟然是唐公馆管家关叔。

他跟踪关叔一路查下去，还发现了一件更有趣的事儿——关叔竟然还有一个双胞胎兄弟——上海市政府交通部部长关之杰。

怪不得侍六组严守这条秘密运输线。这条秘密运输线，有关之杰坐镇，什么东西运不出上海呢？

回到特工总部，陈恭如把关叔和关之杰的照片摆在办公桌上比对，在关之杰头像上画上圆圈。

电话铃遽然响起，吓了他一跳。

陈恭如缓缓神，抓起话筒，不耐烦地说了一声"喂"后，便"噌"地一下站起来。

萧易寒杀了小河润二？

听到这个消息，他似乎难以相信。以前能倒八辈子霉的他，还能得到上天眷顾？

直到话筒里接连传出忙音，他才恋恋不舍地放下话筒。

对陈恭如来说，萧易寒就是他的灾星。萧易寒虽然跑了，可是灾星依旧高照，时不时地给他弄出各种意外。

陈恭如瘫坐在椅子上，从抽屉里拿出宋格的照片，在她的头像上画了一个圆圈。

"灾星，他娘的都是灾星！"陈恭如一边喃喃自语，一边拿起关之杰的照片。

若能掌握侍六组秘密运输线，戴遇侬就会对他另眼相看。这是他回归军统的重量筹码。

~ 315 ~

时间：1943年5月5日，星期三。

地点：上海，法租界，国立交通大学。

国立交通大学在淞沪会战后，大部分师生从上海迁至重庆九龙坡，有几个系搬到法租界继续办学。

关之杰不但担任上海市政府交通部部长，还兼任国立交通大学运输系主任。他喜欢单纯的大学校园生活，能不去市政府办公就不去。

下课后，关之杰夹着讲义，穿过教学楼与办公楼之间的花园，走向办公室。

一男一女两个学生迎面走来，在花园中与关之杰会合。

男学生低声告诉关之杰："关组长，李教授有亲共迹象。"

关之杰说:"继续监视。"

女学生跟随关之杰继续向前走,男学生夹着书本拐到另一条甬道。

女学生眼里含泪,抽噎道:"关组长,马局经常虐待我,我实在受不了了,请求撤出。"

关之杰沉下脸:"撤出?你想过后果吗?"

女学生满眼泪花:"我……我想过,我会杀了他的!"

关之杰和颜悦色地说:"这是一个解决办法。他是青浦警察局局长,如果他死了,副局长海富就能接任。海富性情温和,懂得怜香惜玉,你会舒服些。"

女学生停下脚步,不再向前走,望着关之杰远去的背影,蹲下抱着膝盖哭泣。

躲在大树后面的陈恭如,拍下关之杰和男女学生交流的画面。

关之杰打开办公室房门,迎面出现一个黑洞洞的枪口。

凌云洲伸手把关之杰拽进办公室,按到办公桌前的椅子上。

凌云洲坐在办公桌后的椅子上,把手枪放在桌子上。

关之杰不动声色地说:"凌主任,我要向汪先生投诉你。"

凌云洲摇摇头:"我赌你不但不会投诉我,还会感激我。"

"让我感激你?"关之杰狠狠地拍了一下办公桌,"凌主任,我是交通部部长,不是特工总部的马仔!"

"我知道,你是关主任、关部长,但是我提醒你,你现在是,明天就未必是了。"凌云洲从口袋里掏出一张"香港维多利亚港码头库房提货单"推到关之杰面前,"这种玩意儿,我手里有很多张。"

关之杰满脸狐疑地看着凌云洲,拿起提货单,看到自己的签名,强装镇定:"这是香港码头库房提货单,你的手伸得够长,但能说明什么呢?"

凌云洲说:"我怎么知道日本人把这玩意儿当成什么呢?告诉你吧,不是我手长,是日本海军情报处的眼睛好使。"

关之杰还是风轻云淡的表情:"既然是日本海军情报处发现的,现在怎么在你手里呢?"

"日本海军情报处上海站行动课课长把这玩意儿送到特工总部,让我来调查你，他们当然会把这玩意儿交给我。看看吧，上面是不是你的签名？"

关之杰点点头，哀求道："凌主任，你我都是中国人，都是汪先生的心腹，你不会看我的笑话吧？我如实交代，单子上的这批货，是唐司令交办的，从香港周转，运往重庆。"

"唐司令的货？什么货？"

"唐氏面粉，江家中药。"

"这事儿还与江家有关系？"

"货在上海、南京生产的，只不过——只不过——"

"假货？贴牌？"

"谈不上假货，只是唐氏和江家不知情罢了。"关之杰字斟句酌地说，"唐司令急需一笔军费，汪先生要唐司令自己想办法。因为我与唐家的关系，重担就落到我肩上。所以，我就给唐司令出了这个主意。"

凌云洲直截了当地说："既然此事牵扯到江家，我不能袖手旁观。"

"日本海军情报处上海站一直钉着，不知道你有什么办法。"

凌云洲想了想："现在唯一的办法，就是交出你运货的路线。当然，你可以拒绝。"

关之杰犹豫再三，最后还是写出"丝路"两个字："这是上海与重庆的生命线，名曰'丝路'。你直说吧，需要我把什么货运出去？"

凌云洲打量关之杰："我像手里有货的人吗？"

"你手里没货，为什么还拿着枪逼我这个主管运货的人呢？"关之杰一头雾水。

凌云洲不耐烦地说："因为你运送了江家的货，日本海军情报处上海站紧追不放。一旦此事曝光，好像对你和江家都没有什么好处。麻烦顶在脑门子上，我不得不做补锅匠。"

"大恩不言谢，以后我们事儿上见！"关之杰双手抱拳。

凌云洲走后，关之杰靠在椅背上，闭上眼睛，不断地嘀咕"唐氏——唐氏——他妈的唐氏——"

他与唐氏的关系，说不上好，也说不上坏。现在他是官，唐氏是商，按理说，他心情不好就不会买唐氏的账，但是不知道为什么，他对唐氏总有一种难言的卑微感。

从他爷爷开始，就给唐氏做管家，然后是他父亲、他哥哥。唐阁觉得关家人劳苦功高，就资助关之杰兄弟出国留学。

关叔从美国回来后，参加革命军，因贪污军饷入狱。唐正声花重金把他捞出来。出狱后，他就子承父业，做唐正声的大管家。

关之杰回国后，唐氏利用政商两界的人脉，又花钱铺路，慢慢地把他从一介书生护送到上海市交通部部长的位子上。

后来，关之杰逐渐意识到，唐氏把他护送到上海市交通部部长的位子上，其实还是为唐氏利益考虑。他不过是唐氏精心打造的一个赚钱工具而已。

就在关之杰越想越觉得自己活得窝囊时，关叔推门进来。

关叔板着脸，二话不说，直接从公文包里掏出一个账本扔到关之杰面前。

关之杰拿过账本翻看："这是什么？"

"这是唐氏资助我们从读书到现在的所有花费。你自己算算多少钱吧。"关叔愤愤地说。

"但是，我们为唐氏赚的钱，比这些花费高出数倍不止吧？"关之杰把账本扔给关叔，"唐氏让我干了很多掉脑袋的事儿。"他指指自己的太阳穴，"我只有一个脑袋！"

"你还知道你有脑袋啊？你有脑袋，怎么还干糊涂事儿？"关叔指着关之杰的鼻子吼道。

关之杰也提高嗓门："糊涂事儿？我做什么糊涂事儿了？"

关叔低声说："唐司令装病，在上海躲清静。这件事我只告诉过你，汪精卫怎么知道了？"

关之杰说："我只是汪精卫豢养的一条狗，这个解释你满意不？"

"你也不能是见谁咬谁的疯狗啊。老二，我们出身卑微，你能有今天的成就，应该知足知止，不然会惹大祸的！现在你翅膀硬了，我管不了了，随你便吧。"关叔说完气呼呼地拂袖而去。

关之杰拿起账本，点燃后扔进铁盆里。

第十七章 暗藏杀机

~ 316 ~

时间：1943 年 5 月 5 日，星期三。
地点：日本，东京，大本营，龟机关。

宫本正仁启动战时最高级别审查程序，三家会审藤田也夫，旨在改组龟机关。

改组龟机关的首要任务，就是给现任龟机关机关长藤田也夫安个罪名，将其除掉。这个罪名，宫本正仁早就设计好了，就是伪造"中山功审讯记录"。

新上任的龟机关行动课课长江口塬，带领八个龟机关特务，把藤田也夫押到龟机关审讯室。

东条初音、晴气武夫、宫本千鹤已经在主审席上就座。

双方沉默五分钟后，江口塬拿着"中山功审讯记录"走到藤田也夫面前，指着签名页问："这是你的签名吧？"

藤田也夫看了看签名："像我的字，但不是我签的。"他冲东条初音和晴气武夫吼道，"你们知道是怎么回事儿，装什么糊涂！"

晴气武夫淡定地看看左右："他签字的时候，我确实在场，我可以证明是他签署的。"

藤田也夫指着晴气武夫怒喝："晴气武夫——你——你胡说八道！"

晴气武夫走到藤田也夫面前，附耳低语："你认为谁能模仿你的签名？"

藤田也夫想了想："宫本千鹤。"

晴气武夫与东条初音、江口塬耳语一番后，江口塬吩咐特务把藤田也夫带出去，并把宫本千鹤带到审讯室。

"我个人认为，藤田也夫就是白川次郎。"晴气武夫从公文包里掏出一张昭和六年出版的《朝日新闻》报纸，指着头版上的《中国会不会亡？》文章，又指指标题下的作者白川次郎。

东条初音不动声色地问:"难道藤田也夫真是日共?"

"至少有嫌疑。"宫本千鹤补充道,"昭和六年,也就是沈阳事变前夕,藤田也夫就住在上海愚园路。"

东条初音想了想:"昭和六年,我和藤田也夫都在上海,彼此接触比较多,我怎么不知道他的笔名叫白川次郎?按理说,这种露脸的事儿,他不应该隐瞒的。"

宫本千鹤摇摇头:"不要忘了,藤田也夫是资深特工,不能用常理推断他的行为。"

东条初音把"中山功审讯记录"扔到宫本千鹤面前:"藤田也夫说,是你在这上面伪造他的签名,你解释一下吧。"

"确实是我伪造的。"宫本千鹤爽快地承认,"我和藤田也夫接触比较多,他经常说一些不忠于天皇的谬论,还给我讲马克思主义,我就怀疑他是共逆。我不想让他成为大和民族的罪人,才想出让你们审查他的办法。"

晴气武夫冲宫本千鹤竖起大拇指:"宫本小姐大义,值得我们学习。你这样做是对的。按照共逆的说法,治病救人嘛。你的感觉确实很准,因为昭和六年,藤田也夫、佐尔格、尾崎秀树都在上海,而且来往频繁。"

东条初音瞪大眼睛:"难道藤田也夫是佐尔格小组特工?"

晴气武夫冲宫本千鹤点点头:"有这种可能。"

东条初音见宫本千鹤、晴气武夫一唱一和,坐实了藤田也夫的罪名,问道:"按照你们的推理,是不是把藤田也夫关押起来?"

宫本千鹤说:"对藤田也夫来说,这是最好的结果。"她说完从公文包里拿出一张委任状,指指上面的"兹委任宫本正仁为天皇情报机构龟机关机关长",指指下面的天皇大印。

东条初音看到委任状,感觉脊背阵阵发凉。

宫本千鹤收起委任状,对东条初音说:"你别忘了与继任机关长的约定。"

东条初音指着电话吼道:"等我给东条首相打完电话再说吧!"

宫本千鹤说:"没有我允许,你最好不要与任何人联系。"

晴气武夫劝道："东条课长，事已至此，少说为妙。作为天皇子民，我们要绝对服从天皇的旨意。你们聊吧，我还有事儿，先走一步。"

晴气武夫走后，宫本千鹤将一个文件夹扔给东条初音，指指墙角上的监听器："我让人关闭了所有监听器，我们可以畅所欲言。"

东条初音不看文件："逮捕我的逮捕令呢？"

"这两份文件——你最好看一下。"宫本千鹤又拿出一个文件夹推给东条初音，"千叶枫向你透露绝密级情报，属于严重泄密行为，我父亲准备逮捕所有千叶家族成员。"

"你们搜查了我的办公室？"

"我只是奉东条首相之命行事。"

听到这句话，东条初音像泄气的皮球一样，缓缓地打开文件夹，看到她和千叶枫互发的电报。

"山本司令官殉国，东条首相要确定联合舰队总司令人选。"宫本千鹤冷冷地说，"这时候，东条首相需要的人，是我父亲，而不是你。我父亲让我转告你，如果明天你不交出乌机关特工名单，千叶家族成员会集体接受审查。"

"滚！"东条初音撕心裂肺地喝道。

宫本千鹤起身四下打量审讯室："我走，你留下，这里适合你思考。"说完，她直径离去，命人把铁门锁上。

千叶家族和东条家族是世交，千叶枫和东条初音青梅竹马。东条初音的亲生父亲犬养中堂死在上海，她向千叶枫询问犬养中堂的死因，本是人之常情，没想到却被宫本正仁利用。

东条初音瘫倒在地，喃喃地说："至高无上的天皇，我不杀伯仁，伯仁却因我而死，冤枉啊！"

她哭泣半晌后，突然起身走到铁门前，拼命地呼喊："来人，我要见宫本正仁！"

半小时后，宫本正仁走进审讯室。

东条初音直截了当地对宫本正仁说："我是乌机关特工，'枫小组'成员，代号'红枫'，乌机关特工名单被我藏在北海道。"

宫本正仁上下打量东条初音："北海道——北海道距此一千公里，我们车上聊。"

~ 317 ~

时间：1943 年 5 月 5 日，星期三。

地点：上海，日占区，愚园路匈牙利餐厅，上海日本宪兵司令部。

愚园路匈牙利餐厅内，音乐舒缓，灯光柔和。

穿着旗袍的江澄子和宫本芳子，在靠窗的位子对坐，彼此优雅地吃着西餐。

江澄子放下刀叉，轻声说道："日军大势已去，所有人都在想退路，你怎么想的？"

宫本芳子摇摇头："上天给予我好命，却不给予我好运。我是这个时代的牺牲品，能想什么，敢想什么呢？"

江澄子慢条斯理地切着牛排，像是自言自语："路是自己走出来的。"她猛地抬起头，"你愿意与我同行吗？"

宫本芳子放下刀叉问："我们能走多远呢？"

江澄子端起高脚杯，轻轻摇晃："走到天下都是光与亮的时候吧。"

"你就不怕我抢走他？"宫本芳子笑问。

"如果他愿意跟你走，我做你的闺密。"江澄子大大咧咧地说。

"你真的想好了？"宫本芳子盯着江澄子。

"愿赌服输嘛。对了，听说你一直想跟'野兔'赌一次，是真的吗？"江澄子问。她见宫本芳子点头，接着说道，"'野兔'想偷出陈刚的尸体，火化后，托人把骨灰送回他的老家。要不——你们比这个？"

"把陈刚骨灰送回老家，是我和莫康不容推卸的义务。"宫本芳子放下刀叉，"办成这件事的难度太大，我不希望别人参与。你替我谢谢'野兔'的好意。"

江澄子看看窗外："'野兔'好像已经去接陈刚了。"

宫本芳子二话不说，起身就往外跑。

此刻，普乐天藏身于虹口自来水厂的水塔上。

通过狙击步枪目镜，他清晰地看到上海日本宪兵司令部院内的情况。

上海日本宪兵司令部斜对面的弄堂内，靠近后街的老宅，本是朱子刑的祖宅，现在已经破败荒废。

钱乙然和莫康以破败的老宅院内为起点，挖出通往上海日本宪兵司令部的地道。

地道挖通后，他们坐下边抽烟边聊天。

莫康狠狠地吸了几口烟："他妈的，这几天把我累屁了。其实根本用不着这么费劲，我可以以梅机关特工的身份混进去，等到没有人注意的时候，把陈刚的尸体背出来。"

钱乙然撇嘴："大门口值守的宪兵瞎啊？看着你背具尸体出来不管不问？"

"大不了就是一个死嘛，有什么好怕的！"莫康嘴上不服输。

"我们别打口水官司了。抓紧时间休息，养足精神就开干！"钱乙然话音刚落，鼾声响起。

"还真是一个战士！"莫康说完，也闭目养神。

钱乙然准时醒来，推了推身边的莫康："别睡了，该干活儿了。"

他们通过地道来到上海日本宪兵司令部停尸房下面，从拓宽的下水道口钻出来，找到陈刚的尸体。

钱乙然打量陈刚眉心上的枪口，悄声问："谁干的，咋这么狠？"

莫康说："雅子，日本娘们儿。"

"先挂账，回头让那个娘们儿加倍偿还。"钱乙然说完，跳进下水道，接住顺下来的陈刚尸体。

莫康正准备进下水道时，看见雅子在花园里散步，便对钱乙然说："你先带陈刚走，我去办点事儿。"

钱乙然焦急地说:"你能不能看看这是什么地方、什么时间?赶紧走,别耽误正事儿!"

"那是再正不过的事儿了。"陈刚说完,便盖上下水道的盖子。他走出停尸房,悄悄地摸到花坛边。

雅子往回走,经过莫康身边时,莫康像黑无常似的,用胳膊锁住她的脖子,把手枪顶在她的太阳穴上。

雅子一动不敢动,吃力地问:"你想要——什么?"

莫康低声说:"你的命!"他猛地用力,将雅子活活勒死。

这一幕,被藏在东侧钟楼里举着望远镜的宫本芳子看到。

钟楼是上海日本宪兵司令部外围岗哨,楼梯口,一个日本宪兵的脖子被割断,另一个日本宪兵的胸口插着尖刀。

莫康刚钻进停尸房,一个日本宪兵就走到停尸房门口。他的手刚搭在门把手上,便一头栽倒在地。

通过望远镜,宫本芳子看到那个日本宪兵胸口汩汩地冒血。

"狙击步枪上安装消声器,精准命中心脏,如此专业,难道是'野兔'?"宫本芳子大致推断一下弹道,用望远镜一看再看,也没有发现人影。

第十八章　圈套示警

~ 318 ~

时间：1943年5月6日，星期四。
地点：上海，日占区，宫府；公共租界，沙逊大厦。

凌晨时分，宫本芳子还没有回家。

凌云洲站在池塘边，任月光把他的身影无限拉长。

宫府大门打开，宫本芳子一头栽进来。

凌云洲跑过去，刺鼻的酒味儿渐浓。

他大致检查一遍宫本芳子的身体，见她身上没有血迹，稍许放心，抱起她走向西厢房。

安置好宫本芳子，凌云洲坐在床前打瞌睡。

阳光照进窗户，凌云洲打个激灵，猛地坐直身子，狠狠地摇摇头，见宫本芳子还在酣睡，替她掩了掩被子。

凌云洲到厨房熬了一锅小米粥，端到西厢房。

宫本芳子醒来，见自己躺在凌云洲的床上，揭开被子，见自己还穿着昨天的衣服，冲凌云洲做了一个鬼脸。

凌云洲白了宫本芳子一眼："和江澄子见面，还能喝成这样？"

"她不要你了，我当然开心了。"她指着粥盆说，"你给我熬的吧？那就服务到位，给我盛一碗。"

"捡个二手货还这么开心？不至于吧！"凌云洲把粥碗放在餐桌上，"洗漱完毕才能吃。"

宫本芳子潦草地洗漱完毕，回来连喝两碗粥。

凌云洲心事重重地看着宫本芳子。

宫本芳子看看自己，又看看凌云洲："又有难言之隐了？"

"我接到命令，以傅见山的身份，执行一项任务。可惜啊，我还不太了解傅见山。"凌云洲边说边摇头。

"我可以配合你。"宫本芳子爽快地说，"凭你的能力，在上海拿捏任何人都不是问题，更何况还有我呢。"

凌云洲摇摇头："你和江澄子，是我至亲至爱、无法放下的人。我不想让你们因为我的任务涉险。"他看看表，"吃完饭，自己刷碗，我得走了。"

凌云洲之所以离开，不是他有急事，而是不想和宫本芳子探讨他一直回避的话题。

宫本芳子起身走到窗前，目送缓步前行的凌云洲。

凌云洲走到池塘边，想起自己昨晚苦等宫本芳子的那种煎熬，扭头看了西厢房一眼。

他看不清西厢房里面，但直觉告诉他，宫本芳子一定站在窗前望着他。

宫久站在东厢房窗前，注视着从西厢房走出来的凌云洲。凌云洲和傅见山两个名字，在他的脑海里不停地来回切换。

凌云洲的脑海里，宫本芳子和李致的名字，初恋、对手、战友的身份，也在不停地切换。

宫久走出东厢房，迎着凌云洲走过去。

凌云洲走到宫久面前："有何指示？"

宫久指指西厢房："招惹我家那尊菩萨了？大龄剩女脾气古怪，只有婚姻才能治愈。要不——你把她娶了？"

"哈哈，我这个人比较务实。婚姻嘛，据说是一个人的第二次生命。我投胎技术不好，半辈子没过上好日子，在婚姻上——就没有赌性了。"凌云洲说。

宫久上下打量凌云洲："怎么着，我们宫家不能帮你逆天改命？你娶了芳子，就是帝国的皇亲国戚，有享受不完的荣华富贵，还考虑个屁呀！"

凌云洲摇摇头："你家确实不错，芳子也很好。遗憾的是，出身卑贱的我，恐怕驾驭不了你家赏赐的荣华富贵。"

宫久不动声色地问："难道你还有第二种选择？"

凌云洲说："起码我与江澄子还有复婚的机会。"

"江澄子有那么好骗吗？"宫久心里顿生疑云。

"黑川梅子不好骗，你不是也在骗她嘛。你不怕千年狐狸，我怕什么民间村姑！"凌云洲挤挤眼睛。

宫久一语双关地说："我只是在岸边垂钓，即便我钓到鱼，也是鱼自愿咬钩的。你呢，恐怕是柴火堆里玩火，最后烧死的人，说不定是谁呢。"

凌云洲拍拍宫久的肩膀："老弟，你先别替我操心了，还是考虑考虑村上云昔吧。于你而言，他比黑川梅子的伤害性大多了，他属于鹤顶红级别的。"

宫久盯着凌云洲："你能看出村上云昔的毒性，说明你已经找到解药了。"

凌云洲附在宫久耳边说："要想抑制丹顶红的毒性，必须先找到'丹顶鹤'，然后取代柴山哲也。"他说着塞给宫久一个纸条。

宫久展开纸条一看，见上面写着"彼得洛夫"四个字，冷冷地凝视凌云洲："他是'丹顶鹤'？"

凌云洲点点头。

宫久难以置信："难道柴山哲也也会玩火？不可能吧！"

凌云洲说："那就看他想要什么了。如果利益足够大，他都能玩三昧真火，烧掉阻挡他获得利益的一切障碍。"

"我可以找到芭蕉扇，一扇子就把他扇出乌机关。"

凌云洲说："关键在于，你向谁借芭蕉扇。"

宫久低声问："乌机关'鹤小组'的'丹顶鹤'。只要我过了柴山哲也这座火焰山，青铜特训营就是我们的。到那时候，呵呵——"

凌云洲听到这里，感觉宫久能如此自信，背后一定是宫本正仁支持他。如此看来，宫本正仁比他想象的还可怕。这个前清王爷，凭一己之力，挽救了濒临死亡的龟机关。如果他掌握乌机关特工名单，参与"极雾计划"的人必将无一幸免。自己必须马上把这个消息告诉唐琳。

想到这里，他向宫久抱拳拱手："我有件破事儿需要马上处理，有时间我们详聊。"

"你先忙着，我去看看芳子哭成啥样了。"宫久转身走向西厢房。

凌云洲赶到沙逊大厦，见到江澄子、唐琳和罗亭，把宫本正仁的计划告诉她们，希望她们及时转告上级做好应对准备。

唐琳坦诚地告诉凌云洲，她就是"佛手"，现在全权负责中共上海地下组织工作。

得知唐琳就是"佛手"，凌云洲有些难以置信。

唐琳说："'佛手'不是一个人，而是一对夫妻，也就是我和你父亲原宝轩的代号。"

凌云洲一时反应不过来："你——你和我父亲是夫妻关系？我怎么从未听父亲提及过呢？"

唐琳缓声说道："云洲，我确实是原宝轩的合法妻子，也是你的真正继母。两个'佛手'，两个中共'31号'，都是原宝轩的主意，旨在确保中共上海隐蔽战线的延续性。"

"叫妈！"江澄子轻轻地扯了扯凌云洲的衣襟。

唐琳说："现在不是叙家常的时候。云洲，他们相信你是傅见山了吗？那群老特务，有时候连自己都不相信。你和傅见山的性格差异太大，而且在熟人圈里，挂一漏万的事儿极有可能发生。你千万要小心，绝对不能大意。"

凌云洲点点头，然后他把自己发现彼得洛夫是"丹顶鹤"的情报告诉唐琳、罗亭和江澄子。他的逻辑是，彼得洛夫身处地窖中，酷热难耐，但他依旧穿着衬衣，应该是怕人看到他肩膀上的三羽乌文身。他仓皇逃离四行仓库时，衬衣袖子被钢筋头刮下来，凌云洲清楚地看到，他肩膀上有三羽乌文身。

唐琳叹口气："唉，我真没想到，'猎户'竟然是'丹顶鹤'。云洲，彼得洛夫已经发出与我见面的信号了，你能在这时候确定他的身份，真的太及时了！"

江澄子问唐琳："妈妈，您应该取消与彼得洛夫接头。"

凌云洲也着急："妈妈，彼得洛夫肯定挖好坑等您跳进去呢，希望您三思。"

唐琳摆摆手："延安方面已经下达命令，力保'老夫子'安全。这次同盟国特工合作，是延安方面牵头，如果我因为有风险不去见彼得洛夫，不知情者会认为延安方面无意与同盟国隐蔽战线合作，我们是无法解释清楚的。我去探探路，即便有危险，还能给'老夫子'示警。"

凌云洲和罗亭担心唐琳的安危，但又无力阻止。

时间：1943年5月6日，星期四。

地点：上海，公共租界，外滩；日占区，愚园路。

潼川站在南京路路口，痴痴地望着沙逊大厦江澄子的办公室窗口，摇摇头，慢慢地撕扯着手中的报纸。

他嘴里不停地嘟囔着"越女，越女"。"越女"是安子铭赐给他的代号，但是他至今都不明白，这个代号代表着什么。

他就是代号"越女"的侍六组特工。经他调查，迈克尔·史密斯不是"T先生"。

他撕扯到第五个版面时，突然停下来。他第十三次看报纸上的猜字游戏。这次的谜面是"无中生有，百家老三"。

他猜出：

这是"T先生"以谜语的方式发出的接头暗号。

"无中生有","无"是"无名指先生","中"是"中指先生",意思是要求"无名指先生"和"中指先生"见面。

没有明确接头日期,那就是今天。

"百家老三",应该暗指接头地址。这个地址是什么呢?潼川百思不得其解。

他猜了许久,猜了很多次,也没有猜出合适的谜底。他决定去愚园路唐老鸭酒吧喝几杯酒,找找灵感。

他一边喝酒,一边听邻座两个妖艳舞女闲聊。

舞女甲:"昨晚受累了吧?"

舞女乙:"确实把我折腾够呛!"

舞女甲:"唉,我们赚的就是挨累受辱的钱。一般人能进得去孙家花园吗?这辈子享受一次就应该知足!"

舞女乙:"孙家花园再怎么奢华,也不是我家。在那里睡一觉有什么值得炫耀的!"

潼川听到这里,恍然大悟,掏出笔在报纸上圈住"百家老三"四个字,在切口处写下"孙家花园"四个字。

他的理解是,"百家老三",暗指"百家姓老三",也就是"孙"。上海以"孙"字开头的地点,只有孙家花园。

潼川端起酒杯一饮而尽,将钞票压在酒杯下,匆匆离开唐老鸭酒吧。他慢慢地步行一段路,确定没有人跟踪,才走进公用电话亭,拨通电话:"妥了?好,迈克尔可以消失了。"

挂断电话后,他又拨通一个电话:"查清楚了吗?哦,德川拓人在愚园路——好的,我去找他。"

潼川回到自己的轿车前,发现两个特务监视他的轿车。他佯装没有察觉,驾车来到江苏路路口的大卫雪茄店。

大卫雪茄店是英国军情六处的情报联络站,店主是意大利人,名叫大卫,约莫五十岁年纪,坐在店门前吸雪茄。他瞧见潼川进店,向潼川伸出双臂。

潼川与大卫拥抱,大声说:"好久不见了,大卫!"然后又低声说,"有日本狗尾巴。"

大卫大声说:"潼先生订购的雪茄到了,我想打烊后给您送到府上呢。"

二人点燃雪茄,站在窗前,貌似闲聊。

大卫冲马路对面的两个日本特务努努嘴:"海军情报处的人?"

潼川点点头:"应该是千叶枫的人。"

"村上云昔怀疑你了?"

"村上云昔怀疑一切,怎么可能信任我呢!不过,千叶枫派人跟踪我,应该不是受村上云昔指派。"

大卫揶揄道:"你、千叶枫、东条初音,同在斯坦福大学就读。千叶枫暗恋东条初音,东条初音却喜欢你,千叶枫不恨你恨谁?"

潼川笑道:"千叶枫最应该恨的人,是杀死千叶弘一的人。"

大卫一怔:"千叶弘一——被人杀死了?在哪儿?谁杀的。"

"在新加坡,被我们的人做掉的。"

"我本想手刃千叶弘一呢!这笔血债,我不仅要向千叶弘一算清楚,还要让'杜先生'加倍偿还!"

潼川提及的千叶弘一,是千叶枫的哥哥。三年前千叶弘一在新加坡奸杀了大卫的女儿。三年来,大卫一直在寻找千叶弘一,为女儿报仇。

潼川低声说:"你放心吧,'杜先生'的寿命,目测只剩下两天了。这事儿就不烦劳你操心了。对了,迈克尔离开上海了吧?"

"我送他上船的。走,我开瓶好酒,庆祝一下。"

他们似乎根本不在乎店外的日本特务,边喝红酒边闲聊,聊到开心处,还哈哈大笑。

潼川喝完酒,拿着大卫的轿车钥匙,从店后门悄悄离去。

潼川驾车驶过镇宁路路口,远远地打量位于镇宁路北段的孙家花园,却没有直接过去,而是在十字路口拐到镇宁路南段。

镇宁路南段路口停着一辆轿车,轿车里的人一直在观察身边驶过的轿车。潼川驾车驶过去,那个人举起照相机,对准潼川的轿车连拍。

潼川从后视镜里看到有人拍摄,便在路口向左拐入幽静的小路。

一栋居民楼的露台上，一男一女两个日本特务，坐在桌前喝咖啡。他们见潼川驾车驶过来，日本女特务举起照相机。

绕过几条小巷，潼川驾车返回愚园路，直奔孙家花园。

~ 320 ~

时间：1943年5月6日，星期四。
地点：上海，法租界，金陵路；日占区，梅机关。

莫先生重返上海。

严兄恩情难报，吾师金陵渡备宴。

薄酒三杯慰藉杨柳。

简子让看着《申报》上这则让别人感觉莫名其妙的宴客启事，悲壮感油然而生。

这是"猎户"用暗语发出的紧急联络通知。

"莫先生"暗指"莫斯科"；"重返"暗指"重庆"；"严兄"暗指"延安"；"吾师"取自"三人行必有吾师焉"，暗指三方见面；"慰藉杨柳"，暗指告别。

"金陵渡"，暗指位于法租界黄浦江边的金陵路渡口，渡口左侧有一家"金陵酒铺"。

简子让读懂了这则暗语启事，"猎户"要求与"佛手"和"老夫子"见最后一面。若无法见面，"猎户"就会离开上海。

简子让明明知道这次见面是个陷阱，但他依旧选择前往。

"嘟嘟"，几艘货轮从金陵路渡口向江心驶去。码头上，一群劳工将一批货物装到货轮上；金陵酒铺的酒幌，在江风中来回飘荡。

金陵酒铺二楼包间里，彼得洛夫站在窗前，不停地扫视金陵路。他看了半天也不见有人走向金陵酒铺，气呼呼地走到餐桌前坐下。

柴山哲也望着喘着粗气的彼得洛夫，点指报纸上的启事，不动声色地问道："'佛手'和'老夫子'不会失约了吧？"

彼得洛夫不耐烦地抱怨道："都怪土肥原抓捕中村宇都，导致'支点行动'搁置。如果你不抓我，或许我早就和'佛手'见面了，或许也找到'老夫子'了。"

柴山哲也说："如果抱怨有用，支那人现在早就过上美国人的生活了。说点儿实际的，你觉得这则启事刊登后，他们会赴约吗？"

"现在的新疆，是支那人的命脉！"彼得洛夫大声吼道，"新疆失控，美国的战略物资就无法通过新疆送到内地，重庆方面也就无法获得战略物资。重庆方面能不重视这次会谈吗？所以，我断定重庆代表'老夫子'一定会来。"

柴山哲也点点头，表示认可彼得洛夫的说法。

彼得洛夫看了看柴山哲也："我们赌一盒雪茄，我赌'佛手'先来，你赌'老夫子'先来，如何？"

"成交！"

黑川梅子把轿车缓缓地停在金陵酒铺前方的一棵高大法桐树下，举起望远镜对准金陵酒铺。

副驾驶位上放着一张《申报》，那则宴客启事，被红笔一一注释。"金陵渡"三个字，被红圈圈住。

黑川梅子放下望远镜，从腋下掏出一把手枪，退出弹夹，检查里面的子弹。她把弹夹重新装入手枪时，突然看到一个熟悉的身影——唐墨，提着一个酒坛走向金陵酒铺。

貌似唐墨的人，其实是简子让。

黑川梅子举起望远镜，不断地调整焦距，看到简子让走进金陵酒铺。

"他怎么会出现在这里？"黑川梅子百思不得其解。

黑川梅子拿着手枪、相机和望远镜下车，悄悄地登上停泊在金陵酒铺后面的货轮，藏在一堆货物后面，举起望远镜观察金陵酒铺里面的情况。

这时，关叔乘坐黄包车抵达金陵路渡口。下车后，他向金陵酒铺眺望一眼，转身向货轮走去。

简子让走进金陵酒铺，见一楼有很多日本特务装扮的劳工坐在各处喝酒，随便找个位子坐下，将酒坛放在桌上，向店小二招招手，扯着嗓门喊道："小二，先上一碗新酒，放姜片！"

这是"佛手"与"猎户"的接头暗号。

店小二高声喊道："一碗新酒，放姜片！"

片刻后，听到喊声的彼得洛夫走下楼，跟随端着酒碗的店小二，走到简子让面前坐下。

"新酒放姜片，奇怪的癖好！"彼得洛夫打量简子让。

"就好这口，怎么了？"简子让瞥了彼得洛夫一眼，端起酒碗喝了一大口。

"别喝了，伤胃。"彼得洛夫端起酒碗，起身走向一楼的包间。

"我最讨厌说话说半句，你给我说清楚！"简子让提起酒坛，跟随彼得洛夫进入包间。

简子让将酒坛放在桌上，彼得洛夫将酒碗放在简子让面前。

"我是'猎户'！"彼得洛夫打量简子让，"你是延安的，还是重庆的？"

"喝酒吧！"简子让把酒碗推到彼得洛夫面前，"给你要的酒！"

"我不喝劣质酒。"彼得洛夫盯着简子让，低声说。

"既然不喝酒，那就说实话，你是怎么被捕的？"简子让把手放在酒坛上。

"没办法，走背运，折到梅机关特务手里。不过还好，被你们的同志救出来了。"彼得洛夫把酒碗推到简子让面前，"我们凭实力说话，莫斯科坚持八成新疆权益归属苏联。"

简子让微微一笑："我们以命相搏，寸土不让。"

彼得洛夫点指桌面："中国有句古话，识时务者为俊杰。"

简子让说："中国还有一句古话，犯我中华者，虽远必诛。"

"这么说，我们没办法谈了。"彼得洛夫耸耸肩，摊开双手。

"那就请你喝一杯吧。"简子让扯下酒坛蒙布，从坛口里拽出一根引线，"坛子里装的全是烈性炸药，还有一颗手榴弹，它的杀伤力，你应该懂的。说吧，你到底是什么人？"

彼得洛夫说："我就是苏联代表。有话好好说，你千万别冲动！"

简子让冷冷地笑道："投靠日本人的苏联代表吧？"说着，他便拽下引线。

彼得洛夫像豹子一样跃起，撞碎玻璃窗，飞到窗外。

"轰"的一声巨响，硝烟弥漫，大半个金陵酒铺坍塌。

走下货轮的关叔听到爆炸声，转身跑出渡口，跳上黄包车，快速离去。

柴山哲也不愧是资深特工，在楼板尚未坍塌时，从二楼窗口跳进黄浦江。待冲击波和飞溅物消失后，他才向货轮游去。

他游到货轮边，正琢磨从哪里攀爬上去时，黑川梅子出现在船舷上，扔下一根绳子。

他狼狈不堪地爬上货轮，扭头望着几乎成为废墟的金陵酒铺，低声骂娘。

他们回到梅机关，黑川梅子将胶卷送到装备课冲印。

一个小时后，冲印出来的照片便摆到柴山哲也的办公桌上。

"此人是谁？"柴山哲也指着照片中的关叔。

"唐公馆的管家，人称关叔。"

柴山哲也点指照片中的货轮："它们也是唐氏的吧？"

"确切地说，是和平建国军第三集团军的。"黑川梅子指着照片中的关叔，"据调查，此人有一个弟弟叫关之杰，现任上海市政府交通部部长。"

"难道关之杰才是我要找的人？"柴山哲也盯着黑川梅子，"我要找的人，是代号'老夫子'的重庆方面特工。"

"'老夫子','老夫子'——"黑川梅子嘀咕道,"关之杰还兼任国立交通大学交通运输系主任。支那人通常把教书先生叫夫子。"

柴山哲也点点头:"你马上安排国际课的特工盯紧关之杰,我要掌握他的一举一动!"

第十九章　**伪装者**

时间：1943年5月6日，星期四。
地点：上海，日占区，愚园路孙家花园，上海日本宪兵司令部。

以孙家花园为中心，方圆一公里内，都是特高课特务的监控范围。

一栋隐藏在高大茂密树木中的欧式洋房，已经成为特高课临时指挥所。

孙家花园里，到处是伪装成用人、花匠、厨师的特高课特务。这些特高课特务看似漫不经心，其实是高度戒备。

地下室变成暗室，胶卷堆成小山。五个特高课特务有条不紊地冲洗照片。二楼阳台上，德川拓人阴着脸，扫视着愚园路。

凌云洲走上露台，站到德川拓人身后。

"方圆一公里，都是我们的监控范围。"德川拓人冷冷地说，"但愿我们这次能有所收获。"

"这个神龙见首不见尾的'中指先生'到底是谁？"凌云洲问。

"一会儿就知道了！"德川拓人瞅瞅房门，"他妈的，'中指先生'是安老大的宝贝疙瘩，怎么可能轻易让我们知道！"

凌云洲问："你认为'中指先生'是内鬼吗？"

"我认为——没啥用，关键他到底是不是。你跟宫久聊得怎么样？"

凌云洲说："宫久惦记青铜特训营呢。看来宫本正仁已经疯了，想抄我们的老底儿。"

"宫本正仁真把自己当盘菜了。贪婪这服药，能治他的不治之症。"德川拓人冷冷地说，"走，照片应该冲洗出来了，我们去看看。"

他们来到一楼的房间内。

墙壁上挂满照片，照片中有买菜的大妈、拉客的黄包车夫、抱孩子的妇人……最扎眼的，莫过于一组潼川驾车驶过附近街道的照片。

"潼川！"凌云洲点指照片，"镇宁路南段、东诸安浜路、麦琪路、愚园路，他一直在附近转悠呀！"

德川拓人说："这是职业特工躲避跟踪惯用的伎俩。"

凌云洲说："他是海军情报处上海站行动一课课长，肯定掌握一些反跟踪技巧的。我怎么感觉他在耍我们呢？"他转身盯着德川拓人，"你把这里的人撤出去，我去会会潼川。我们的目标是千叶枫，不能让潼川坏了我们的正事儿。"

特高课特务撤离洋房后，凌云洲走到门口，拦住还在驾车瞎转悠的潼川，将他带到一楼客厅。

潼川大大咧咧地坐在红木椅子上，四下看了看："这玩意儿，虽然不便宜，但是样子货，坐着一点儿都不舒服。"

"那是因为你习惯坐板凳了！"凌云洲将一张《申报》扔到潼川面前，"你喜欢猜字吗？看看上面这则字谜，谜面是'无中生有，百家老三'。"

潼川拿起报纸看了看："就是老百姓家的三儿子，喜欢没事儿找事儿呗。"

"你出现在这里，也是没事儿找事儿吧？"凌云洲跷起二郎腿，"你是'中指先生'吧？"

潼川点指报纸上的谜面："'无中生有'的'中'字，暗指'中指先生'？这么说，这个'无'字，暗指'无名指先生'？"

凌云洲点点头："没错，我就是'无名指先生'。"

潼川突然掏出手枪，对准凌云洲："别动，'无名指先生'。"

凌云洲笑了笑："我还是玉皇大帝呢，你信吗？"

潼川点指报纸："这上面的'无中生有，百家老三'，不是字谜，而是接头暗语,意思是说,'无名指先生'约'中指先生'在孙家花园接头。"

凌云洲点点头:"好像是这个意思。所以,你到孙家花园来了。'中指先生',你在附近转悠一个小时了,千万别说你是来买菜的。"

"哪条法律规定,我不能在这里转悠呢?"潼川淡定自若。

"我这条法律规定的!"德川拓人出现在楼梯上。

潼川看到德川拓人,便沉默不语。

德川拓人手里拿着录音带,走到潼川面前,夺过他的手枪:"我在特高课煮好咖啡,请你品尝!"

对于千叶枫来说,最近简直厄运连连。

千叶家族中最有商业头脑的千叶弘一,被英国军情六处特工在新加坡暗杀;

一直与他交流各方信息的东条初音,突然杳无音信;

他费尽心思安插在日军第十三军司令部、调查"T先生"的雅子被人勒死。

他感觉自己的四肢,被四面八方飞来的飞刀刺中,并不断地割断他的筋脉。

他神情恍惚地驾车行驶在愚园路上。本来好端端行驶在路中央的轿车,不知道为什么,突然拐向路边,眼看就要撞上黄包车。

黄包车夫拉车冲过马路牙子,蹿上人行道。

千叶枫猛踩刹车,车轮被马路牙子卡住。

他接连喘几口粗气后,把轿车摆正,停在路边,从口袋里摸出一个小盒子,从里面拿出一丸鸦片。

他抠下一块鸦片,搓成条状,然后打着打火机,烘烤条状鸦片,鸦片化成一缕袅袅上升的青烟。

他把鼻孔对准青烟,贪婪地吸着。

鸦片燃尽,青烟消失,他靠在椅背上,轻轻地闭上眼睛。

片刻后,他睁开眼睛,狠狠地摇摇头,然后驾车进入孙家花园。

他刚走进客厅，就被特高课特务缴了枪，按到德川拓人对面的沙发上。

德川拓人眯缝着眼睛，上下打量千叶枫，然后把面前的一沓照片慢慢地推到千叶枫面前，轻声说道："雅子玉碎，千叶会长留个念想吧。"

千叶枫抓起照片，见照片上是他和雅子幽会、雅子和乞丐向他传送情报的画面，冷笑着将照片摔到茶几上。

德川拓人慢条斯理地问道："雅子是你的人，还是村上云昔的人？"

千叶枫不耐烦地问："有区别吗？"

"当然有区别。"德川拓人想了想，"如果雅子是村上云昔的人，我们德川家族就要与村上云昔清算这笔账。"

"雅子是我的人。"千叶枫改口。

"我们的账如何算呢？"

"你想怎么算？"

"说说'T先生'吧。"德川拓人转身从桌上拿起一张旧报纸扔到茶几上。

千叶枫瞥了一眼旧报纸，看到上面是梅机关供稿、申明丹尼尔是"T先生"的报道，不屑地说："这个'T先生'是假的。"

"他当然是假的。"德川拓人点点头，"因为你才是'T先生'。"

千叶枫死死地盯着德川拓人："你想立功想疯了吧？"

"我疯没疯，你心里清楚。说说吧，你对'支点行动'了解多少。"

"我是海军情报处上海站情报课课长，当然要参与'支点行动'。但是，我没有必要偷你的边角料文件！"

"急什么嘛，这只是我的猜测而已。"德川拓人说。

千叶枫冷冷地说："既然是猜测，那我猜测雅子是傅见山杀的。"

"证据呢？"

"我怀疑他是'T先生'！"

德川拓人突然喝道："滚！"

上海日本宪兵司令部。

第十九章 伪装者

一间四面是水泥墙、空间逼仄的密室内,排气孔的风扇有气无力地转动着;房顶悬挂的电灯,懒散地把昏黄的灯光洒在满地的稿纸上。

潼川靠在墙上,双手举着稿纸默默地背诵。他背完一张,便把那张稿纸扔进身边的炭盆里,然后又从地上拿起一张稿纸继续背诵。

不知道过了多久,炭盆里的炭火全部被灰烬覆盖。

伴随开锁的声音、怒斥值守特务的声音,德川拓人推门走进来。

"'中指先生'!"德川拓人打量抱膝而坐的潼川,"你是不是空出肚(杜)子,等(登)到特高课喝咖啡?"

"杜登,'杜先生'——"潼川听到这句话,瞪大眼睛望着德川拓人,"特高课的咖啡特(T)难喝!"

接头暗号对上了,两个人的表情一下子变得轻松。

德川拓人白了潼川一眼:"我真想一枪打死你!"

"但愿不是十枪,我向来不相信你的枪法!"潼川笑着说,"真没想到,你就是'T先生'。"

"毛老二发来密电,他在崇明岛成功劫持了'杜先生'杜登。可惜杜登对'田中骗局'一无所知,毛老二盛怒之下杀了杜登。"德川拓人低声介绍,"杜登的遗物中,有一个特制密码箱,放在114号基地。"

"114号基地,是我的安全房。"潼川说,"如果有一天,安子铭知道我加入侍六组之前是英国军情六处特工,他会有什么样的心情呢?"

"安子铭有什么样的心情,我不知道,但我知道村上云昔知道你是'杜先生',肯定有想把自己阉了的冲动。"德川拓人打趣道。

潼川瞥了德川拓人一眼:"你和'黑石'里应外合,从山本五十六的心腹手中窃走潜伏在美国的日本特工名单,成为同盟国隐蔽战线上的英雄。我很好奇,'黑石'在香港,还是在上海?"

"这不是你应该知道的事情。"德川拓人摇摇头,"我一想到那个该死的名单,就感觉脑袋炸裂。"

潼川笑问:"你是舍不得索菲亚吧?"

德川拓人瞪大眼睛,低声怒喝:"你不配说她的名字!"

潼川微微一笑："她不是你的私产，她也是我心爱的女人。"

"我真心希望安子铭杀你的时候，绝对不会像我这样手软。"德川拓人说。

"中国算什么，安子铭算老几？英美两国才是真正的兄弟。我们在香港磕过头，是拜把子兄弟，岂能因为一个女人反目成仇？"潼川起身拍拍德川拓人肩头，"兄弟如手足，女人如衣服。"

德川拓人起身，郑重地说："我是真心喜欢索菲亚！"

"既然这样，我祝福索菲亚能逃过此劫！"潼川冷冷地说，"祝福你们还能有缘相见！"

时间：1943年5月6日，星期四。

地点：重庆，珊瑚坝机场；上海，愚园路，唐公馆。

鄂西会战爆发，日军率先从长江东线发起进攻，剑指常德。第六战区孙连重部沉稳应战，两军一时难分胜负，陷入白热化胶着状态。

各地的情报如雪片一样，送到前线指挥部。特别重要的情报，送到珊瑚坝机场旁的别院。

安子铭坐在凉亭里看情报。一阵急促的脚步声传来，安子铭循声望去，唐横已经来到面前。

唐横边擦汗边说："常德前线打得异常惨烈。老头子来电询问，是否调动江防军支援孙连重部。"

"调动江防军？谁的主意？"

"孙连重。"

安子铭心里不悦："准备这么久，战斗刚开始，孙连重部就顶不住了？"

"孙连重说，日军准备在常德与国军死战。如果国军失败，日军就会沿江而上，直抵重庆。"

安子铭指着石桌上的地图分析道:"这是孙连重自己估计的吧?如果我们调动江防军,横山勇必然率部攻击石碑,继而西下入川,陪都必然不保。"

唐横满脸担心的表情:"万一孙连重部溃败,第六战区危如累卵啊!"

安子铭站直身子:"告诉老头子,不到万不得已,绝对不能调动江防军。"他想了想,接着问道,"'昙花'有消息吗?"

"我一直联系'昙花',但没有得到回应。"

安子铭一怔:"不要联系他了。"

唐横极力让自己平静:"第六战区——急需你的决断呢。"

"在合适的时候,我会给孙连重答复的。"安子铭似乎有些不耐烦,径直向正房走去。

戴遇侬坐在办公室内,盯着办公桌上的地图,眉头拧到一起。他抬头看了唐横一眼,又低下头:"常德有消息吗?"

唐横看看安子铭,安子铭冲他努努嘴。

唐横字斟句酌地说:"日军第十一军进攻常德,日军南方军暂时没有动静。"

戴遇侬依旧盯着地图:"日军南方军想攻打常德,够得着吗?"

安子铭坐到办公桌前,扭头问唐横:"中统那边有没有关于常德方面的情报?"

唐横说:"我昨晚见过陈册,他说中统上海站只提供了日军第十一军攻打常德的情报,并没有提供日军南方军的情报。"

安子铭看了看戴遇侬:"你的判断是对的,日军南方军故弄玄虚,其真实目的不是常德。"

唐横走到办公桌前,低声说:"最近陈册盯上宜昌的油料。"

戴遇侬抬起头,冷冷地盯着唐横:"能不能说得详细点儿?"

唐横说:"民国二十七年秋,上海江家、南京唐氏的联合公司——华邦石油公司,与美国美孚石油公司合资经营油料。武汉会战时,华邦石油公司本想把一千吨油料运往四川,可惜没来得及。但是,不知道什么原因,这批油料便消失了。今年被陈册策反的代号'布衣'的中统特工,竟然阴差阳错地找到了那批油料。"

"一千吨——一千吨——"戴遇侬不停地嘀咕,"看来陈处长发财喽!"

安子铭扭头问唐横:"这批油料还在宜昌吗?"

"是的。"唐横说,"陈册投鼠忌器,既想得到这批油料,又不想暴露'布衣',所以迟迟没有动手。不知道李墨群通过什么渠道,把这批油料据为己有了。"

安子铭指着地图上的长江,看了又看:"李墨群肯定不会把这批油料放在宜昌,他必然会抓住日军打通宜昌到武汉的水路机会,偷偷地把这批油料运到长江下游某地。"

唐横指着地图上的江苏:"安主任料事如神,李墨群确实想把这批油料运到这里。"

安子铭说:"仅仅判断出来没有用,我们得不到这批油料,就必须毁掉。这批油料一旦落入日军手里,就等于给日军安上翅膀了。唐横,日军第十一军空军的资料到了吗?"

唐横点点头:"到了,已经转交飞虎队。"

"我有一种不好的预感!"安子铭脸上显现出一层愁云,"我们拿到的日军作战计划,极有可能不够真实。你们看——"他指着地图分析道,"如果日军仅靠十一军攻打第六战区,胜算并不大,但是他们为什么要这么做呢?他们的真正意图是什么呢?"

唐横立即向安子铭保证:"我马上督促下面搜集更全面的情报。"

胆战心惊的关叔逃回唐公馆,连喝三杯茶,依旧惊魂未定。

唐正声走进关叔的房间:"你回来了,席——吃得如何?"

一脸沮丧的关叔,见到唐正声,似乎忘记主仆之间的基本礼节:"吃哪门子席,我差一点儿回不来了。据说是'佛手'把自己扮成人体炸弹,把金陵酒铺炸得坍塌大半。"

"你——替我受惊了。"唐正声轻轻地拍了拍关叔的肩头。

这时关叔才意识到自己失礼了,慌忙起身给唐正声鞠躬:"司令来看我,我——却失礼了。请司令放心，我和关之杰都愿意站在你前面，扮好'老夫子'的角色。"

"你们兄弟——受累了。"

日本各大特务机关怎么都不会想到，他们追查的"老夫子"，竟然是和平建国第三集团军总司令唐正声。

头顶民国"花花公子"绰号的唐氏大少爷、地方军政大员，为何成为侍六组特工"老夫子"呢？为了信仰——纯粹的三民主义信仰。

"有人炸毁金陵酒铺，其实是在提醒我们——"唐正声喃喃自语。

"共产党员'佛手'肯定是粉身碎骨，他们能付出这么大的代价提醒你？"关叔自问，"如果换成我们的人，能以如此悲壮的方式提醒他们吗？"

唐正声摇摇头："原来的国民党党员也许会，但现在的国民党党员不会了。这个国民党啊，已经烂到根子上，眼里、心里全部是名利。这次，我欠了共产党一个人情，以后一定想办法还给他们。"

关叔看看唐正声，踌躇着说："那——我们还给李墨群运货吗？给他运货，就等于在共产党后背捅刀子。"

唐正声摆摆手："背后捅刀子的事，我们肯定不能做。但是，货物没上船，是李墨群的；货物上了船，就说不定是谁的了。你马上给安子铭发电报，让他派人接收这批货。"

关叔小心翼翼地问："江澄子想利用我们的船，捎点儿货，答不答应她呢？"

唐正声爽快地说："江澄子想送苏菲出城，通知她今天晚上做好准备，我们全力配合。这个豪门大小姐，跟我差不多，不知道脚下踩着几条船呢。"

~ 323 ~

时间：1943 年 5 月 6 日，星期四。

地点：上海，日占区，郊区。

关之杰驾车驶出国立交通大学校门，一辆卡车突然冲过来，毫不减速，径直撞向他的轿车。

关之杰醒来时，发现自己吊在农舍的房梁上，身旁还吊着已经昏死的少女——唐琳的丫鬟阿离。

他的眼镜放在方桌上，一块镜片被撞碎了。

一个满脸横肉、手拿匕首的男子坐在方桌旁。

关之杰模模糊糊地辨认出，那个男人是特工总部行动队的贾三。

"陈队长，他醒了。"贾三冲里间屋喊道。

陈恭如从里间屋走到关之杰面前，拍了拍关之杰的脸："关部长，受累了！自我介绍一下，我是特工总部行动队队长陈恭如。"

关之杰瞪着陈恭如："特工总部应该没有权力抓我吧？"

陈恭如摇摇头："关部长，你的认知有误区啊。在我们眼里，只有想不想抓的人，没有能不能抓的人。既然我们同朝为官，一切都好商量。你交出一样东西，我就送你回去。"

关之杰愤愤地吼道："你还是想想如何向南京方面解释你擅自绑架交通运输部部长的行为吧！"

陈恭如没有搭话，冲贾三努努嘴。

贾三走到关之杰面前，将匕首插入关之杰的胳膊。

关之杰连声惨叫。

惨叫声惊醒阿离。她睁着迷离的眼睛，无力地看着眼前的人。当她看到关之杰，便浑身战抖。

陈恭如走到阿离面前，托起她的下巴："认识我吗？"

阿离摇摇头："不——不认识。"

陈恭如扭头对贾三说："帮她回忆回忆！"

阿离连忙点头："认识——认识，您是特工总部陈队长——"

陈恭如指着关之杰，问阿离："他是谁？"

阿离望着关之杰，犹豫着说："他——他是关——关组长——"

关之杰呵斥阿离："别胡说，我是部长，不是组长！"

阿离吓得扭过头去。

陈恭如干咳一声。贾三将匕首插入关之杰另一条胳膊。

关之杰连声惨叫。

陈恭如走到关之杰面前，转身接过贾三手里的匕首，抵在关之杰的胸口上："你不给我一个痛快的，我就给你一个痛快的！"

关之杰疼得汗如雨下，失声说道："我是周佛麟私人秘密组织'锥子情报组'组长。"

"周佛麟私自组建的情报组组长？"陈恭如有些失望。

如果这件事出现在他没有回归军统之前，这种意外收获，必然让他在李墨群那里换几根金条。现在李墨群脚踏多条船，哪方都不想得罪。如果他把这件事情告诉李墨群，李墨群不但不会赏赐他，还会责怪他无故找麻烦。

陈恭如想到这里，对贾三说："让他们录口供。"

录完口供，关之杰问陈恭如："我可以走了吗？"

"暂时还不行。"陈恭如摇头，"'锥子情报组'上海站成员名单，我不感兴趣。我感兴趣的是，你负责的侍六组秘密运输线'丝路'。你说说这条神秘的运输线吧。"

"这个要求，恕我无法满足你！"关之杰咬着牙说，"你可以杀了我。"

"他们是不是拿你的家人要挟你？"陈恭如看出关之杰的难处，"妈的，现在这世道，做什么事都很难。"

关之杰沉默不语。

"求生不容易，求死还是很方便的。"陈恭如点燃一支烟，塞入关之杰嘴里，"要不——你再考虑考虑？"

关之杰深吸几口烟，瞥了阿离一眼："我不想让多余的人知道这件事情！"

陈恭如二话不说，解下阿离，像拎小鸡子似的把她拎出去，塞到车里，驾车驶向远处的树林。

在树林深处，陈恭如停下车，扭头问一脸惊恐的阿离："你想怎么死？"

"大爷，饶命，你让我做什么都行！"阿离苦苦哀求。

"以前接触过男人吗？"陈恭如一脸淫笑。

阿离咬着嘴唇，轻轻摇头。

陈恭如下车，把阿离拽到车尾，压到后备厢上，扯下裤子……

陈恭如尽情地发泄完兽欲，点燃一支烟，美美地吐着烟圈。

阿离整理好衣服，像罪犯面对官老爷一样，蹲在地上，抱着双膝。

"从今以后，你就是我的女人了，没有人敢欺负你。"陈恭如托起阿离的下巴，一字一顿地说完，抱起阿离，塞到副驾驶位子。

轿车飞速向城里驶去。

阿离怯声怯气地问："你——要把我送到哪里？"

"唐公馆，监视唐琳。"陈恭如掏出一把钥匙扔给阿离，"愚园路，联安坊，门牌号在钥匙上，以后那里就是你的家。"

"关之杰——怎么办？他可是要求你杀死我的。"阿离犹犹豫豫地接过钥匙。

"他还有资格要求别人？笑话！放心吧，你永远都见不到他了。"陈恭如得意地说。

此刻，双手、双腿被绳子捆紧的关之杰，坐在农舍外屋墙脚下，偷偷地观察趴在桌上睡觉的两个特务。

农舍里间屋，两个特务躺在床上酣睡。

四个特务的鼾声，像夏天稻田里的蛙声，此起彼伏。

关之杰轻轻地挪到一块砖头前，用砖头的棱角摩擦手腕上的绳子。也不知道磨了多久，他手腕上的绳子脱落了。

他紧张地看了看面前的两个特务，把手拿到身前，慢慢地活动手指手腕，轻轻地解开腿上的绳子。

他缓缓地按摩腿部肌肉，待血脉通畅后，扶墙站起来，走到桌前，拿起匕首，迅速割断两个特务的颈动脉。

他从一个特务腰间摸出手枪，走到里间屋门口看了看，见贾三和另一个特务四仰八叉地躺在床上，眼中闪现出复仇的怒火。

他蹑手蹑脚地走到特务身边，把匕首压在特务的脖子上，向下向外用力，一下子割断特务的气管和颈动脉。

他走到贾三面前，用匕首拍打贾三的脸。

贾三翻身坐起，看到浑身血污、面目狰狞的关之杰，连忙把手伸向腋下掏手枪。

关之杰扣动扳机，弹头钻入贾三的右肩。紧接着，他打光手枪弹夹里的子弹，贾三的身体像雨后山间的泉眼，四处汩汩冒血。

关之杰打开房门，迎面而来的是一个黑洞洞的枪口。

陈恭如的面目更加狰狞，逼着关之杰连连后退。

关之杰踩到地上尚未凝固的血水上，一屁股坐到特务身上。

陈恭如像狸猫玩弄爪下的老鼠一样，两分钟开一枪，直至把弹夹里的弹头全部送入关之杰体内。

第二十章　休止符

~ 324 ~

时间：1943 年 5 月 7 日，星期五。
地点：上海，公共租界，沙逊大厦；日占区，愚园路孙家花园。

凌云洲判断，柴山哲也早就知道彼得洛夫是乌机关苏联局"鹤小组"成员"丹顶鹤"，柴山哲也一直与彼得洛夫在演《捉放曹》的戏码。

凌云洲告诉宫久，乌机关主管的三个局，唯有苏联局建制完整，除掉彼得洛夫，就等于断了柴山哲也一条臂膀，宫本家族才能进一步掌控乌机关。

对于凌云洲的判断和建议，宫久全盘接受，并且全天候跟踪柴山哲也。

宫久发现，柴山哲也经常独自出入沙逊大厦和华懋饭店的 709 房间，认定这两个房间是彼得洛夫的藏身之地。

宫久入住华懋饭店 707 房间，把听诊器贴在墙壁上，听到彼得洛夫和柴山哲也谈话。

彼得洛夫："我的身份暴露了，我必须尽快离开上海！"

柴山哲也："你是大日本帝国特工，有什么好怕的？"

彼得洛夫："犬养中堂死了，现在除了你，谁知道我是乌机关苏联局'鹤小组'成员'丹顶鹤'？你以我为饵，诱捕'无名指先生'，绝对是一个愚蠢的决定！'无名指先生'绝对不可能是傅见山，傅见山绝对不敢冒充'无名指先生'。"

柴山哲也："难道这是村上云昔的阴谋？犬养中堂生前再三叮嘱我，绝对不能把乌机关'鹤小组'交给村上云昔。因为藤田也夫是犬养中堂的私生子。"

彼得洛夫："如此看来，把乌机关'鹤小组'交给村上云昔，就等于交给龟机关。这是犬养中堂不想看到的。"

柴山哲也："我马上安排你离开上海，到长春暂避一时。"

柴山哲也离开后，宫久扮作侍应生，把安装消声器的手枪藏在托盘下面。他进入709房间，乘彼得洛夫不备，把弹头送进彼得洛夫的心脏。

宫久乘坐电梯来到一楼大厅，迎面碰到苏醒。

"黑川梅子——"苏醒附在宫久耳边说，"她是与宫本先生做过交易的女人！"

黑川梅子并没有意识到自己的噩运马上就会呼啸而至。

此刻，她跟踪凌云洲来到孙家花园。特高课的特务昨晚已经全部撤离，孙家花园里面死一般寂静。

凌云洲似乎察觉到什么，走到大门前停下，扭头四下察看。

黑川梅子机警地躲到大树后，顺着凌云洲的视线，看到千叶枫带领海军情报处上海站特务，向孙家花园走来。

凌云洲毫不在意，不紧不慢地打开大门，进入院内。

千叶枫手持手枪，率领一群特务冲进孙家花园。

黑川梅子掏出手枪，打开保险，悄悄地摸到孙家花园大门前的轿车旁，熟练地打开车门锁，钻进去俯下身子，盯着大门里面。

凌云洲背对大门，全然不顾身后的特务。

"傅见山！"千叶枫把枪口对准凌云洲大骂，"你他妈的还能再卑鄙一点儿吗？你偷录我们对话当成证据陷害我？"

凌云洲慢慢地转过身："村上云昔认为是真的，我也没办法。"

千叶枫几近疯狂："傅见山，你伙同德川拓人，用似是而非的录音栽赃我是'T先生'，鬼才相信你们的小伎俩。"

"你不就是'T先生'嘛，根本不需要什么证明。"凌云洲向千叶枫靠近。

"站住，不然我就开枪了！凌云洲，你别演戏了。我不是'T先生'，你也不是傅见山！"千叶枫向后退两步，"傅见山——早就死在重庆了！"他吼完，便扣动扳机。

凌云洲向右躲闪，弹头还是射入他的左肩。

在弹头的冲击力作用下，凌云洲摇晃几下，摔倒在地。

伴随一声枪响，弹头从千叶枫耳边飞过去，钻入一个特务的眉心。

罗亭出现在二楼窗前，接连击毙三个特务。

千叶枫和特务一边举枪向罗亭射击，一边冲向洋房。

黑川梅子见凌云洲中弹倒地，不由自主地把头伸出车窗。

乌黑的枪口抵在她的后脑勺儿上，吓得她一动不敢动。

她想等持枪人提出要求，然后寻机反击。

持枪的普乐天根本不说话，就把一颗弹头射入她的脑袋。

普乐天前来协助罗亭除掉千叶枫，击毙黑川梅子不过是搂草打兔子的事。他以为黑川梅子要偷袭凌云洲，就把她解决了。

普乐天把轿车横过来，以轿车做掩体，一口气击毙三个特务。

这时，千叶枫意识到，傅见山是假的，他所看到的一切都是假的。

罗亭扔下一枚美式手雷，炸翻冲到门口的特务。

千叶枫身后的特务纷纷中弹倒地。

院内只剩下千叶枫。他转身跑到大门口，却被普乐天拦住去路。

普乐天不等千叶枫说话，便向千叶枫胸口连开三枪。

罗亭转身走到电话旁，拨通报警电话。

她拎着木箱走出洋房时，看见普乐天蹲在凌云洲身边查看伤情，紧走几步，问道："他怎么样？"

"肩部中弹，死不了。"普乐天从口袋里掏出信封，放在凌云洲身下。

第二十章　休止符

~ 325 ~

时间：1943 年 5 月 7 日，星期五。

地点：日本，北海道，小站，乡村。

黄昏时的北海道，宁静而优美。

宫本正仁的专列在山野中飞驰。

宫本正仁和宫本千鹤靠在沙发上打瞌睡。铐着双手的东条初音坐在车窗旁，时而欣赏窗外乡村美景，时而打量看守她的两个特务。

专列减速，进入小站。

东条初音突然起身，手铐脱落。她夺过打瞌睡的特务的手枪，击毙另一个特务，然后用枪托砸碎车窗，纵身跃出去。

宫本正仁微微闭着眼睛，目睹东条初音连贯的动作，满意地点点头。

东条初音使出一个前滚翻动作，起身爬上月台。

"随她去吧！"宫本正仁坐直身体，示意冲进来的特务不要开枪。

"放她走吗？"宫本千鹤不解地问。

"你知道专列在前一站停靠一个小时的原因吗？"宫本正仁像欣赏艺术品似的，望着渐行渐远的东条初音。

"您断定她会在这里逃走？"宫本千鹤问。

"我想看看乌机关特工的能力如何。"宫本正仁说，"我也想看看犬养中堂的教学水平。"

东条初音跑到出站口后，却转身往回跑。

晴气武夫率领一群特务从出站口冲进来。

东条初音看见晴气武夫，便停下脚步。

"大家都在演戏嘛，你慌什么？"晴气武夫走到东条初音身边，"藤田也夫已经回家种地了。"

"白川次郎——根本不存在？"东条初音一脸惊诧。

"藤田也夫肯定比我们清楚。"晴气武夫指指专列，"走吧，宫本先生准备与你谈心呢。"

晴气武夫押着东条初音回到专列上。

东条初音坐到宫本正仁面前，低声说："我要见东条首相。"

宫本正仁慢慢地品着咖啡，笑眯眯地盯着东条初音："你是乌机关特工，按照军纪，你首先服从我的命令，因为我是现任乌机关机关长。当然，我也没有无故伤害自己属下的恶习。"

"我首先是大本营情报课课长！"东条初音厉声喝道。

"遗憾的是，大本营情报课已经成为历史名词了。"宫本正仁摊开双手，摇摇头，然后冲宫本千鹤努努嘴。

宫本千鹤从公文包里取出文件，在东条初音面前摊开："经天皇批准，裁撤大本营情报课，其所有成员并入龟机关。"

东条初音没有说话，扭头望向窗外。

一阵汽笛声响起，专列缓缓启动。

车窗外的田间里，只有老幼妇孺劳作。

东条初音指指窗外，转头对宫本千鹤说："国内已经没有青壮年了，估计我们已经很难找到满意的男人了。"

宫本千鹤说："普通的男人，也配不上我们的身份。"

"中国男人，死得更多。战争嘛，死人是正常的事情。"宫本正仁轻轻地笑了笑，"现在你可以坦然地去北海道了吧？你放心，我承诺的事情，一定会如数兑现的。"

东条初音不动声色地打量宫本正仁。她以为，宫本正仁和她一样，无条件地效忠天皇，无条件地维护大和民族的荣光，现在她才意识到自己错了。宫本正仁作为老牌政客，眼里只有自己的利益。他为了谋求自己的利益，可以牺牲国家和所有人的利益。

宫本正仁似乎知道东条初音在想什么，嘴角抽搐一下，轻蔑地冷笑。

夜幕拉开，专列抵达终点站。龟机关北海道站负责人前来接站，把宫本正仁等人护送到海滨村庄。

车队快速驶入村庄时，宫本正仁问东条初音："你把名单藏在村庄里？"

东条初音点点头："这里是我的家乡，唯有家乡人才能让我放心。"

宫本正仁摇摇头："仅凭这一点，你就比我幸福啊。我的家乡，唉——"

车队在一个漂亮的院子前停下。

宫本正仁、宫本千鹤和东条初音走进栽满樱花树的院子，来到落满樱花的矮小佛塔前。

东条初音从佛塔中取出一个书本大小的油布包裹。包裹里是一个做工考究的铁盒，铁盒里有一本用牛皮纸封装的十几页的小册子。

她把小册子交给宫本正仁。

宫本正仁拿着小册子走进客厅，见书封上注有"鸟机关特工名单"七个字，便坐在沙发上，慢条斯理地打开小册子，见每页纸上是一个鸟机关特工资料，包括姓名、代号和照片。

第一页，竟然是傅见山的资料。照片下面分行标注：鸟小组组长，代号"刺鸟"。

第二页是乔家元的资料。照片下面分行标注：鸟小组组员，代号"荆棘鸟"。

第三页是苏醒的资料。照片下面分行标注：鸟小组组员，代号"黄鸟"。

第四页是德川拓直的资料。照片下面分行标注：鸟小组组员，代号"青鸟"。

第五页是柴山哲也的资料。照片下面分行标注：鹤小组组长，代号"白鹤"。

宫本正仁停下问东条初音："你的资料呢？"

东条初音指着小册子："在最后一页。"

宫本正仁直接翻到最后一页。

最后一页果然是东条初音的资料。照片下面分行标注：枫小组组员，代号"红枫"。

倒数第二页是田中村之的资料。照片下面分行标注：枫小组组员，代号

"铁枫"。

宫本正仁见倒数第三页上的照片是欧美国家女人，看得更加认真。

没想到，这个叫索菲亚·沃克的美国女人，竟然是枫小组组长，代号"火枫"。

宫本正仁指着索菲亚·沃克的照片问东条初音："她只有这一种身份？"

东条初音说："她还是美国战略情报局特工。"

宫本正仁对其他乌机关特工的资料不太感兴趣，合上小册子，问东条初音："你确定不与我们一起回东京？"

东条初音摇摇头："乌机关名单像大山一样压在我心头，现在你终于帮我把它搬走了。我太累了，想在家乡休息几天。"

宫本正仁似乎不太关心东条初音的心理状态，转身对宫本千鹤说："你马上给村上云昔、德川长运发电报……"

~ 326 ~

时间：1943年5月7日，星期五。
地点：上海，日占区，愚园路，枫商会。

尔等败类，拇指斩断，无名尽除
五指为谍，谁是支点

在凌云洲身下，发现一封写给村上云昔的信，信中只有二十个字，落款处只有"H"字母。

中弹后昏迷不醒的凌云洲，竟然被法租界巡捕送到红十字会医院救治。由于医院在法租界，村上云昔至今没有见到凌云洲。

宫久给村上云昔打电话汇报，黑川梅子在孙家花园中弹身亡。

凌云洲没有死，令村上云昔感到非常遗憾。黑川梅子中弹身亡，却让村上云昔很满意，因为黑川梅子是东条内阁黑名单上的人。

令他感到棘手的是，千叶枫和七个特务在孙家花园被杀，震惊军界高层。德川拓人和凌云洲共同指证千叶枫是"T先生"，现在千叶枫死了，这件事已经死无对证。

事关"H小组"，村上云昔不敢擅自处置，便请松井久太郎和德川长运到枫商会商议。

日军第十三军司令部距离枫商会较远，松井久太郎最后抵达。他走进会议室，见村上云昔和德川长运已经等他多时，礼貌性地说句抱歉后，便大大咧咧地坐到主位上。

德川长运起身向松井久太郎微微颔首："松井司令官，今天讨论之事，涉及犬子德川拓直，我是不是应该回避一下？"

松井久太郎摆摆手："你能不能做到公平公正，我自有评断。你先留下，听听村上将军怎么说。"

村上云昔将在凌云洲身下发现的信递给松井久太郎："我相信松井司令官以帝国大业计，一定会妥善处置这件事。"

松井久太郎看完信，猛地拍了一下桌子："'拇指斩断'，'无名尽除'——'无名指先生''大拇指先生'全部被杀吧？难道'H小组'成员都是帝国特工？同盟国把他们赶到上海，难道就是为了消灭他们？如果情况属实，此乃帝国之奇耻大辱！"

"谁是支点？"德川长运盯着松井久太郎，"帝国才是他们的支点！"

村上云昔盯着德川长运："难道千叶枫就是'T先生'？"

德川长运从公文包里取出一盒录音带："我这里有一份录音带，二位听后再做评断。"

村上云昔接过德川长运手里的录音带，放进播放机里，几秒钟后就传出千叶枫和德川拓人的对话声：

千叶枫：雅子是我的人。

德川拓人：说说"T先生"吧。

千叶枫：这个"T先生"是假的。

德川拓人：我知道。因为你才是真正的"T先生"。

千叶枫：我确实是"T先生"。

德川拓人：你在执行"支点行动"任务？

千叶枫：我是海军情报处上海站情报课课长，责无旁贷。雅子死了，必须要有人给她偿命！

德川拓人：你想让谁给雅子偿命？

千叶枫：傅见山！

松井久太郎听完录音，脸色非常难看，指着信说："如此看来，信中的'拇指斩断'，就是指千叶枫死了。录音中，千叶枫承认自己是'T先生'，看来他是'T先生'无疑。"

"'无名尽除'，是指傅见山——也就是特工总部的凌云洲，他是'无名指先生'。"德川长运补充道，"'五指为谍'，意思是说，'H小组'成员都是间谍，难道彼得洛夫也是帝国特工？"

村上云昔点点头："彼得洛夫是乌机关特工'鹤小组'成员'丹顶鹤'，他的组长就是柴山哲也。"

松井久太郎难以置信："柴山机关长也是乌机关特工？"

村上云昔点点头："海军情报处美国站传来消息，山本五十六将军遭到美国空军猎杀的情报，就是'丹顶鹤'提供的。"

德川长运对村上云昔的话不置可否："还有其他证据证明彼得洛夫是'丹顶鹤'吗？"

"藤田也夫机关长获得乌机关特工名单。"村上云昔打开公文包，取出一个文件夹递给德川长运，"可惜，我这里只有乌机关'鹤小组'名单。"

德川长运接过文件夹，边看边嘀咕："柴山哲也是'白鹤'，彼得洛夫是'丹顶鹤'，宫久是'灰鹤'——这个宫久，就是宫本正仁的儿子吧？"

"五指中，唯独缺少'中指先生'。"松井久太郎似乎不愿意谈论宫本正仁，故意转移话题，"既然'H小组'成员都是帝国特工，我们应该把他们全部找到。"

"'中指先生'是我的人。"村上云昔说,"他叫潼川,海军情报处上海站行动一课课长,摧毁'H小组'的行动,就是他策划的,不料在执行任务时他中了敌人的圈套。"

德川长运问:"潼川在哪里?"

"关在宪兵司令部特高课。"村上云昔又从公文包里取出一份带血的文件夹递给德川长运,"当初我们想用傅见山替换不太听话的凌云洲,没想到在替换过程中,有些环节出现反常现象。我真不敢断定,目前这个傅见山,是不是真正的傅见山。"

德川长运接过文件夹翻看,脸色变得铁青,看完后一言不发,转手递给松井久太郎。

松井久太郎接过文件夹,粗略地看了三页,便将文件夹重重地摔到桌上,怒视村上云昔。

村上云昔淡定地说:"这是共生证券公司原始股东的资料,我认为非常有必要给二位看看。"

德川长运指着文件夹问:"雅子偷的吧?"

村上云昔点点头:"雅子是青铜特训营培训的新特工,放在宪兵司令部实习。目前来看,她没有很好地完成实习任务。二位想一想,共生证券公司原始股东的资料,是否说明傅见山与德川将军达成某种共识呢?"

德川长运冷笑着问村上云昔:"你认为,傅见山会与我达成什么共识呢?"他拽过文件夹摔到村上云昔面前,"这些失效的玩意儿,是凌云洲为了保命,在傅见山替换他之前交给我的,能说明什么问题呢?"

"这么说,现在的傅见山,不是过去的凌云洲?"村上云昔皱紧眉头。

"凌云洲只有小聪明,没有大智慧。"德川长运说,"即便他机关算尽,第二天还是被村上将军扔到黄浦江里喂鱼了。"

"凌云洲没有那么好对付的。我的建议是,既然我们没有办法掌控傅见山或者凌云洲,那就把他除掉,以免后患。"村上云昔冷冷地说,"不劳二位费心,这件事我去办。"

松井久太郎点头同意："那就有劳村上将军了。对了，我刚刚收到消息，山本五十六将军的骨灰由武藏舰护送回国。我担心此事一旦昭告全国，肯定引发国民哗然。"

村上云昔说："为了缓解民情，我们应该动用潜伏在美国的特工，刺杀罗斯福，实行对等报复。"

德川长运表示反对："我反对，此举绝对不可行！村上将军，你知道我们为什么要不惜代价抓捕'T先生'吗？"

松井久太郎说："我也一直想不明白，区区一个在远东活动的美国特工，为何能让宪兵司令部兴师动众。"

德川长运长叹一口气："唉，山本五十六将军做出一个错误决定，导致这个'T先生'钻了空子，窃走潜伏在美国的帝国特工名单。"他说到这里摇摇头，"可惜那些精英特工了！"

松井久太郎惊愕："什么？"

村上云昔点点头："田中村之也在名单上，不过他侥幸得以逃脱。"

松井久太郎愤怒地骂道："这个'T先生'，应该千刀万剐！"

村上云昔建议："鉴于帝国设在美国的隐蔽战线遭到严重破坏，我建议，应该好好利用江仲阁旗下的美国企业。"

德川长运盯着村上云昔："这就是你同意江家入股枫商会的原因吧？"

村上云昔微微一笑："没办法，我生来就是无利不起早的商人。"

~ 327 ~

时间：1943年5月7日，星期五。
地点：上海，日占区，宫府；法租界，红十字会医院。

宫本芳子呆立在宫府院内池塘边，慢慢地撕扯着草梗。

"喵"，一只猫从她身边跑过去。她盯着那只一生只想觅食、睡觉的猫，心里好生羡慕。

此时，江澄子与宫本芳子一样，呆立在红十字会医院的走廊里，直瞪瞪地望着凌云洲所在的病房门。

"革命是以生命为代价的"。凌云洲的话在江澄子耳畔响起，"乌机关特工名单是颗定时炸弹，一旦被宫本正仁找到，我们都会被它炸得粉身碎骨。唯一的办法，就是按下这颗定时炸弹的暂停键，最大限度地拖延它的爆炸时间"。

现在，江澄子彻底意识到，她和凌云洲只不过是安子铭手中的棋子。安子铭只希望他们完成他布置的任务，根本不在乎他们死活。

江澄子能做的，就是在心里默默地祈祷，祈祷潜伏在东京的"昙花"伪造的那份乌机关特工名单，能让她与凌云洲化险为夷。

不到万不得已，她与凌云洲绝对不会撤离上海，毕竟他们还肩负着执行"极雾计划"的重要任务。

无论延安方面，还是重庆方面，都不希望"极雾计划"中途搁置。为了完成"极雾计划"，她和凌云洲不惜以身涉险。

江澄子走到窗前，看到院内到处是荷枪实弹的中国籍巡捕，心里稍微平静一些，然后径直走到楼门口。

三辆轿车依次驶入红十字会医院大门。

轿车停稳后，松井久太郎、德川长运、村上云昔分别从各自的轿车里钻出来，等候在楼门口的德川拓人疾步迎上去。

村上云昔见到江澄子，便回想起刚才的那通电话。

那通电话救了凌云洲的命。

德川拓人打来电话，向村上云昔汇报，宫本正仁找到了乌机关特工名单，可以确认傅见山是"刺鸟"、苏醒是"黄鸟"。

在电话里，德川拓人还汇报道，在南市废弃的面粉厂里找到了唐墨的尸体；确认上海市政府交通部部长关之杰就是"老夫子"，已经身亡，尸体被抛弃到郊外的树林里。

这通电话，虽然打消了村上云昔心中的疑虑，但他却没有马上撤销暗杀凌云洲的命令。或许，利用时间差，杀手就能除掉傅见山，他就能给裕仁天皇的弟弟雍仁致命一击。

江澄子强装欢颜，与松井久太郎等人打完招呼，指指院内的巡捕。

松井久太郎指着巡捕，问德川拓人："他们出现在这里，是怎么回事儿？"

江澄子替德川拓人回答："他们是我雇来的。"

村上云昔上下打量江澄子："你怎么在这里？你怎么知道凌云洲出事了？"

江澄子冷笑道："上海到处是江家的产业，别说发生这么大的事情，就算死只蚂蚁，我都能知道。"

那些荷枪实弹的中国籍巡捕聚拢到楼门口，貌似保护江澄子。

松井久太郎点指那群中国籍巡捕："你们——想干什么？"

那群中国籍巡捕不说话，又向江澄子靠近一步。

德川长运低声劝松井久太郎："不要和他们一般见识。7月以后，这里就是我们的地盘了，到那时您再跟他们算总账。"

松井久太郎骂了一句"混蛋"，气呼呼地走向轿车。村上云昔和德川长运也放弃探望凌云洲的计划，返回各自轿车内。

三辆轿车依次驶出医院大门，消失在车流中。

江澄子回到病房，望着昏迷不醒的凌云洲，拿起暖水瓶往水盆里倒了一点水，烫热毛巾，轻轻地给凌云洲擦拭手脚。

她一边擦拭，一边自责："我们不该离婚的！"

对于江澄子的温柔举止，凌云洲却毫无反应。

宫本芳子轻轻地推门进来，站在江澄子身边，注视着凌云洲苍白的脸："我刚才问过医生。医生说，他只是失血过多而已，并无大碍。"

江澄子扭头望着宫本芳子："谢谢你。我知道，他是属猫的，有九条命。"

村上云昔没有撤销暗杀凌云洲的命令，奉命暗杀凌云洲的杀手已经潜入医院。

伪装成医生的杀手，拿着病例走向病房，一支安装消声器的手枪藏在白大褂口袋里。

伪装成清洁工的森木正淳，正在走廊里打扫卫生。待杀手经过他身旁时，他突然从收纳车里抽出一把匕首，稳稳地刺入杀手的心脏，同时捂住杀手的嘴，将杀手拖进一间病房内。

那间病房的门刚刚关上，普乐天、罗亭、宋格和唐琳走出楼梯口，径直走进凌云洲的病房。

唐琳给凌云洲掖了掖被子后，从包里掏出一把手枪放在枕下，转身对江澄子说："我已经打点过公董局的人，只要有危险，你就大胆开枪。"

江澄子轻轻地点点头。

普乐天叮嘱江澄子："云洲醒来之前，千万不要让他离开法租界。"

宋格附在江澄子耳边轻声说："他命大，弹头只是穿透皮肉，过两天就好了。"

罗亭抱紧江澄子："大家都在，我们都会好好的！"

两天后。

江澄子趴在病床沿上睡着了，手里还捏着一张报纸，头版刊登着山本五十六的死亡新闻：《日寇"海军之花"命丧太平洋，引发日本国内政治海啸》。

一阵冷风吹进病房内。

江澄子打了一个激灵，像犯错误的孩子似的，快速关上窗户，回来给凌云洲盖好被子。

她一边盖被子一边自言自语，似乎是向凌云洲讲述什么。大意是，"1号"首长获悉，江家在美国的公司被日本人盯上了，可能有潜伏的日本特务搞破坏，组织安排苏菲和老冯夫妇协助老爷子排查日本特务。

……

一天后，江澄子给凌云洲读完《第三国际解散，中共完全附议》的新闻，拿起热毛巾给凌云洲擦脸。

她一边擦一边嘀咕："老三家的人全散了，很多人都获得新生了，你呢，何时才能睁开眼睛看看我？"

凌云洲的眼皮动了一下。

江澄子没有发现，转身清洗毛巾："第六战区这一仗，中国军队已经发起反攻，我们快胜利了！"她回到凌云洲身边，附在他耳边轻声说，"老家传来两条好消息：一是'红蝉'同志把一批军火劫走了，二是新四军在江苏截获一千吨油料。云洲，那批油料是我们丢失的……好消息还有不少呢，你听见高兴不？"

凌云洲的眼睛缓缓睁开。

江澄子见凌云洲睁开眼睛，顿时惊呆了，不知所措："我——我——没说错什么吧？"

凌云洲指指窗帘："太刺眼了。"

~ 彩蛋 ~

时间：1943年5月8日，星期六。

地点：美国，华盛顿；中国，重庆，上海。

1

美国，华盛顿，联邦监狱。

刺耳的电铃声响起，厚重的监狱大门缓缓打开，一个三十岁左右的美国女人，提着布袋子，缓慢地走出监狱大门，抬头望了望瓦蓝的天空，嘴角泛起一抹冷笑。

一辆防弹轿车停在监狱大门口，四十八岁的美国联邦调查局局长约翰·埃德加·胡佛[1]站在车前，叼着雪茄，向美国女人招招手："索菲亚！"

索菲亚走到防弹轿车前："胡佛局长，你亲自来取我的小命吗？"

"你的烂命不值钱，我要那玩意儿干吗？上车！"胡佛将雪茄扔在地上。他把左脚抬起又放下，弯腰捡起雪茄，在地上按灭烟头，将雪茄装入口袋里，面向索菲亚摊开双手，"为了救你，我不得不把我心爱的卡迪拉克轿车送给'野蛮的比尔'[2]。"

索菲亚没有搭理胡佛，快速钻进防弹轿车内。

胡佛驾车行驶一个小时后，停在波托马克河边。河边风景秀美，绿油油的草坪好像连着天际。

胡佛踏上草坪，对索菲亚说："美国战略情报局的人把你当成日本间谍，好在你什么都没说，不然你肯定是被抬出来的。现在，你不能再回美国战略情报局了，因为'野蛮的比尔'已经知道你是美国联邦调查局的人。从今天起，你恢复美国联邦调查局探员身份，负责反间谍活动。"

索菲亚点点头："我暴露的原因，是因为有人掌握了一份名单。"

"据调查，那份名单是美国战略情报局一个代号'T先生'的特工提供的。"胡佛掏出半截雪茄，点燃后深深地吸了一口，"这也是'野蛮的比尔'同意释放你的原因。我掌握着他见不得光的事情，他不得不答应我的要求。"

索菲亚听到这里，大喊道："我要去中国！"

"你认识'T先生'？"胡佛扭头盯着索菲亚，"他在中国？"

索菲亚支支吾吾地说："他——他是我的爱人——曾经的爱人。"

胡佛想了想："你去吧，一定把他带回美国，我要活的。"

索菲亚咬着嘴唇点头。

2

重庆，珊瑚坝机场。

平静的湖面上，一群野鸭子游来游去，荡起片片涟漪。

---

[1] 约翰·埃德加·胡佛（1895—1972），美国联邦调查局第一任局长，任职长达48年。
[2] 美国战略情报局局长威廉·约瑟夫·多诺万的绰号。

安子铭负着双手,看着那群野鸭子发呆。

唐横走到安子铭身后,低声汇报:"老师,'昙花'来电告知横山勇部的真实攻击目标。"

安子铭转过身:"是石碑吗?"

唐横连连点头:"就是石碑。日军第十一军佯攻常德,却剑指石碑。"

"日军南方军呢?"

"不在'2号作战计划'序列。"

安子铭拍手笑道:"这就对了!"

唐横兴奋地说:"老师高明,我们没有调动江防军是对的。"

"老头子知道了吗?"

"老头子已经电令江防军,第六战区要在石碑与日军决一死战!"唐横转身指着机场,"我们获得日军第十一军空军资料,等于给飞虎队安上翅膀啊。"

"'昙花'有没有提供其他消息?"

"'昙花'说,我们伪造的名单,已经发挥巨大作用。"唐横兴奋地说,"真没想到,老谋深算的宫本正仁,对那份乌机关特工名单毫不怀疑。"

"这说明,天佑中华!"安子铭兴奋地说,"你通知下去,立刻执行'极雾计划'第二步。"

"好的!"唐横爽快地答应,"'杜先生'已经就位了。"

3

上海,日占区,佘山。

一间新落成的仓库耸立在山坳里,山坳左右是茂密的树林,恰好遮住仓库。

黄昏时分,一辆轿车在树林前停下。

村上云昔从轿车里钻出来,打量一眼山坳,穿过树林向仓库走去。

一棵大树后面,萧易寒突然闪身出来,摸了摸烫手的轿车机盖,悄悄地跟随村上云昔。

村上云昔走进仓库,面前和宫府一样陈设的客厅,让他惊呆了。

仓库内的家具，大到桌椅，小到摆件，都与宫府客厅内一模一样。

仓库内群集百余人，十几个化妆师正在给几个人化妆，把他们分别化装成"宫本正仁""犬养中堂""松岛凉子"……

宫府的用人阿兰向村上云昔躬身行礼："将军！"

村上云昔挥挥手："辛苦你了，下去忙吧！"

阿兰转身查看客厅摆件，逐一核对摆放位置，不时地向四十多岁、身穿白色西服的日本男子望去。

日本男子名叫麻生太，担任日本海军情报处上海站行动二课课长、青铜特训营教官。此刻，他正在测量茶几到沙发的距离，然后转身数着步数，走到一个地方站下，掏出手枪瞄准沙发。

村上云昔走到麻生太面前："麻生君，这个位置最合适。"

麻生太点点头。

"我要的是宫本正仁枪杀犬养中堂的画面，多角度、全景式，多拍几张。"

"请将军放心，我布置的现场，恐怕宫本正仁都会相信。"

"龟机关改组了，我不得不留后手，否则就是死路一条。"

"改组？藤田也夫呢？"

"还没有消息。"

"没有消息也许就是好消息！"

村上云昔点点头："开始吧！"

麻生太冲众人拍拍手："准备好了吗？开始走位！"

"犬养中堂"走到沙发前坐下，"松岛凉子"倒在地上，"宫本正仁"举枪向"犬养中堂"开枪，"犬养中堂"中弹……

六个摄影师举着相机不停地拍摄。

萧易寒透过仓库门缝，看到里面的一幕，立即从口袋里掏出微型相机，对着仓库内连续拍照。

4

上海，虹口，上海日本宪兵司令部。

特高课密室门前，村上云昔低头看报，头版刊登的潼川照片映入他的眼帘。

该条新闻是以上海商界联谊会的名义刊发的，主标题是《旧日朋友岂能相忘，友谊天长地久》，配图只有潼川头像照，图注为"由于合照胶卷曝光，本报只获得潼川先生近照"。

村上云昔凝视着潼川的照片，缓缓地把报纸卷成筒状，轻轻地敲打手背。

"哗啦"一声，密室铁门打开，蓬头垢面的潼川从里面走出来。

村上云昔将报纸递给潼川："受苦了。"

潼川接过报纸，缓缓展开，边看边说："对不住，我没有向你如实汇报。"

"你什么时候加入盖世太保的？"

"加入海军情报处之前，我就是盖世太保。"

"不愉快的事情就忘了吧，'杜先生'。"

"我奉希姆莱总监之命，全力协助你执行'田中骗局'。"

"希望这个骗局，比你的骗局更精彩！"

"一定更精彩！"

叱咤之城系列谍战小说·第四季 完